ひとりぼっちの異世界攻略
life.4
王女よ
偽迷宮に散れ
五示正司
author Shoji Goji
イラスト 榎丸さく
illustrator Saku Enomaru

委員長
Iincyo
アンジェリカ
Angelica
迷宮王さんは
変幻自在に超高速で駆け抜け、
時に剣を振るい、時に盾で往なし、
魔法の嵐を纏い、焔へと変化し、
千変万化の攻撃で
女子さん達をも圧倒している。

盾っ娘
Tatekko
スライム・エンペラー
Slime Emperor

そう、そのエロっ娘さんに
遥君は何て恐ろしい物を
作ってしまったのだろう……
全身網タイツって!?

ひとりぼっちの異世界攻略

life.4 王女よ偽迷宮に散れ

Lonely Attack
on the Different World
life.4 Princess, Go in the False Dungeon

五示正司
author ー Shoji Goji
イラスト ー 榎丸さく
illustrator ー Saku Enomaru

CHARACTER

委員長
Iincyo

遥のクラスの学級委員長。集団を率いる才能がある。遥とは小学校からの知り合い。

遥
Haruka

異世界召喚された高校生。クラスで唯一、神様に“チートスキル”を貰えなかった。

アンジェリカ
Angelica

「最果ての迷宮」の元迷宮皇。遥のスキルで『使役』された。別名・甲冑委員長。

副委員長A
FukuiincyoA

クラスメイト。馬鹿な事をする男子たちに睨みをきかせるクールビューティー。

副委員長B
FukuiincyoB

クラスメイト。校内の「良い人ランキング」1位のほんわか系女子。戦闘では過激。

副委員長C
FukuiincyoC

クラスメイト。大人の女性に憧れる元気なちびっこ。クラスのマスコット的存在。

尾行っ娘
Bikokko

調査や偵察を家業とするシノ一族の長の娘。「絶対不可視」と称される一流の密偵。

STORY

クラスごと異世界に召喚された〝ぼっち〟の高校生・遥。元迷宮皇アンジェリカを『使役』した遥は、彼女とともに各地の迷宮を攻略。拠点の街・オムイを迷宮産のアイテムで豊かに変えていく日々を送っていた。

そんな折に遥は隣領ナローギの悪徳領主から差し向けられた密偵・尾行っ娘と出会う。敵対勢力である尾行っ娘に何も強制せず、ありのままを見せる遥。彼の行動は人々を幸せに導く――そう悟った尾行っ娘が下した結論は悪徳領主への反逆だった。激昂した領主が尾行っ娘を処刑しようとしたその時、遥は転移魔法で介入して彼女を救出。さらにナローギとその先にいる王国の侵攻を見据えて、オムイとナローギを繋ぐ唯一の道に〝偽迷宮〟を建造したのだった。

追想、長い夜だった――っていうか、今も夜で徹夜中。それは長い長い物語――そう、なんか尾行っ娘《こ》がニキビに悩んで領主がオークだった。うん、異世界って不思議だな？


それが長い長い物語になるかどうかはともかく、路《みち》は長いから蓋してみた。まあ、古来から臭いものには蓋というし、ウザいうえに豚《オーク》だったし？

「やっぱり、ここで行けると期待させて落としたほうが良くないかな？」

「あえて勢い、ここからここに来て、ここです」

路は人と富と情報を呼ぶと同時に、災いを齎《もたら》すものと恐れられていた。だから、方位神を崇《あが》め、吉凶占い、方違《かたたが》えを行い、方位除《よ》けが祈願されたという。うん、落とし穴も大事だな？

「徐々に段々と角度《アングル》がきつくなって勢いのまま急角度《バンク》突入で、ここでこうとか？」

「それなら高低差、大事、です」

だから人は道を作り、崇め、そして恐れた。

たった一本の道が、誰かの運命を変え、沢山の命運を変えることだって有るんだから。

「まあ、福は内、邪は外っていう差別による弾圧を年の数だけ食べるっていう、恐るべき因習もあったことだし、丸い小石を撒《ま》いて、勢いに乗ったところで滑って壁もいいな？」

この路が何を運ぶのかはわからないが、未知なんだから未来を運んでくるんだろう……うん、無事に通れるかな、未来さん？

きっと——もう、今頃は尾行っ娘は看板娘と抱き合いながら、そのまま泣き疲れて眠っているんだろう……なのに俺は内職中。
そう、まだ働いてる働き者のにーとさんだ！

49日目　深夜　宿屋　白い変人

今は盾っ娘の盾をミスリルで強化中、って言うか盾っ娘以外の委員会は全員お洋服をオーダーで、剣と魔法で魔物と戦う異世界でそんなに余裕で良いのだろうか？

「うん、誰だよ戦闘用のドレス注文して来てるやつ!?」

あ、小動物だからほっとこう。ちっこいからセクシードレスとか無理だし、しかもこんなに露出させてどうやって防御する気なのだろう。守る気有るの？　却下だな。

そして魔石電池と魔石バッテリーの製造と充電と言うか充魔力を進める。

「新発見だ！って、新製品だよ、ヒット商品間違いなしだよ!?」

魔力を貯蔵して必要な時に使える、魔力切れ対策に打って付けの逸品だった。これは、後衛は勿論《もちろん》の事、全員が魔力で強化しているんだから売れること間違いなしだろう。

「ふっ、お大尽様だな!!」

実際にダンジョンでも魔力が切れそうで戻って来てるのが、攻略がなかなか進まない原因の一つだった。だけど、魔力を貯蔵できれば今までよりも安全に長く戦える。これは急いで装備させるべきだろう。

「うん、どうりで魔力が減らないと思ったよ」

仕組みは簡単で、魔石を沢山並べると魔石内の魔力が循環して活性化する。それを利用して魔石を並べて結合して電池とバッテリーを作る。その理論自体は『ハァウ トゥウ 魔道具！』に書いてあったんだけど、この世界の人には電池やバッテリーの知識が無いから実用化はされていなかったみたいだ。

要は魔力の貯金箱。ＭＰを貯金しておく電池とバッテリーが有れば魔力切れ対策になるし、大量の魔力を使うような大技だって使えるようになる。みんなに必要だろう、売れるだろう、だから大儲《おおもう》けだ！

「しかし、理屈だけで実地の検証は自分でやれっていう不親切な新説で、普通一般的に同レベル帯の魔石を大量に各種保有とかしてないから実験すらできないんだよ？」

うん、大量にある。なにせ迷宮って階層ごとに同レベル同一種類が犇《ひし》めいてるから、皆殺しにすると全部同一規格だ。だから検証しやすくは有るけど、繋《つな》ぎ方とか魔石の質とかで効率が変わっちゃうから試験しながら手作り中。その基本法則《ノウハウ》が分からないと大量生産に移れないいんだよ？

「これって、続刊で『ノォウ ハァウ 魔道具！』とか発売されていないのかな？　うん、きっとそのタイトルだけで発禁だろうけど。昔の偉い学者さんの本とか出てないの？」

取り敢《あ》えずみんなの分。俺のは必要ない。うん、知らなかったけど持っていて、ずっと使っていたらしい？

魔石電池と魔石バッテリーの製造方法は魔石を沢山並べて繋ぐ事と、魔力が注がれているること。俺のアイテム袋は超大量の特級の魔石が山のように入れっぱなしで、アイテム袋は常に持ち主の魔力を吸収して内部に注ぎ続けていた。つまり超巨大バッテリー化していたらしい？

「道理で魔力がいくらでも使えると思ったら、こっそりパクられてて、それでスキルの『魔力回復』がぐんぐん上がってたんだよ？」

知らない内にずっと溜《た》めて、魔力が足りなくなるとアイテム袋バッテリーから無意識に吸収していた。だから『魔力回復』が『魔力吸収』に上位化してたんだよ。『ハァウ　トゥウ　魔道具！』を読むまで全く気付かなかったよ……やっぱり本は大事だ。

そして、今では魔力吸収のスキルがあるから何時《いつ》も周りから魔力を吸収してバッテリーに充電しているようなものなんだろう？　だって長大に連なった岩山を改装しても魔力が足りてしまった。あり得ない魔力量だよ？　よく考えたら。気付かなかったけど？

深夜に一人でコツコツと内職中。甲冑《かっちゅう》委員長さんはノックアウトしたままお眠だ。毛布から白くて長い神々しいまでに美しい脚が覗《のぞ》き、魅力的で蠱惑的《こわくてき》な純白の太腿《ふともも》まで露《あら》わになっているがあれは罠《わな》だ！　罠なんだよ！　あの罠に何度も何度も何度となく嵌《は》まり酷《ひど》い目にあって、超寝不足のまま朝からお説教される罠なんだよ！

「うーん、洞窟にソース工場を造りにも帰りたいし、養鶏場も未《いま》だ手付かずで計画倒れ中のままだし、庭園だって造りっぱなしだしだよ、ジャグジーの泡沫《ほうまつ》プレイもしたいし。お家《うち》が有るのにひきこもれないのは何故《なぜ》だろう？」

ひきこもりと、ぼっちと、にーとの称号なにやってんの！

「やっぱ鶏卵と鶏肉《とりにく》の安定供給が急務なんだよ……特にオムライス的にも、親子丼的にも！　ああ々々、海苔《のり》が欲しい、鰹節《かつおぶし》とか青海苔とか海産物が不足してるんだよ？」

海はすぐには無理そうだし内陸ならば……玉蜀黍《とうもろこし》だ！　そーだよ！　オムライスなのにコーンポタージュスープが付けられなかったんだから、玉蜀黍を探そう。玉葱《たまねぎ》と長葱《ながねぎ》もあるんだし後は……バターが無いかな？　ああ、チーズも欲しい！　農業改革も必要なんだよ、急務なんだよ！　俺って領民でもないのになんで農業改革しないといけないの？　それってなんて内職？

――ぶつぶつと内職中。

それでも眠らないで夜中にゴソゴソできるのは「ぼっち」と「ひきこもり」と「にーと」の能力なのだろうか？　いや、眠たいんだよ？　でもお仕事が終わらないいって、永遠のブラック内職なんだよ？

今日のダンジョン会議でパーティーごとの問題点も分かったから、対策用の装備も作っておきたい。うん、なにげに人数が多い分、稼ぎ頭な女子さん達《たち》からの注文販売こそがメインな収入！　でも、眠い!!

「よし、完成したらオタ達には限定で特別ぼったくりプライスで販売してやる。だってあいつらは今頃幸せそうに寝ているのだ。ぼったくろう、絶対だ！」

取り敢えずの魔力バッテリー60個と、後衛用に予備の魔力電池を90個作っといたから朝から販売できる。これで朝からお大尽様だ！

問題は女子達がみんなお洋服貧乏でお金を持っていない事だろう。うん、既に昨日の指輪で借金まみれなんだよ？　あっ！　ブレスレット型魔力バッテリーにしたら売れる！　数珠っぽいけど色取り取りに組み合わせれば絶対売れるよ！　ふっふっふ、これで女子達は借金漬け確定だよ、俺と一緒に貧乏の苦しみを味わうが良《よ》い。

しかし、お金も無いのに女子達からは洋服のオーダーメイドの依頼が大量に来ている。でもデザインと色だけでサイズ表も何も無いんだよ？　これって俺に採寸しろっていう事なの？　自分たちで型紙とか作ってくれないの!?

「健全な男子高校生にＪＫの採寸させる気なのか……でも副委員長Ａさんのオーダーのロングでタイトなスリット入りのレザースカートは作りたい。今から採寸に行きたいくらいに良い物だ。今度甲冑委員長さんにも作ってあげよう!!　それはもう着せてみてもすぐ脱がしちゃうけど着せてみよう。寧《むし》ろ脱がす為《ため》に着せるのだ！　いや、着たままもけっして嫌いじゃないんだよ？　マジで！」

　あと俺のもだけど、甲冑委員長さんの装備もミスリル化した方が良いんだろうか？

「既にアイテムチートだし、これ以上は性能も上がらない気もするし、後回しで良いかな？　でも甲冑委員長さんの『収納マント』はしょぼいからミスリル化しておこうかな?」

　そうすると俺の装備は全部ばらして強化しないといけないんだろうか？

「えっと、杖《つえ》は『空間の杖』に『魔力刀』と……『天叢雲　剣《あまのむらくものつるぎ》』は上げなくっていいか、神剣だし？　それだと『エルダー・トレントの杖』か。あと、マントが『隠形《おんぎよう》のマント』と『魔法反射のマント』と『回避のマント』で、ブーツが『加速のブーツ』『絶耐のグリーブ』『吸着のブーツ』で、グローブが『矛盾のガントレット』に『マジシャンズ・グローブ』。指輪はどうなんだろう？　うん、『トラップリング』『デモン・リング』『フェアリー・リング』で、預けて来た『ゴーレム・メーカーの指輪』に未使用の『迷宮王の指輪』もあるし、服だって『金剛力の服』は強化できそうだけど『黒帽子』もいけそうな気も……」

　そんなもん一晩でできるか！　過重労働だよ？　過重内職制自営業だった!?

「ちょ、俺が酷使して俺が搾取する一人過重労働永久機関って、どんな内職なの！　何をどうしたら内職がブラック企業化しちゃうんだよ？　お家で一人でブラック企業って意味わからないよ!?」

あと雑貨屋さんからも追加注文がたくさん来ている。そう、早く街が発展してくれないと現状、内職で街の経済支えちゃってるんだよ！

眠たい……桶裸《おけはだか》の戦いが長引いちゃったせいで啄木鳥《キツツキ》の計まで保たなかったが、永劫浮沈《えいごう》の迷宮皇さんはベッドに沈んじゃって可愛《かわい》い寝顔だ。お目々がバッテンで涎《よだれ》も垂れてるけど？

だが内職しないとお金が無い。注文は山盛りだけど？　街の経済レベルの内職とかおかしくないかな？　うん、全然終わらないんだよ？

なのに、白い艶《あで》やかな太腿さんが妖しくこっちおいでって誘ってるんだよ？

「ああ、これも至急って書いてある！　あの雑貨屋のお姉さん全部に至急って書いてない!?　何この茸《きのこ》の炊き込みご飯三人分大至急って、自分たちのご飯じゃん！　定食屋かよ!?　朝からダンジョンなのに……いい値段、大儲けだな！」

延々とベルトコンベアのように繋がりながら、宙を舞う商品の群れを造形し加工しては収納していく。きりが無い、終わる気配すらない、注文票が全然減らない。受注限界を天元突破した挙句に螺旋《らせん》がドリルして回転が螺巌《らがん》なんだよ！　突破しすぎだよ！　立志する前に風雲怒濤《どとう》で回天しちゃうよ！　昇天ならできそうだ!?

「もう駄目だ、限界だ！　だがしかし限界突破だ！　そう、三回戦だ――――！」

寝よう。そう、啄木鳥さんに俺はなる!!

【三回戦中。見せられないよ？】

一緒に召喚されてきた同級生かと思ってたらどうやら人違いだった。

50日目　朝　宿屋　白い変人

内職屋さんの朝が早い——か、どうかはともかく朝一からの朝市だ？

「本日の目玉商品だよ～！っていうか、魔力バッテリーのブレスレット販売開始で、早い者勝ちなんだよ～？　うん、限定60個限りの数量限定品だから、実は普通に余るんだけど、争え～、もっと争え～的な？　みたいな？」

朝の爽快感も泣いて逃げ出す壮絶な女子達の狂乱絵巻が繰り広げられ、その鬼気迫る気迫が有れば迷宮も殺せちゃうと思う元気溌剌《はつらつ》？　でも、ポロリは無いようだ！

普段は前衛職に押されている後衛職の女子達も今回は気合が違う。だって効果不明のパワーストーンならぬ効果確実の魔力ストーンだ、魔石だし。

タイプは2種類、大き目の魔石を数珠繋ぎにしたパワーストーンブレスレット型は大容量で瞬発力に優れ一回の戦闘になら大活躍するだろうから、前衛向きかな？

だが、お勧めなのは細い5連のラップブレスレットが性能が良かった。一発の大容量より溜めた魔力が目減りしない高効率が良いんだよ、実用性的には。デザインはパクリだが異世界ならルーさんにも気付かれないだろう、バレたら謝ろう。だが未だ神道夢想流杖《じょう》術《じゅつ》の異世界支店からもお怒りのお手紙は届いていない。偽迷宮で辺境は封鎖したからまだ当分大丈夫だろう。きっと、ルーさんの異世界支店も当分気付かないはずだ。


「「「きゃあああぁー！」」」「それ、取っちゃ駄目。それ私が買うの！」「駄目、私のだよ！これは運命の出会いなんだから……あっ、これも運命！」「後衛に譲ってよ、あんた前衛なんだから!!」「そうだそうだ、後衛の火力アップに協力しようよっ!!」

はち切れんばかりの健康的な肉体が押し合いへし合いで、それはもうムチムチと柔肉が歪《ゆが》みたわんで、近くで見たら事案なのに……押し寄せてくる!?

「前衛だって魔力いるのよ！」「でもこのデザインはこれしか無いんだから私のなの！」「これが前から欲しかったの！　まあ、バッタ物だけど？」「数量限定がいけないのよ、足りないの。私の分が2個しか無いよ!?」「そうだ、もっと沢山作ってよー！」「「「うん、指輪も増産して！」」」

大儲《おおもう》け——御《お》大尽《だいじん》様復活だ！って、俺まだ働かされるの？

「いや、ブレスレットって一人2個も有ったら普通余るよね？　腕、何本あるの？」

「乙女には2連も3連も有りなの！」

　あと指輪の増産分も何で全部売り切れてるんだろう？　まあ、これだけ身に着ければ当座は状態異常の心配は無くなったというか、予算の心配は手遅れのようだ！

「遥《はるか》君、これの紫は無いの！　紫と赤のコンビで5連の奴《やつ》!!」「有ったら取って、無いなら作って！　全くもう!!」

　うん、何故に女子は全員ツケ払いなのに強気なの!?　はっ、まさか品薄の買掛なのに買い手市場？　それって……やはり好感度が無いからなの!?

「いや、腕中ブレスで指全部指輪って、それ何て腕部装甲《ガントレット》!!」

　どうやら好感度が無いと市場原理すら無視されるらしい。だって紫と赤のコンビが無いだけで怒られてるよ？　なんで、紫と赤と青のトリオじゃ駄目だったの？　その青のグラデさんが可哀想《かわいそう》だよ？　うん、俺も可哀想なんだよ？　わりとマジで!?

　結局60個完売の上に、特注の注文が20個。大儲けの御大尽様だが、今夜も終わらない内職決定。

「数字がおかしいよね？　だってオタ達も莫迦《ばか》達も買えてないんだよ？　うん、壁際で真っ白に燃え尽きちゃってるよ……まあ、邪魔だし良いけど。しかも前回の要望を受けて増産した状態異常耐性の指輪が50個完売って、一体一人何個いるの？　どんだけ状態異常掛けられる気満々なの？」

まあ、儲かったのだから良いのだが現金は僅か。実質材料費はゼロだから後払いでも何も困らないけど、使っちゃったから現金がない。そうだ――ダンジョンに行こう！

「しかし、最近ダンジョンの中が一番ゆったりできるような気がするのは何でなんだろう。うん、静けさと安らぎを求めてダンジョンに住み着いちゃおうかと思い始めたんだけど、どうしよう!?」

だが、異世界では未だ納得いく間取りや環境の整った優良物件《ダンジョン》は見つかっていない。特に今日潜る予定のダンジョンは最悪と言って良い物件だ……だって魔物が全部昆虫系らしい！


さくさくと雑貨屋さんに納品に行き、茸の炊き込みご飯を3食渡してから、お姉さんの頭にハリセンをかましておいた。全く超忙しいのに炊き込みご飯を炊いてハリセンまで作る羽目になったんだよ？　あとは売ったり買ったり交換したりを済ませて迷宮に向かう。

そして――嗚呼《ああ》憂鬱だ、魔物は昆虫、味方は莫迦。鬱だ、殺《や》ろう。甲冑《かっちゅう》委員長さんも貸し出し中で野郎ばっかり。

「だって女子が虫が嫌って押し付けられたんだよ！　ただでさえ虫って飛ぶし、数多いのに逃げ回る虫を追いかけて近接戦ってマジで莫迦だよ！」「「「いや、飛ぶし、逃げるし？」」」「逃げたら追うよな？」

うん、相性と脳味噌《のうみそ》が最悪だ。遠距離攻撃ほぼ無しの近接剣戟《けんげき》戦専門の頭莫迦だ。しかも対人戦と大型の魔物、あと獣系には強いが莫迦。だから逆に虫や霊とかの逃げ回るタイプの魔法系には弱いって言うか、相性が悪くて時間が掛かる。しかも学習しないから毎回虫と追っかけっこを始める……そう、逃げる分だけ虫の方が賢い！

「きっと小学生だって虫取り網とか用意するよ？　何で剣で苦労したって言いながら、また剣持ってくるの？　なんで蛾《が》よりも頭が弱いの？　どうして道具を使うとか、魔法を覚えてこようとか考えつかないの？」

取《と》り敢《あ》えず39階層からだ。「パラライズ・モス　Ｌｖ39」だから麻痺《まひ》系の攻撃の蛾だろう。状態異常耐性の指輪は朝から売りつけてある。なのに手間取ってるのは飛んで逃げるからだそうだ。うん、今日も普通に剣と槍《やり》を装備してきていやがる！

「「「おお～！　そんな裏技が！」」」

もう嫌だ、マジバカだ！

「虫捕まえるのに虫取り網の何処《どこ》が裏技なんだよ！　五人全員が『おお～！』って感嘆詞までつけてマジで考えてなかったたって、考え付かないんじゃなくて、お前ら何も考えないだろう！」「「「斬った方が早えじゃん？」」」「時間掛かってるだろうが、今現在!!」

雑貨屋のお姉さんお勧めの怪しい草を燻《いぶ》す。「虫にはコレ！」っていうくらいのお勧め品らしい。だから取り敢えず買い占めて大量発注もかけておいた。

そして――バタバタと落ちていく「パラライズ・モス」達。いや、もしかしてとは期待してたけど、迷宮の魔物が雑貨屋さんで売ってる殺虫草で即死すんなよ！　それって只《ただ》の虫じゃん？　もしかしてこの迷宮って一階からじっくりと燻したら1日で攻略済んだんじゃないの？

そして「すげー！　斬新なアイデアだー！」って言ってる莫迦達《たち》。もう嫌だ。

「お前ら殺虫剤見た事無かったの？　大迷宮で燻してた話も聞いてたよね？　どうして現代人が剣持って虫を追いかけるんだよ？　寧ろこっちが吃驚《びっくり》してるよ。きっと原始人だったご先祖様でもお前らよりは賢かったはずだよ？　何処まで先祖返りしたら其処《そこ》まで莫迦なの？」

考えても分からないのは仕方ないが、考えないって……こいつら知的生命体ですらないんだよ！　この莫迦達は一体何なの？　何ていう生き物なの？　燻して良い？

「燻すな！　上空10m《メートル》を飛ぶ巨大な蛾を、壁を駆け上って、炎をまとった剣で斬り落として回ってただろうが！」「さっきも超高速で無軌道に瞬間移動する巨大な蠅《はえ》を逃げ場の無いほどの斬撃を飛ばして切り刻んだよな？」「ああ、巨大な甲虫を連撃に次ぐ連撃で圧倒して、捻《ね》じ伏せ穿《うが》ち尽くして戦ってきたんだよな？」

あれ？　そう聞くと、何故《なぜ》だかファンタジーの王道のような気もする。

あれ？　正しいのか？　いや違う、言い方が格好いいだけだ！

危なかったよ……危うく言葉の欺瞞《トリック》に騙《だま》されそうになった。そう、物は言いようだ！

要は蛾を壁まで走って追い掛け回して、蠅が避けるから狂ったように剣を当たるまで振り回して、甲虫が固いから矢鱈《やたら》めったら死ぬまで突き刺し捲《まく》ったと？　発想が完全に野蛮人だ。やっぱり何も考えてないんだよ！

「あれ？　お前ら本当に現代にいたんだっけ？　てっきり同級生だと思っていたけど知らない人だったかも？」

「「いたよ！　同じクラスだったよ！　知らない人じゃねえよ!!」」

　残念な事に現代人らしい。きっとこの話を元の世界の現代の人達が聞いたら、さぞかし嘆き悲しむだろう。あれが自分達と同類なのかと……うん、俺も悲しいよ？　マジで。

　延々と莫迦達を莫迦にしながら、殺虫草を燻して風魔法で煙を送り続ける。あれ？　なんかこっちが邪道みたいな気がしてきた!?　不思議だ？

「よし、下りようか。死んでなかったら、また燻せばいいし？　莫迦ごと？　生きてたら水流し込めば溺れるかも知れないし？　まあ下りてみてから考えよう」「俺達の今までの苦労って何だったんだろうなー？　あの虫たちの大軍との戦いって？」「俺、蟷螂《かまきり》と切り結んで剣戟の嵐のような死闘を繰り広げてたのに？」「あの突進して飛んで来る槍飛蝗《ばった》の群れも大変だったよなー？」「粘液吐いて来る芋虫だって粘液を避けながら迷宮の中を駆け回って倒したのに？」「「燻したら終わりだったんだ？　あの激闘の数々って？」」

　こいつ等は本当に現代社会で生活していたのだろうか？　逆にオタ達は現代社会に毒されきっているし？

「いや、現代人が巨大昆虫を相手に剣を持って戦う？　普通？　殺虫剤って中世くらいでもう出てくるはずで、石灰や硫黄の殺虫剤とか古代じゃなかったっけ？　除虫菊粉だって相当昔からだったはずだよ？　お前等は何世紀から召喚されてきたの？　ジュラ紀？」

まったく普通なのは俺だけだよ？　嘆かわしい。

服飾業なんだから服飾業界に対する損失に驚嘆しても無実だ。

50日目　夜　宿屋　白い変人

迷宮王が残した『攻殻虫の鎧《よろい》』。まあ、残したっていうか殺虫されて、鎧と魔石がぽつんと落ちてたらしいの？

「「「効くんだ、殺虫剤!?」」」「でもかなり高価《たか》く付いちゃったって?」

その滅茶《めちゃ》虫っぽい意匠《デザイン》の禍々《まがまが》しい鎧を柿崎《かきざき》君達と遥君で譲り合いと言いながら、無理やり押し付け合っているの。うん、キモいの！

そして強引に着せられそうな柿崎君が這《は》って逃げ回ってるところを見ると相当嫌みたいで、女子もドン引きしている。他の迷宮装備は微妙だったらしい。

「まさか全部虫デザイン？」「わっ、グロイ槍が出て来た！」

みんなでドン引き中。だって、それ虫さんの脚槍だよね？　うん、食堂で出さないでね？　そして報告。

「いや、蚯蚓《ワーム》以外は全滅してたから47階層の迷宮王は何だったか不明なんだ」「あと、その上の46階層は虫の迷宮だったのに魔石と一緒に武器が落ちてたな？」「なんか、蜘蛛《くも》の巣があったから蜘蛛系だと思うんだが全滅していたからわかんねえ」「そう、詐欺だよ！　虫の迷宮で蚯蚓《みみず》ってミミズ目への侮蔑行為だよ？　マジで。でも雑貨屋さんの殺虫草は凄《すご》い効くんだよ？　中層までならG以外なら倒せるかも？　みたいな？　あと巨大Gが出たら俺逃げるから！　絶対だ!!」

また、やったみたいだ。迷宮を殺して来たけど、迷宮王は不明。魔物の種類も分布も一切不明で、未解決事件が量産だった。前回は溺死、今回は薬殺？　そもそも大迷宮では迷宮皇さんの拉致誘拐だったよね！

「「「46階層に武器が落ちてたって、武器だけですか！」」」「ほっそい胸当てだけだったぜ、革製の!?」「「「本当に脚部の鎧とか靴はなかったんですね!!」」」

小田《おだ》君達が変な所に凄い形相で喰《く》い付いてる。普段は見せない真剣な顔で、深刻に何かを考えている。

「それ、何か重大な事なのか？」「胸当てったって、幅広の革紐《かわひも》だぜ？」

瞳に驚愕《きょうがく》が浮かぶ。異世界の事は小田君達が一番詳しい、だから小田君たちにしかわからない何か深い意味が有る……だから、みんなが息を呑《の》んでいる。

「その落ちていた武器のサイズは？」「ああ、標準サイズの剣と槍と、あとは盾だったよな？っていうか、何か拙《まず》かったのか？」

　俯《うつむ》き肩を震わせている……。

「「「クモ糸で武器装備ってアラクネだったかも知れないのに、全滅しちゃってる！」」」

「出会う前にお亡くなりに……」

　小田君達が嘆いている。アラクネ？　貴重な魔物だったとか、良い魔物だったりとか？

何だろう、遥君まで目を見開いて酷《ひど》く動揺している!?

「アラクネって……あのアラクネ!?」「よ、鎧が無かった。無かったんだ……しかも革紐《ベルト》」

「遥ぁ――！　お前の血は何色だー!!」「マジで？　だってアラクネって……殺虫剤効くの!?　いや、虫のダンジョンに蜘蛛さんがいて良いの？って……鎧無し――！　しかも革紐《ベルト》だっただとおおおお――っ！　みたいな――っ!!」

　男子みんなが一様に動揺している。事件なの!?　あ、アンジェリカさんはジト目してる。

知ってるのかなー？　聞いてみよう？

「えーと……蜘蛛女さん？」「上半身が女性で……革紐《ベルト》？」

　ギルティーだね。（説教中です。しばらくお待ち下さい）

「「「最低ーっ！　昆虫に何を期待してるのよ!?」」」

　うん最低だった。アラクネさんは「蜘蛛女《アラクネ》」。一般的には上半身が女性で、下半身は蜘蛛の魔物さん。そして武器だけで鎧を身に着けていなかった、つまりトップレスさんか革紐《ベルト》ブラのセクシー系魔物娘さんだった可能性があるらしい。

「「「はぁ――……男子って」」」

だけど、遥《はるか》君だけは例の如《ごと》く罪を認めない。曰《いわ》くアラクネとはギリシア神話に登場する人間の女性で、機織りを司《つかさど》るアテーナーをも凌《しの》ぐ技術を持つと言われた優れた織り手なんだそうだ？

「いや、だってみんなオーダーメイドしてくるじゃん？　うん、手が足りないんだよ？　しかもアラクネさんなら機織りからできるから、生地からフルオーダーだよ？」

「「「マジで!?」」」

「マジマジ超マジで、しかも蜘蛛女《アラクネ》さんの方なら糸から紡げるから繊維からの完全フルオーダー可能で、蜘蛛さんだから手が足りないどころか手が2本に蜘蛛の脚も8本なんだよ！　ほら大事な事じゃん？　服飾業界に対する損失に驚いて嘆いただけだよ！　だって俺って毎晩が服飾業界なんだから、もし使役できてればお洋服の大量生産も可能だったかも知れないんだよ！　バリエーションも増えてお値段も安くなっちゃうんだから俺悪くないじゃん？」

　その言葉に女子達は激しく動揺し、お説教は止まった。だってお洋服がバリエーション豊富で、お値段お手頃は殺し文句だから。見事な弁論だ、相手の弱点を突き自分の主張を正当化する必殺の殺し文句だ。論理も破綻していない、付け入る隙の無い弁護。

　でもね――「鎧無し――！」って叫《こ》んでたよね？　服飾業界は鎧が有っても無くても関係ないよね？　実は自白してるの、魔物っ娘の覗《のぞ》き未遂犯決定なの？　有罪《ギルティー》！

（更に説教中です。もうしばらくお待ち下さい）

お説教以外は順調に会議が進んだけど、49階層で階層主は危険だと判断して戻って来たグループが2つ。私達もだから計3ヶ所が階層主戦になる。明日はみんなで階層主と連戦で、あと遥君に隠し部屋も探して貰《もら》わなきゃいけないし大忙し。特に遥君が。

遥君は領主様への報告も面倒がって尾行っ娘ちゃんをお菓子で買収して、代わりに報告に行かせてたりとサボってはいるけれど、それでも忙しい。

生産の補助が必要なんだけど、錬金持ちはいても実用レベルなのは未《いま》だ遥君だけ。他は手伝いすらできない……っていうか職業の－《マイナス》補正でできなくなっている。しかも何故だか服作りも遥君が一番上手で妙にセンスも良くて、下手に手伝おうにも普通の手縫いならともかく魔法で縫製して量産なんて誰にもできない。

ご飯も遥君のように食材を見つけて鑑定したり、毒抜きしたりなんかの加工ができない。そして根本的にお料理ができてもケチャップの作り方なんて知らないの。まして魔法で調理する方法が全くわからないの。――だって魔法が攻撃用だし？

「女の自信《プライド》が」「私、料理部だったのに……」「「「いや、魔法で魔物料理はねー？」」」「まず食材不明で、調味料がないって難易度高すぎる！」

それはそれで簡単な手作りならまだ……何とか……？　だけど、工事関係も遥君に依頼が来ていて、土魔法持ちも四大魔法持ちも沢山いるんだけれど、誰も建築以前に測量や設計ができない。私のスキルは壊せるんだけど何も作れない。更には注文内職に経営指導に融資や買い付けの指示に、販売品の生産とか無理だよね？　寧《むし》ろ何でできるの？

だから遥君が忙しい。いっそ戦闘職ではないのだから生産をと言っても、結局迷宮を殺しているのはいつも遥君。だって殺虫剤や水攻めや金属溶解なんて他の人には無理なんだから。

そして最大戦力兼、指導役のアンジェリカさんの使役者。だから本当はアンジェリカさんも離れて行動するのが嫌みたいで……ちょっと拗《す》ねているの？　うん、迷宮皇さんが可愛《かわい》い!!

こうなると遥君が一人で朝から戦闘職で迷宮を殺し、夜は内職の生産職で街の経済を支える。有り得ない事なのに、それを毎日やっている。

「それなのに……そんなに忙しいのにみんなの装備を作ってくれてるんだ……」「指輪もブレスレットも、その前の洋服だって全部効果付きだったよね？」「迷宮武器だって格安バーゲンしてくれて、一人で全部支えちゃってるんだ……」「「まあ、結構なボッタクリ価格だけどね!?」」「でも、普通にお店で買ったら凄い金額で、あれでも激安特価なんですよ？」「「「うん、ただ予算を知り尽くした上で有り金を全部巻き上げる気だけどね!!」」」

感謝が溢《あふ》れるのにぼったくられ、巧みな後出しと怪しいセールストークで毟《むし》られて、その莫大《ばくだい》な収益が目を離すと破産しているの？　うん、没収貯金しても間に合わないの!?

だから文句言いながらもみんな嬉《うれ》しくて、感謝の言葉を伝えたいのになぜかお説教になっちゃうんだけど感謝しているの。でもね——アラクネさんは駄目だからね！　うん、アンジェリカさんもオコだし、島崎《しまざき》さん達《たち》も囓《か》み付きそうな顔してるから、きっと使役者間で複雑な序列問題に発展しそうだからね？

もし、もしも使役しちゃっても、ちゃんとお服着せるんだからね！　ううぅ、お洋服がバリエーション豊富でお値段お手頃なんて——

生産流通計画に合わせて区画整理と治水工事を先にやれたら結構簡単なんだよ。

50日目　夜　オムイの街　領館

「と、いう事で報告終わります。それとこちらが遥さんからの提案書で、こっちが商業、流通の経済関連。下は主に近隣の農業政策と改革案で、お手元の資料が辺境全般の整備案、一番下が街の改築の提案になります。以上です」

そして女の子は「失礼します」と言葉を残し出て行ってしまった。手元には膨大な資料の山。その周りも提案書の山。

そのどれもが軽く目を通しただけで画期的な提案ばかりだ。最初に説明された辺境の防衛計画の時点で空前絶後の提案だった。

辺境を遮る険しい岩山を逆にオムイの城壁として、巨大な城壁都市を建設し王国との流通を制御する。既に山脈の城壁化と城門に当たる管理迷宮は建設済み、その出入り口に防衛と流通用の都市を造り、現オムイの街も魔物の森に対する防衛都市に特化させ、最終的には南北の二つの防衛都市と、東西の農業地区の中心に新オムイの街を建設し、有事の際は東西南北に駆けつけられる駐屯地と辺境の物流を担う都市に変える。そして、その為《ため》の交通整備案までが事細かく整備順に計画書として提案されている。

「これは……」「こっちも途方も無いが、だが……」

隣の領のナローギとの話を聞くつもりが、対王国までも視野に入れられているであろう防衛整備計画を聞かされてしまった。しかも辺境を巨大な一つの街、一つの城と捉えた革新的発想であり、既に王国側の城壁と城門は完成しているのだ。

「これが予想図と予定表」「何で地図がこんなに精密なんだ!?」

そしてその巨大公共工事すら格安で引き受けると料金表まで付いている。しかもお得な、物々交換も有りの良心的な価格だ。

27　生産流通計画に合わせて区画整理と治水工事を先にやれたら結構簡単なんだよ。

「待て、この続きは！」「いや、重要度はこっちだろう！」

既に各分野の文官達は提案書を奪い合い、唸るように互いに読み上げては顔を見合わせ当惑する。だが皆の目に、静かだが燃え上がるような熱がある。

まるで憑《と》りつかれたかのように読み直しては、他の提案書と突き合わせて確認する。その顔には隠しきれない興奮がありありと見て取れる。

そう、これは夢だ。夢にまで見た平和で豊かな街。辺境が夢見る事も無かった夢だ。

有り得ないほどの幸福な夢を現実に実現させるための手順書で、信じる事も恐ろしくなるほどの夢のような未来の辺境の設計書。

信じられずにいくら疑い確認しても、確実なまでの夢の設計図なのだ。

皆が涙を流し提案書に没頭する、まるでその中にある夢の世界を覗こうとするように。

その引き攣《つ》った笑い顔は、我が子や孫達が幸せに暮らす未来まで読み取ってしまったのだろう。

夢の本――この本を読んだ者は皆が夢の中に引き摺《ず》り込まれる。見果てぬ夢のその先までが書き記されたその本に溺れていく。

これは実現不可能な夢物語を実現する為の手引書であり、現実に有り得ない現実を造る為の設計書なのだ。だから皆が未来の幸せそうな領民や子孫を思い、涙している。

そう、これは夢の提案書などではない。夢を無理矢理にでも現実にさせる為に、それ以外の要素を全て蹂躙《じゅうりん》する為の戦略書だ。夢が叶《かな》う事を夢見るのではない、実現できない全可能性を殲滅《せんめつ》させる為の戦術書だ。幸せな夢以外の全てを認めない暴虐な立案書だった。

「お前達。これほどまでに与えられ、更にここまでの物を見せられ、できぬと言う者は申し出ろ。やらぬと言う者は名乗り出ろ！」

皆が涙を溢れさせながら私を睨《にら》みつける。良い気構えだ。良い覚悟だ。

これほどまでに心満たされ遣り甲斐《がい》の有る、命や人生等《など》幾ら懸けても惜しくない仕事が一体何処《どこ》に有ると言うのかとその目が訴えてくる。

「では各自始められる事を始め、できる事をやり、その都度進捗度と問題点の報告を挙げよ。要る物は物資でも人手でも直《す》ぐに要求を上げよ」

「「「はっ、直ちに！」」」

皆が先を争い持ち場に戻る、戦場の様な気迫だ。否、文官達の戦場なのだ。

今まで文官達には負け戦の処理に追われるような仕事しか与えられなかった我が領で、文官達に与えられた初めての戦場なのだ。

武官達も防衛計画に感心しつつ、添えられた兵法、戦術の書に魅入られている。

頁《ページ》を捲《めく》る——一体どれほどの知恵と知識と技術を持っているのだろう？

あの少年は何なのだろう。

あの少年少女達は何なのだろう。

貧しい辺境の見る夢なのだろうか。

悲惨な辺境の見た幻なのだろうか。

この辺境は神等信じない、奴等《やつら》教会等を許す事は無い。

そんな何も信じられない辺境に、夢見る事すら許されない辺境に、あの少年少女達は何をしにやって来たのだろう。

何故に此処《ここ》までしてくれるのだろう。なんら報いる財も権力も無い私に、辺境の民に。

きっと遠くない将来に滅びる事が定められていた辺境の地と民に。

幸せをばら蒔《ま》き続けるかのような少年少女達。

魔物という名の不幸を薙《な》ぎ払い続ける少年少女達。

何処から来たのかも知れず。

何をしに来たのかも告げず。

何をするかも分からないまま。

何を言っているのかもよくわからない少年。

ただ当たり前のように、皆に幸せをばら蒔き続ける黒髪黒瞳の少年少女達。

もはや崇拝しても足りぬ恩を受け続け、只々《ただただ》感謝するだけで何を以《もっ》ても報いる事の適《かな》わない恩人達。そして、その中心にいる、この辺境の名も知らぬままに幸せをばら蒔き続ける少年——何故に名前を憶《おぼ》えてくれないのだろう、看板も増やしたのに？

夢のような立案書には辺境のムリ何とかっていう街と書かれている……遥《はるか》君、オムイだよ？　オムイなんだよ？

まだあわてるような時間じゃないが睡眠時間は無いらしい。

51日目　朝　宿屋　白い変人

「今日は階層主班と、通常の迷宮班に分かれまーす。間違っちゃ駄目だよー？　特に立ったまま眠ってる遥くーん？　起きてても話聞かないのに、何で寝ちゃうのー？　おーーい、起きろー？」

ちゃんと聞いてるのに酷《ひど》い言い草だ。うん、今日は三つの迷宮の地下50階層巡りなんだよ。うん、聞いてるよ？　目を瞑《つぶ》って、意識を無くしてただけなんだよ？　寝てないよ？　ちゃんと倒れないように『木偶《でく》の坊』で身体《からだ》を支えてるから大丈夫なんだよ……ぐううーう？　ぐうーう？　みたいな？　ぐーう？

「その何処が大丈夫なの!?」「「「うん、寝言で『ぐうぐう』言う人を始めてみたよ!?」」」

「起きてよー、出発するんだよー？」「ねえアンジェリカさん、どうやったら起きるの？」

（ゴニョゴニョ♥）「え、えええええぇぇぇぇっ！　無理無理無理何でお目覚めのキスなの？ってなんで私がするの？　なんでみんな私を見てるの？　何でどーぞどーぞなの？　無理だから無理無理だから無理だから、みんな見てるのにできないから！ってみんなで後ろ向かないでよーっ！　それってしちゃえって事なの？　無理だよー？　私ヘタレなんだよー？　無理なのー。起きてよー！」

集中すると時間の感覚が消え、没頭すると思考が研ぎ澄まされるような感覚を抱いてたら朝だった？　うん、太陽と委員長さんの顔が赤いな？

「うーん、騒々しいよ？　起きてるけど安眠妨害なんだよ？　全く、睡眠不足はお肌の不《ふ》倶戴天《ぐたいてん》で、それはもう共に天を戴《いただ》かないくらい不倶ってるんだよ？　戴かないっていうか頂きます？　みたいな？」

「あ———ん、頂いたら駄目なのー！　何でみんなチラ見してるのー？って言うか安眠しないでー、起きてー！　なんで朝からこんな事になってるの？　うえ〜〜ん！」

おや、委員長が泣いてる。何かあったのだろうか？　顔を真っ赤にして涙目だ。

「よしよし、委員長も寝不足で夜泣きなの？　ぐずってるの？　お腹《なか》が空《す》いたの？　さっき朝ご飯食べたでしょ？　あれ、食べたっけ？　マジで!?」

「なんで私がお腹空かして夜泣きでぐずっちゃうの？　あと朝ご飯ちゃんと食べたよ！　ボケて忘れてなんかないよ！って言うか遥君も食べてたから!!」

全く朝から賑《にぎ》やかしい事だ。静謐《せいひつ》な朝の静けさも堪能できないこんな世の中じゃ？

「「「あ〜あ、ヘタレちゃったよー」」」「裏切り者ー！　何で誰も助けてくれないのよー、何でみんなで後ろ向いちゃうの！　何なの、無理に決まってるじゃない！　ヘタレちゃうよ！　ヘタレちゃんなのよー!!」

あれ、朝ご飯は何処だろう？　食堂なのにご飯が無い。うん、俺はダイエットとか要らないし、寧《むし》ろ脳が栄養不足で働かないんだよ？

そして目が覚めると迷宮だった？

「知らない迷宮だ……って訳分からないよ？　どんな展開をしたら朝起きたら知らない迷宮なの？っていうかここ何処？」

「あ～っ。やっとお目々が開いてるよ～、よく寝ながら歩けたよね～？　触られても全然起きなかったし～？」

揺れてい……ゲフンゲフン！　いえ、何でもありません！

「えっと、俺は寝ながら歩いて来たの？　そして誰に何処を触られてたの、って起きなかった間に何されてたの？　いや、何でみんな目を逸《そ》らすの、何されちゃったの!?」

疑惑発覚だ――油断も隙も有ったもんじゃないセクハラ疑惑だった！　うん、何されたの、どこ触られたの、犯人は誰なの？　どうしてみんな目を逸らしてるの？

「サー、ダンジョンダー、ミンナガンバロウ（棒）」

「「「「オ――――――（棒々々々）」」」」

なんか掛け声まで嘘《うそ》くさかった!?　疑惑が深まる中、迷宮真っただ中なんだけど、なんだかダンジョンより疑惑の方が深そうだ！

「この階に隠し部屋があるよ。っていうか何階なの、ここって？」

「ここはまだ1階だよ。入ったばかりなのに、隠し部屋が有るの？　あれって深い所じゃないの？」

今までに迷宮《ダンジョン》の20階層より上で隠し部屋なんか見た事が無い気がする。ましてや一階って……でも確かに隠し部屋だ。変な所に有るけど間違いない。

ダンジョンの入り口……の脇の壁を押す。

「ええっ！　そこって入って来た入り口だよ、いきなり入り口の横に隠し部屋なの？」

中には小部屋が一つ。そこには宝箱も無く、代わりに本がポツリと置かれている？

こ、この意味不明なぽつんと感は、あの河原や公園の茂みにポツンと発見されるという伝説のHな本なの!?　異世界だとダンジョンの中なの？　だが異世界のお姉さんは美人率がとても高いから、これは期待できるかも！

「えっと……『ノォウ ハァウ 魔道具！』、って本当に出版してたよ！　深夜の独り言がフラグだったよ!!」

誰も知らないフラグが回収された。自分で立てて自分で回収しちゃったよ！　あと男子高校生的な期待を返せ!!

確かに有ったら良いなとは思ったが、何故迷宮の隠し部屋に有るんだろう？　だがこのシリーズは発禁本扱いだったから、誰かがここに隠したのかも知れない。辺境の為《ため》に役に立つ本だから、見つかって燃やされないように、ここにずっと隠されていたのかも知れない。その、積もった埃《ほこり》の厚さが長い時を物語っている。

軽く目を通した感じでは『ノォウ ハァウ 魔道具！』は『ハァウ トゥウ 魔道具！』の続刊のようだ、次は何だろう？っていうか全何巻なの!?

魔道具作成のより高度な内容と魔法やスキルの理論が事細かに説明されている。タイトル以外はお堅い本、そのびっしりと書き込まれた文字からは人々に役立つ物を、安全な暮らしをっていう気持ちが滲《にじ》み出している。そんな立派な本が発禁処分なんて社会の損失は計り知れない。実際この本に記されている魔道具だけでどれほど人々の暮らしが楽になり、軍や冒険者だけでなく行商人や農村の安全が高まるかを考えれば、推奨されこそすれ発禁にするなんて大損失だ。うん、タイトル何とかしようよ!?

「この本って俺が貰《もら》っても良いかな。魔道具の作成本だから読みたいし、作ってみたいんだけど的な？」

「「「異議なし。うん、遥君にこそ必要な本だよ、それは」」」

貰えた。よし、みんなの取り分を見逃さないようにしっかり目を覚まして隠し部屋を探そう。宝探しだ。

だが、上層に湧いた魔物は惨殺されて出会う前に魔石になって回収される。なんだか甲《かっ》冑《ちゅう》委員長さんも御機嫌で、上機嫌《アゲアゲ》に殺戮《さつりく》中だ。この展開は俺の見せ場が全くないパターンだ。良くある展開《パターン》だ!?　だって普通は迷宮の探索に行って、最下層まで只《ただ》下りて上がっただけなんて経験は中々できないだろう！　うん、良くあるんだよ。マジで！

「あれ？　また隠し部屋……ここって未《ま》だ5階層だよね？　隠し部屋が多いのかなー？まさかの本屋さんの迷宮！　よし、改装してここに住もう!!」

書店なら言うこと無しだし、もしかすると漫画やゲームやフィギュアなんかもある素敵迷宮にも期待大だな！

「本って、未だ一冊出ただけだよ？」「やっぱりまだ改装は諦めてなかったんだー」「う～ん、立地が微妙だよ～？　ここって街からも村からも遠いよ～？」

そうか、まだ慌てるような時間じゃない。

「そうだね、落ち着いて一つずつ確実に、一軒ずつ物件を見比べないとね」

「「「だから迷宮は物件じゃないし、分譲もしてないの！」」」

どうやらリフォームがお気に召さないようだ。新築派の手の者のなのだろうか？

「その気持はよく分かるけど、一から新築の掘削は大変だよ？　うん、掘ってみないと基礎や地盤が分からないから穴だらけになっちゃうよ？　異世界が？」

「「「誰がそんな心配してて、一体何がわかってるの!?」」」

うん、やはり迷宮の中で浴びるジト目は一味違うんだよ、しかも3パーティー合同で俺以外は全員女子。そう、ジトの厚みが違う！　まあ、毎朝ちゃんと冒険者ギルドに寄って朝の受付委員長のジト目も浴びてて、なんだか記憶も無いのに今日もちゃんと行ってたらしい？　うん、夢遊病者のようにギルドに入って、寝言のように依頼に文句を言ってジト目を浴びたら出て来たらしい――マジで？

「ここだねっ？　えっと『レェッツ　ゴォゥ　魔道具！』って何で一緒に隠さずに階層ごとに隠してあるんだよ！　面倒だよ!!　って言うか他の本って無いの？　後そのタイトル未だ引っ張るの!?」

　三冊目だった。今度のは上級編って感じで難易度が高いものばかりで、材料も手に入れるのが難しそうなものが多いみたい……何これ！

「おおっ、洋服も載ってるけど、『マルチカラー・ドレス：【魔力で好きな色に変えられるドレス】』って……うわー、面倒だなこれって？　材料はいらないんだけど魔石の加工が滅茶《めちゃ》手間だよ、この作り方って？」

「「「買うから作って！　ブラウスとスカートも作って!!」」」「出た本全部あげるから作って！」「これで地味な天然色《アースカラー》以外の服が!!」「「「うん、大発見だよ！」」」

　本は貰えた、そして欲しくはある。だが、このマルチカラーのドレスとブラウスとスカートを21人分？　63着作るの？　ちょ、誰が作るの？　その人はいつ寝るの!?

　昨日だってオーダーメイドの作製で遅くなったから朝は眠かったんだけど、採寸の時はばっちり目が覚めていた。うん、特に副委員長Aさんのタイトスカートと副委員長Bさんのエプロンドレスは目が覚めた上に、何かに目覚めちゃいそうな危機だったけど、それはもうしっかりと心の目と羅神眼に焼き付けた！　だって……メジャーテープが弾《はじ》かれたんだよ！　ポヨンッって！

「「何を回想してるの、何を!!」」「何で迷宮を改装して落ちたのに、懲りずに回想を」

「階層だけに？」「「「…………」」」「スルーしないでー！」

異世界では彼女に胃袋を掴まれると爆熱で爆発するらしい。

51日目　朝　ダンジョン

会議の結果、マルチカラー・シリーズの服は生産が始まり次第、今日一緒の委員会＋盾っ娘《こ》と女子体育会＋ギョギョっ娘の10人に各自1枚優先販売と値引きサービスでセミオーダーという事で解決した。うん、作ってみないと量産とか無理だから、マジで。

「フレアスカートにするべきか、ワンピースにするべきか……それが問題だから問題解決の追加注文？」「上物の方がお得感有るんだけど、それはそれで時期を選ぶのが勿体《もったい》ない気も」「せっかく色が変えられるならやっぱりオールシーズン物だよね？」「シンプルでベーシックが使い回し良いんだけど、上下のどっちが使い勝手が良いのかなー？　やっぱり問題解決は追加注文？」「一番着てるのはマントっていうのが現実なんだけど、マントの色が変わればそれはそれで嬉《うれ》しいんだけど……可愛《かわい》くないんだよなー、マントって？」「いっそTシャツが便利だけど、勿体ない気が」「やっぱりブラウスが鉄板コーデなのかなー」「う～ん、ボトムも良いんだけど問題解決に追加注文？」「ちょ、問題解決の追加注文って、それ問題解決させる気が無いんだよね？　問題を押し付けて追加注文出す気満々だよね!?」

異世界で男子高校生の内職による過重労働な自営業って……だが、実際今一番お金を稼いでるのは女子さん達《たち》で、なにせ数がいるからボロ儲《もう》けではある。うん、何故《なぜ》だか使うとお金がなくなってずっと金欠なんだよ？

「もう、考え事中に……せやっ！」「そうだよ、乙女にファッションは重大事なのに——うりゃあぁ——っ！」「え～い♪　ええ～い♪」

ゆ、揺れている！って、いえ、何でもありません！　しかし、異世界の迷宮でお洋服会議が白熱して、邪魔する魔物との戦闘はついでって、それで良いのだろうか？

「やっぱ布面積でアピれるスカート……ああ、邪魔！」「でもでも、一番視線が行くトップスが……もう、ウザい、うりゃあぁ！」「小物も捨て難いよー……どりゃあぁ！」

俺、今日は未だ武器を取り出してもいないんだよ？　そう、『樹《き》の杖《つえ》？』さんは朝腰に差したまま一度も抜かれることなく、触ってもいない。うん、未《いま》だ嘗《かつ》て神剣を手にしてここまで戦わない異世界の冒険が有っただろうか——!!

「しかし、新兵器の神剣並みな『次元刀』まで持ってきてるのに出番が無いんだよ？」

「でも確かに普段はマント……とりゃあぁ——っ！」「「魔物さんにお洒落《しゃれ》して見せても……うん、見てないし！」」「制服の色が変わるのも有り？」「「有りだね！」」「誰も聞いていないらしいな？　うん、新兵器なんだよ……」

昨日の夜内職の合間に装備にも手を付けてみたんだけど、『魔力刀：【魔力で切れ味が上がる刀　要Lv30】』をミスリルで加工してみたら『魔力刀：【魔力で切れ味が上がる刀　要Lv50】（　　）』って空白の括弧が付いたんで、いろいろ検証してみたところ、魔力を込めた魔石を加工する事で効果が付与できることが分かったんだよ。まあ『ハァウ　トゥウ　魔道具！』に書いてあったんだけど、それで試しに転移魔法を魔石に込めて加工したら『次元刀：【魔力で切断力、切断距離が変えられる刀　要Lv100】次元斬』が完成したから、今日がお披露目なのに出番が無い。魔物もチラッとしか見ていないまま、みんな魔石になって持ってこられる、もちろん甲冑委員長さんにだ！

装備を更新してもあまり意味が無さそうだし、受注生産も区切りが付きそうだし今晩は早く寝よう。早く寝る為にはその前にたっぷり寝なければならないから早く寝よう。

また隠し部屋だけど、今度はちゃんとした隠し部屋。もう、あの本のシリーズの最新作とか有っても試作すらできそうにない。いっぺんには無理だよ？　せめて季刊で発行しようよ？

「しかし10階層だから、5階下りただけで隠し部屋？　なんでそんなに隠したがるのか……まあ発禁本だから隠さなきゃいけないんだけどさー？　また発禁本なの？　俺16才だけど大丈夫？　年齢制限的に？」

　今度の隠し部屋も浅い小さな部屋。また、本なの、やっぱり本屋さんの迷宮なの？　ちょ、改築しちゃおう！　でも一冊ずつしか出て来ないから蔵書率は低そうだな？

「ここだ……っと。やっぱり本屋さん？　えっと、『料理調理全集　これで貴女《あなた》も彼氏の胃袋をシャイニング・ゲット・フィンガー』って彼氏さん逃げて――！　それ《シャイニング・ゲット・フィンガー》で掴《つか》まれたら胃袋さん爆破されて粉砕されちゃうよ！　それ只の必殺技で、只の直接攻撃で格闘戦だから！」

　何故異世界でシャイニング・ゲット・フィンガー？　神はいないの!?　いや、まさか異世界では彼氏の胃袋を掴むことをシャイニング・ゲット・フィンガーって言う可能性は否定しきれないが、本の内容は普通に詳しい料理本みたいだ。別に彼氏の胃《ストマック》を爆裂アイアンクローする方法とかは載ってないみたいだが――うん、これは発禁にすべき本だ、タイトルが怖すぎるし、続刊のタイトルもきっと怪しい気しかしない!!

「お料理の本なの？　あれ、遥《はるか》君はいらないんじゃない。何でも作れてるし、既に料理人レベルだし？」

「うーん、異世界の食材とか、魔法を使った調理法とか載ってるからちょっと読みたいけど、読むだけで良いから料理したい娘に譲るよ！」

「「「…………よし、遥君にあげよう！」」」

それはずっと俺がご飯を作れっていう事なの？　俺だって女子の手料理とか食べてみたいんだよ？　男子高校生的な意味でも女子の手料理イベントは重要なんだよ？　よく考えたら今まで女子って洞窟でお魚さん焼いてただけじゃない？　いや美味《おい》しかったけど、あれって手料理？

「謎植物だ……って、探さないと！　白い蕩《とろ》ける油ってどんなのだよ？　これを大量に作付けできたら油問題が解決できるかも!?　しかし、蕩ける油っていう表現が気になるんだよ？　ほっぺが蕩けちゃうの？　食材が溶解《とろ》けちゃうの？　流石《さすが》にほっぺが溶解《とろ》けちゃうのも、そもそも食材が溶けても料理自体ができないよね？　みたいな？」

前の世界では歩きスマホ問題が発生していたが、スマホどころか携帯自体持ってない俺には関係なかった。だが、異世界で迷宮内歩き読書問題が発生しているんだけど問題ないらしい。誰も注意して来ないし、魔物もここまで辿《たど》り着けない。

そう、女子さん達はみんな衣食住関係にはやたらと協力的なんだよ？　なのにダンジョンを改装しようとすると怒られるが、衣食住は全て大事なんだよ。うん、住さんだけ差別はいけないんだよ？

大体洞窟を改装するのと迷宮を改装するのに何の違いが有るんだろう？　迷宮差別なの？　元迷宮皇さんに怒られちゃうよ？　今は虐殺が忙しくて帰ってこないんだけど。

「おっ、謎果物！　謎の謎果物特集が載ってるよ。それ全部謎しか無いよ!!」

「「「果物《フルーツ》!?」」」「まじで、異世界フルーツ祭りが開催されちゃうの!?」「盛り合わせちゃう、寄せて上げちゃう!!」「これ、書きだしといてみんなで手分けして探しに行っちゃおうか？」「おお──、ポンチさんしちゃうの？」「「「ポンチさん！　そうだ、農村巡りの旅に出よう！」」」

これでかなり食生活の改善が見込めるが、ただ辺境は家畜不足が深刻だ。魔の森の魔物が激減したおかげで動物が増えて来て、それで何とかお肉は流通してるんだけど、いつかは不足しちゃうだろう。狩ってくるから供給も不安定で価格も割高で、まだまだ高級品なんだよ。

うん、畜産業を優先しないといけなくなりそうなんだけど、この本には育て方までは載っていない。次の本に期待しよ！　よし、フラグは立てた!!

「なんだか階層主戦用のメンバーを揃《そろ》えたのに本探しの探索になっちゃってるねー？」

「「「でもマルチカラー・ドレスは大事だよ!!」」」「そう、マルチカラー・ドレスは大事だね!!」

強いられてるんだ!?　二度も言ってるよ、大事すぎて念押されてる!!

まあ、これは有用だから作るんだけど、作らせる気も満々なようだ。今晩作るワンピースで練習しちゃおうかな、どうせ作るんだし。そして……また採寸なんだよ！　そう、あれこそが男子高校生的に刺激が強すぎて夜眠れなくなって朝まで大変で、行き場のない欲望の暴走列車が一方通行だから、今朝も甲冑　委員長さん目の下に限ができてたんだよ？　うん、大変なんだよ！

そうして魔物の悲鳴を遠くに聞きつつ、本を読みながら地下50階層の階層主さんを目指す。甲冑委員長さんまでノリノリだから、きっと俺は魔物さんには会えないんだろう。まあ、安全には違いないんだし良いんだろう？

そして……地下15階層で『鍛冶錬金の書』。名前のまんま鍛冶の基本と錬金や魔法によるまともな普通の名前な鍛冶の本。

「え？　武器防具も内職しろって事なの？　罠《わな》だ！　これは異世界迷宮の罠なんだよ？　睡眠不足殺人事件なんだよ！　でも面白そうだ、そして昨日悩みながら眠いなか一生懸命頑張って実験、試験と試行錯誤したミスリル化の仕方も載っている………って、全く同じやり方だ。俺の睡眠時間を返せー！」「「「ご愁傷様です？」」」

さらに地下20階層では、とても役立ちそうな『植物図鑑』。これで種類が分かるだけでも助かるけど、できれば薬草とか食用とかだけじゃなく、何をどうしたら良いのか書いといてくれるととても有り難かったんだけど……それでも品種と名前に、何より分布や大まかな特徴がつらつらと書き記されている。ただ、育成方法も無し……いや役立つんだよ？　マジで。

そして地下25階層では『スキル考察』、今までに発見されたスキルの能力が検証されている！　そう、攻略本だ！

やっと意味不明なスキルの効果が分かる……なんて甘いことは思ったりもしなかったけれど、やっぱり『健康』も『敏感』も『体操』も『歩行』だって載ってない。だから当然その上位の『操身』や『歩術』だって無い。

ましてや『至考』どころか、『並列思考』や『直列思考』なんてものも無ければ、『魔力吸収』や『再生』は魔物さんのスキルなんだそうだ。うん、俺の人族になにか言いたいことでも有るんだろうか……焼こうかな！

だから、『疾駆』も『空歩』も無いし、『羅神眼』なんて以《もっ》ての外《ほか》で、神眼、未来視、魔眼、慧眼《けいがん》、写技、瞳術も無い。そして『傀儡《かいらい》』や『魅了』は伝説上は存在していても、『使役』なんてスキルはこの世界には存在してなかった。

人類の生息限界から一体これ以上どうすれば田舎に行けるの？

51日目　朝　ダンジョン

そうこうしながら、読書しつつダンジョンを下りて行く。

って言うか下りて、本を取って、また下りて、他に何もしていない……未だ活動中のダンジョンを踏破し、地下50階層の階層主と戦うために編成されたユニオンは、わいわいとお洋服の話に花を咲かせて忙しそうだ。

そう、ちゃっかり大虐殺を済ませた甲冑委員長さんも女子さん達のお洋服話に参加して、兜《かぶと》も外して嬉しそうにお話ししている。まあ嬉しそうだからから良いんだけどさー？　迷宮探検ってこれで良いんだろうか？

そして、地下30階層。隠し部屋には新たなシリーズの本、その名も『田舎暮らし』！

「って、してるよ！　充分してるんだよ!!　辺境より田舎って、あとは魔の森？　俺のお家《うち》はそこにあるんだよ、もうこれ以上の田舎は無いよ!!　家が前人未到区域だったよ!!」

そう、異郷レベルの田舎暮らしでも全然スローライフできなかったんだよ！　ずっとサバイバルだったよ!!

「「「まあまあ、ってまあ……最果ての僻地《へきち》だし、後は魔境？」」」「うん、人外魔境な秘境暮らししてたから田舎って言われてもね？」

田舎でスローライフって、毎晩馬車馬の如《ごと》く内職してるんだよ？　地の果てまで行かないと駄目なのかなー……俺のひきこもり生活。

「って、俺もう引退してスローなライフしちゃうの？　よく考えると異世界で別にする事無いけど、俺もうリタイヤしちゃうの？」

だが中身を読んでみれば農業畜産の指導本。それは教科書といって良いくらいに真面目な学術書的な本だった。

辺境の農業改革に最適な一冊だ、フラグを立てておいた甲斐《かい》はきっとあったのだ！って、まあずっとここに置いてあったんだけど、きっと意味はあっただろう！

「これは、帰ってから内政チートにも詳しいオタ達《たち》にも読ませて、相談した方が良いんだろうね？　うん、これで農地改革に畜産が組み入れられるよ」「「「肉！」」」

しかし、異世界は本のタイトルの付け方こそに問題があるらしい。うん、まず『タイトルの付け方』を発行するべきなんだよ、特に「ノォウ　ハァウ」とか書いている人に読ませるべきだよ。マジで！


剣閃《けんせん》が舞い、白銀の甲冑が踊る——そう、いつもどおりで、何の盛り上がりも見せ場も無いまま地下35階層に下りて来た。うん、甲冑委員長さん張り切りすぎだよ？　何かダンジョンの踏破が、完全に洞窟拝見ツアーな雰囲気になっちゃってるよ？

そして隠し部屋、しかもきっちり35階。ここまで来れば5階毎《ごと》に隠し部屋が有るんだろう。その地下35階層の隠し部屋ではやはり本で、『ウエポンスキル大全』」！

「うん、いらない」「「「早っ、って読んでもないよね!?」」」「だってウエポンスキルってガチンコの打ち合い殴り合いの技なんだよ？　先に倒れたら負けの撃ち合いなんてできる訳ないじゃん？　俺、か弱いんだから死んじゃうよ？」「「「あー、全く死にそうにないから忘れてたね！」」」「うん、誰より死ななさそうだもんね！」

　おそらくは、ウエポンスキルの殴り合い《ガチンコ》がこの世界の普通だからこそ、レベルの壁が大きい。ウエポンスキルは強力だけど、動作が大きすぎて発動すると避けたり躱《かわ》したりができない。その一撃が速くて強いけれど、隙も大きい。

　だから使えないからいらない。まあ、共有図書にしておけばみんな読めるし、オタ達はコンボ技の研究を始めてたからちょうど良いだろう。

「嵌《は》め殺し技とか有るんなら覚えても良いんだけど、使えないからＬｖ10台だと意味が無いんだよ？」

　うん、甲冑委員長さんもウンウンしてるから、多分そうなんだろう。


　長い迷宮——そしてまだ続いてるお洋服会議！

「ちょ、一体どれだけ服を作り続けさせる心算なのかな、普段ずっと鎧《よろい》なのに？」「「「女の子に服は大切なの！」」」

　街が近代工業化されるまで、ずっと内職のターンが続くのだろうか？　よし、メリ父さんに新たな計画書を送り付けておこう。そう、衣食住を衣服充に優先させよう！

　食は農業改革で余剰が出れば畜産に回せる。そうやって自然と高度化していくはずだ。そして、住は現代建築の基礎的なものは書類にまとめて提出済み。だが、衣が遅れている、だから強いられているんだ！

　まず機織りから産業革命させて、大量に種類豊富な布地を流通させるしかない。デザインなんかは勝手に見て覚えるはずだ。だから最優先で魔法動力の大型機織り機の製作が必要そうだけど、どこの世界で夜の内職で大型機織り機の設計作製を強いられるんだろう？　うん、内職で産業革命を起こす必要に迫られるっておかしくないかな？


　民主政故の不利。そう、女子は21人もいるのに、男子は10人だけ。しかも内４人は空気読まないから会議の発言権の無いオタ達で、更に５人は莫迦《ばか》……絶望的だった!?

　そう、男子の発言権が皆無。大体世の中の男子高校生っていうものは美人さんには逆らえない。それが21人。今だって女子11人もいて、男子は俺１人。

　それは、外から見ればハーレムパーティーに見えるかも知れないけれど、実際には肩身が狭い。だって圧倒されちゃってるんだよ？　人数で？

　しかも口が立つから女子さんの方が同人数でも男子より押しが強いので、パワーバランス的に圧倒されちゃっている。

　そう、甲冑委員長さんもすっかり仲良しで、すっかり向こうの味方だから孤立無援の内職ハラスメント！　うん、滅茶《めちゃ》ぼったくってるけど大人数で稼ぐから支払い能力が凄《すご》い。まあ、目には華やかだし、美人揃《ぞろ》いの女子さん達に囲まれて悪い気なんてする訳が無いし、慣れたからこれはこれで楽しいんだけど……大変なんだよ？　マジで？

「「「いっぱい稼いで美味《おい》しいご飯だ！」」」「「「おお――っ！」」」

　それにきっと俺は流されやすいのだろう。きっと女子さん達が笑ってニコニコしていれば楽しい雰囲気になるから、お菓子を作り、ご飯を作り、洋服を作り、アクセサリーを作ってるんだろう。

　それでも魔の森で再会した時……あの時に見た、恐怖に怯《おび》え疲れ切った顔、哀《かな》しみに打ち拉《ひし》がれた歪《ゆが》んだ顔、絶望しきった表情の消えた顔、心を無くした虚《うつ》ろな瞳で諦めきっていた顔。あの顔を覚えてる、忘れられないんだよ。だからもうあんな顔をさせたくない、ただ俺がそれを見たくない。

　だからニコニコと笑ってて欲しい……笑って楽しんで、嬉《うれ》しく幸せでいて欲しいんだろう。そう、そのせいで強制無限残業な永久内職活動中なんだ……男子高校生って辛《つら》いな！


　よし、帰ったら八つ当たりで、役に立たないオタ莫迦達を苛《いじ》めよう。絶対だ！

「やっぱり40階層にも隠し部屋だし、やっぱり本屋さんの迷宮？　最下層には書架が有るの？　よし今日中に制覇しよう！　踏破決定だ!!　水攻めも火炎攻撃も禁止します。って言うか暴れたら本が駄目になるから、最下層は俺と甲冑委員長さんだけで入ろうか？　特に副委員長Bさんは絶対に入ったら駄目だよ！」「ええ～～？」

　揺れて、撥《は》ねているだとおおおっ、って……ゲフンゲフン！

　うん、副委員長Bさんは大賢者だ。大魔法を使われて本を駄目にされたら困るが、その心配はない。

　そう、真の問題は副委員長Bさんの戦闘は破壊王《デストロイヤー》！　もうぶっ飛ばして、吹っ飛ばして、殴り付けて、叩《たた》き付けて、辺り一面を破壊し尽くしちゃうんだよ？　そして振り回しちゃう。だって真の破壊王は副委員長Bさんのお胸で、それはもう俺の集中力が破壊されちゃって、何故《なぜ》か戦闘中に目は正面の魔物を見てるのに羅神眼には副委員長Bさんの胸しか映ってなかったりするんだよ！

「うん、本があるなら二人に任せても良いんだけど、心配だから付いては行くよ？　あと後半に変な回想シーンが入ってなかった？　ギルティー？」

「あああ、こんなところにカクシベヤガー？　ホンダヨ？　『薬草学』ダヨー？　なんだよー？　みたいなー？」

「「なに、そのやる気のない勇者の名前みたいな棒読みは!?」」

「うん、これは良い本だ……って、まさか、これまで発禁なの」

だとしたら最悪で最低だ。だって書かれているのは薬学。薬草の種類とその薬の作り方。特に各種の病気対応した薬学の本。

　手術なんてできない中世で医療と言えば薬だ。いくら魔法や茸《きのこ》があっても回復だけで根本的な治癒はできない、まして治療ができる茸やポーションは希少で高価らしい？

　それでは足りるわけがない。だから、この本は大至急写本して配る必要がある。俺一人が覚えても意味が無い、一人では限りがあるけど、本はその知識を沢山の人に与えられるんだから。そして、沢山の人が薬草を集め、沢山の人が薬を作って、初めて沢山の人が救われる。うん、だからまた内職が沢山増えたよ。今晩は写本だな。

「甲冑《かっちゅう》委員長さんもそろそろ魔物が強くなるから独走禁止だよ？　まあ、大丈夫なのは分かってるけど、危ない事は禁止なんだよ？　みたいな？」

ウンウンしてるから了解みたいだ。もう45階層。甲冑委員長さんもＬｖ30に届きそうだが、まだまだステータス自体は弱い。全くそう見えないけど数字の上では一撃貰《もら》うと危険なレベルだ。しかも迷宮なんて搦《から》め手《て》だらけで、それが群れで出てくるのだから油断はできないだろう。

隠し部屋までの道に5体、いやその先に2体いるから7体の魔物がいる。

「この先に魔物が7体。45階層だから『キメラ・ビースト　Ｌｖ45』な、獣系のキメラの群れだから面倒なんだよ。中々死なないから、みんなマジ気を付けてね？」

そして49階層までの魔物で一番危険なのはこいつ等《ら》だ。なにせ複数の獣系の魔物が結合しているから頭や心臓が複数あり、魔石すら複数あったりする。それは一撃で決められない事が多く、しかも群れをなしている。本来、こういう相手には一撃必殺の回避型よりも、殴り合い上等のタフネス型の方が強い。っていうかリスクが少ない。

「壁、群れに呑まれないで！」「「「了解！」」」

そして上位種のキメラの面倒なところは食べた相手の能力を取り込む能力。だからキメラ・ビーストだからといって、魔法を使わないとは限らない。冒険者が食われているかもしれないし、何の生き物が体内に隠れているのか分からない。

「うーーん、うん、ヤバそうなのはいないけど、全部ちゃんとヤバいんだよ？」「どっちなのよ！」「ありがとう！」

　幸い湧き直しだから数は少ないし、特殊なスキルは無いようだ。だから安全だとは思うけど、実戦で乱戦な持久戦っていうのは何が起るか分からない。

　だから脆《もろ》い俺と甲冑委員長さんが後衛、後ろから魔法と一撃離脱攻撃をする安全策だ。うん、安全策だったな？

「なんで私達が防御陣まで組んで、安全確保して前進してるのに。どうして最後尾から速攻で瞬殺しちゃうの！」「「「危ない事は禁止は何処《どこ》に行ったの！」」」「いや？　ちょっと戦闘の前に『次元刀』を試してみたかっただけなんだよ？　だから、ちょっとだけ試して、ダメージ与えればラッキーくらいの軽い気持ちだったんだよ？　うん、悪気はなかったんだよ？」

　軽く飛び込んで一撃離脱する気だった。だから次元刀で薙《な》いだらすぐに防御陣の後ろに戻る気だった。まあ、突っ込んじゃったけど。

「「「悪気がない割に、階層の壁が割れちゃってるでしょ！」」」

　次元斬。初の一撃だから魔力を注ぎ込みすぎだったのかも知れない。うん、迷宮の壁ごと斬られてる。半径30メートルくらいが半円状に切断されて、抉《えぐ》られているようだ。

　やはり『転移』は空間系の亜種魔法で、その効果が相俟《あいま》って空間ごと斬っちゃったみたいだ……って、これ危ないよ！　これは味方がいる所では使い勝手が悪い。制御《コントロール》ができないと危険物すぎる。

「「「危ないでしょ！　後衛《ハウス》!!」」」

未《いま》だ使いこなせない『転移』の虚実、それは瞬間範囲斬撃。きまれば回避不能の一撃だが、魔力消費がキツい。そして転移と次元斬が同時発動されたのか制御できなくて……突っ込んじゃったんだよ？　そう、何故だか知らないけど、俺のスキルってみんな突っ込もうとするんだよ？　マジで。

ただ連撃はできない一発技。こんなのを連撃するなら魔力を小出しにしないと一瞬でMPが枯渇する。これは練習してからじゃないと使えない技だ……うん、枯渇した!?

「いや、今のは事故みたいなもので、俺の責任は事実無根で、無辜《むこ》な男子高校生さんなんだって？」

今だって魔力の制御がギリギリだった。即座に『魔力制御』と『掌握』で抑え、『至考』で制御しても暴走ギリギリで、そして抑えてもあの威力。

「やっぱ、神剣とかも一緒に入っているんだから相互作用が危険物……あっ、『空間の杖《つえ》』も入ってた！　相互作用で空間切断だったのかな？」

そして空間ごと切断しているのだから、当然通り道の通りすがりなキメラさんを、その『斬撃無効』や『魔法無効』も無視して切断してしまっている。防御無視？

うん、この武器は人には売れない。これなら俺達ですら斬られるし、しかも即死する危険が高い。しかし危険すぎて試せない、甲冑委員長さんと稽古すらできないよ？　だってチート装備だって空間が斬られるのは防げないかも……厄介だし封印しちゃおうか？

全く全然さっぱりまるきりまるで少しも一向に嫌いじゃないです。

51日目　昼前　ダンジョン

怒られながら隠し部屋に行く。

だってあんなの想像もしてなかった。そう、ただなんか次元斬って名前が格好いいから使ってみたかっただけなのに、まさか空間を切断しちゃうなんて思わないよね？

しかし、ギリギリで抑え込めたけど魔力暴走してたらマジでヤバかったから怒られるのもしょうがないと言えばしょうがない。そして、怒られてるのはキメラ達《たち》の前に飛び出したことなんだけど……。

「いや、あれは危なくないんだって？　だって、すぐ下がる心算だったんだし、虚実で斬り逃げだったんだよ？　うん、安全なんだよ……突っ込んじゃったけど？」

「「「なんで斬撃と一緒に飛んでいって、突っ込んじゃうのが安全なのよ!?」」」

だって次元斬って距離無効の転移する斬撃だから、てっきり長距離技かと思ってたのに……だけど、これって至近距離からじゃないと制御できなかったんだよ？

そう、結局また突っ込むの!?　何故だか転移魔法が特攻用の魔法に思えて来たんだけど、普通もっと転移ってスマートなイメージだったのに……突っ込んじゃうらしい？

「さて、隠し部屋さんに到着。って言うか、本は『真・薬草学』……ってさっきの『薬草学』は真実じゃなかったの!?　真面目に読んでたのにあれって偽りの書だったの！」

「「「なんで本のタイトルと喧嘩《けんか》してるの！」」」

だって、このパターンは極・薬草学とか裏・薬草学とか続いて最後に絶・薬草学とか言い出しそうだ！　それ、更に終・薬草学とかも出て来ちゃう気なの!?

「せめて全何巻か書いといて欲しいんだよ、そしてこれも大量写本しないといけないようで、またまた内職が増えていくパターンだよ」

これで地下45階層までやって来た。地下50階層の階層主まではもう直《す》ぐだ。気持ちを引き締めて戦いに臨む気構えは……無いらしい？

「そうだよね、やっぱパンツルックの方が機能的だよね！」「でもでも王道で可愛《かわい》いのはスカートだよ。やっぱりさー？」「そう考えるとワンピース最強だけど、それだけだと寂しいよ？」「ま、まるち、か、らあで、帽子、作ってもらう、ます」「くっ、小物も通だった！」「「「うん、やっぱり追加注文だよ！」」」

どうやら気持ちを引き締めずに、俺を締めあげるお洋服追加会議の議決案が可決されたようだ。うん、華麗に追加注文法案が通過してきちゃったよ!?　まあ、でもきっと拒否権は無いのだろう。だから、ちゃんと、帽子は今晩作ってあげよう、どうも甲冑委員長さんは帽子が大好きみたいだし。

だからまあ作るのは良い、儲《もう》かるし？
だが真の男子高校生的な事情で問題なのは採寸だ！　だって雑貨屋のお姉さんには女性物の下着を最優先でお願いしているんだけど、全然間に合っていない。うん、注文が高度すぎて異世界の技術が追いつけてないらしい。
でもさー……男子高校生に女性物の下着製作とかハードルが高すぎるんだよね？　デザインや型紙渡した時点で世間体も好感度さんもかろうじて致命傷で済むくらいのダメージだよ？　だから街のお針子さん達には女性物の下着の作製を優先して貰っている、まあ男子高校生が女性物の下着のデザイン表や型紙作って渡してた時点で致命傷どころじゃない気もするが、気にしたら其処《そこ》で試合終了なんだよ！　終了のホイッスルを無視すればまだまだ行けるんだよ！　審判さえ分からないように倒せれば負けなんて存在しないんだよ！

今まで聞いた事も読んだ事も無いから間違いないと思うんだけど、きっと異世界のダンジョンの中で洋服の型紙を頭の中で設計しながら探索してる人って珍しいよね？　異世界迷宮の踏破より内職が大変って珍しいよね？　もうそろそろ真の深い哀《かな》しみを思い知っちゃったから究極奥義とか覚えられそうなんだよ——内職の！

「気をつけて、天井！」「っ、ここだね、爆弾蝙蝠《こうもり》の階は」「遥《はるか》君、爆発するから下がってて……えっ？」「「「ええ——っ!?」」」

48階層の「ボム・バット　Lv48」の大群を一網打尽に自爆させる。女子さん達はここが大変だったらしいけど弱点が見え見えなんだよ？

真っ暗の中を気配を消して飛んでくる大量の蝙蝠爆弾だけど、親切な説明書付きだった？

「「「……何で爆発してるの！」」」

「いや、だって親切にスキルは『超音波』だって書いてあるんだよ？　蝙蝠だし？」

だからダンジョンの中の空気を『掌握』して、振動魔法で高速で『振動』させる。それはもうシャカシャカと超音波が発生するまで超高速振動《シェイク》しちゃえば、勝手に圧縮されながらガンガンにぶつかり合って爆発で誘爆が連爆していく「ボム・バット」の大群さんだった。うん、全滅だけど、これ魔石拾うの大変そうだ？

「やっぱ、真剣に魔石回収魔法とか考えた方が良いかも知れないな……超面倒？」

「「「私たちボム・バットから必死で逃げ回ったんだよね？　風魔法で薙ぎ払いながら」」」

「いや、せっかく密集隊形で天井にいらっしゃるのに、飛んでくるの待ってたら面倒だし、爆破されちゃうんだよ？」

うん、合理的だな？

「「「私達、ここでダメージを受けすぎて二日かかったのに……爆破って」」」「だって普通にスキル『超音波』って書いてあるよ？」「「「書いてあってても思いつかないし、爆破なんてできないの！」」」「自爆突撃すら許されずに、ボム・バットさん達は爆死しちゃったんだね？　相手にすら辿《たど》り着けずに……」「「「不憫《ふびん》だ！」」」

何故《なぜ》だかみんな不満そうだけど、一般常識として爆弾処理の基本は安全な場所での爆破。冷凍とかは一時的なものだし、まして普通は爆弾の解体とか分解なんて危ないからしないんだよ？

うん、常識的で一般的な爆弾の処理なんだよ？　だって俺って一般的な常識人なんだよ？　マジで。

これで御次《おつぎ》は49階層、そして地下50階層の階層主戦。でも、やっぱりお洋服会議が再開されて、話は何故か副委員長Bさんのエプロンドレスからメイド服になっている。

いや、嫌いじゃないんだよ？　寧《むし》ろ全然大好きで大好物と言っても差し支えないんだけど、それはそれとしてメイド服の女子高生を引き連れて歩いているように見られちゃう人の好感度さんに、もっと憂慮とか配慮が必要じゃないかな？　うん、もう風前の灯火《ともしび》すら生温《なまぬる》いくらい儚《はかな》げな好感度さんなんだよ？　はっ、もう息してないかも知れない!?

「いや、ほら、だから全く全然さっぱりまるきり少しも一向にメイドさんは嫌いじゃないけど、あれって縫うのが大変なんだよ？　うん、家内制内職作業で作られてるんだよ？」

「「「ええー、可愛いよ？」」」「可愛いは正義と書いてジャスティスだよね！」

そう、メイドさんは嫌いじゃないんだけど、別にメイド服作りは全然好きな訳じゃないんだよ？　うん、ツンデレてもないいんだよ？

そう、決して嫌いではないけど面倒で大変で、何より男子高校生的に採寸が大変なんだよ……うん、特に採寸の後も大変なんだよ。

「地下49階層に到着です。49階層は『テラー・ナイト　Lv49』です。追い掛け回されて凄《すご》い怖かったです！」

何でなのかギョギョっ娘《こ》って、何と戦っても大体追い掛け回されてるし、盾っ娘は何と戦っても大体吹っ飛ばされている。なにかの戦術なんだろうか？

暗く重い空気——暗黒の騎士「テラー・ナイト」さんは精神異常系の攻撃を持った騎士さんで、まあ悪霊さんだ。
だから普通に考えると神聖魔法に弱いはずなんだけれど……大賢者さんはきっと殴る。
だって上層でもファントムを追いかけてボコってたから間違いないだろう！
湧き出す濃密な悪意——テラー・ナイトの攻撃は威圧、恐慌、恐怖、混乱、麻痺《まひ》の状態異常からの攻撃だ。女子さん達は全員が状態異常耐性の指輪を山ほど着けているから距離が有れば問題ないはずで、危ないとすれば至近距離で目が合った時だろう。

まあ、俺は羅神眼があるし、それ以前に大迷宮の下層ですら状態異常に掛かった事が無い。それに『樹《き》の杖《つえ》？』は神聖系の攻撃みたいだし、得意な相手だから前衛で良いか……。

「うらあああっ！　皆殺しだあっ！　全殺しですら生温い！　消滅させずに嬲《なぶ》り殺しだよ、状態異常攻撃じゃなくてやっぱり俺への精神攻撃だったよっ!!」

「「「テラー・ナイトさんが全力で目を逸《そ》らしてガクブル!?」」」

うん、なんか眼光で恐怖させ威圧し恐慌状態に陥れ混乱させ麻痺させる悪霊の騎士っていう説明の時点で嫌な予感がしてたんだよ！

「ちょ、何で恐怖騎士のテラー・ナイトが目を逸らして恐慌状態に陥って恐怖で混乱するんだよ？　くそっ、俺の好感度が！　俺の好感度さんがあああああ――っ！」

悪は滅ぼした。俺の好感度も滅びすぎて滅亡したかもしれない。きっと俺の心のＨＰは0になっているだろう。

「脅《おび》えて逃げ回るテラー・ナイトを皆殺しって……恐怖の大魔王さんが世紀末な感じの瞳なの？」「っていうか～……テラー・ナイトさんって悲鳴あげるんだね～？」「うん、悪霊さんなのに目が合っただけで泣き叫んでたね!?」「ええ、何体かは目が合った時点で昇天してましたね」「「「あれって自殺なのかなー？　悪霊さん的な意味での？」」」

くっ、好感度ゲージがガリガリと削られている！　ちょ、迷宮に落ちてない、好感度？

「悪霊騎士が震えてたよ？」「「「うん、チワワさんのような目で泣き震えていたね？」」」

消え去っていく悪霊の騎士と、消えない哀しみ！

「ちょ、またたよ、またなんだよ？　いつもデモンとか悪霊は俺の精神と好感度さんを攻撃してくるんだよ。そして毎回大ダメージなんだよ!?」

うん、今も甲冑《かっちゅう》委員長さんが背中をポンポンして慰めてくれてるんだけど、でも気のせいかも知れないけど甲冑委員長さん俺とテラー・ナイトの目が合う前から剣をしまってポンポンの準備していなかった？　気のせいなの？　うん、何で目を逸らすの？


まあ、結局つい思わずカッとなって次元刀で一撃を、乱れ切りで発動してしまった。そう、後悔は無いが殺し足りないし、ＭＰもなくなった！

「よし、階層主だ！　だって上司の責任だ、テラー・ナイト問題の責任は責任者に取ってもらおう。分かりやすく言うと八つ当たりだよ！　階層主でも気が済まなかったら迷宮王さんを八つ殺し決定で、絶対だ！」

「うわ――、なんか八つ当たりで殺す気満々すぎて『八つ殺し』とか新用語が作られちゃってるよ？」「階層主さんは何もしてないのに、まだ会ってもないのに八つ殺しされちゃうのが決定されちゃってるよ？」「うん、階層主さん、とばっちりだね！」

何故だか苛《いじ》められた俺がジトられているが、傷ついた俺の心が22のジト目で癒され中だったりもするんだよ？　そう、どうやら異世界にはジト目中毒症が有るようで、これは深刻な禁断症状とかも有りそうだな？　うん、多分治らないんだろう。

51日目　昼　ダンジョン

この先は地下50階層、このダンジョンの階層主がいる階層だ。だからこそ問題を残したまま突入はできない。全員の意思を確認する必要が有るだろう。何故ならここが最後の話し合いができる場所。その先は修羅場なのだから。

「うん、問題は階層主を殺してお昼にするか、お昼にしてから階層主を殺しに行くか？どっちが良い？　どっちでも良いんだよ？　まあ、どっちでも時間が微妙なんだけど、でも階層主を殺しながらお昼を食べるのは消化に良くなさそうだからお勧めできないんだよ？　みたいな？」

そう、微妙に昼食の時間と合わない。だがしかし、規則正しい食事時間は大切なんだけど、なんとなく戦闘しながらのお食事は消化に悪い気がするんだよ。なのに何故ジト目？

「えっと、つまり遥君的には階層主戦の問題点は昼食の時間なんだ？」「あと階層主さんを殺しながらお昼を食べるのは、消化の良い悪い関係なくお勧めできないし、しないで!!」「「「うわ、戦闘前の緊迫感が消え去っちゃったよ？」」」

まったく成長期における食事の重要性を軽視しすぎだな？

「うん、人体は食事によって摂取された栄養で構成されているんだよ？　ご飯はとても大事なんだよ？　だって、栄養不足は体を壊す事と同義なんだから、戦闘の前だからこそお食事の計画は大事なんだよ？」

そう、空腹のまま運動は良くないけど、食べてすぐも良くない。

「それに筋肉を成長させるには運動後30分以内の食事が効果的なんだよ？　ほら、大事な事じゃん？　階層主よりよっぽど大事な事じゃん？　ほら、俺は悪くないんだよ？」「あれ？　ちゃんとした真面目な話に聞こえる!?」「うん、健康管理の話になっちゃってるね？」「でも、階層主を殺しながらお昼を食べるのは消化に良くないとか言ってる人の健康管理ってどうなのよ？」「「「うん、どうなんだろう？」」」

食後の運動は消化を助けることができると信じている人もいるが、でも現実はその逆で、軽い運動ですら逆流性食道炎の原因になる酸逆流を引き起こし消化不良の原因になる。つまり迷宮王と戦いながらのお食事はお勧めできないんだよ？　うん、溢《あふ》れちゃうし？

「真面目に聞いちゃ駄目だよ！　そうやって騙《だま》して誑《たぶら》かしちゃうんだから、遥君は」「そうそう、納得しちゃうとその度に常識が破壊されていくんだよね」「うん、何故か言っている事は正しいけど、内容は正しかった事が無いんだよね！」「そう、だから真面目に話を聞いちゃ駄目だよね！」「ちょ、普通言っている事が正しかったら、その内容は正しいよね!?」

うん、それに騙して誑かしちゃうって、そんな事した覚えが無いんだよ？　だって騙して誑かすような人って毎晩貧しく質素に内職していないと思うんだよ？　だから騙したり誑かしたりしない真面目な勤労男子高校生なんだよ。きっと絶対にマジで。

結果——多数決により昼食決定でした。

「ちなみにお昼ご飯は親子丼さんだから、階層主を殺しながら親子丼さんを食べたり父娘《おやこ》喧嘩《げんか》したりするのは消化に良くないと思うんだよ？」「「「何で迷宮王がお父さんなの!?」」」「うん、親子丼食べながら殺したら大問題だよ!?」「って、それはいいから直《す》ぐにお昼ご飯！」「「「うん、ずっと親子丼さんに会いたかったんだから！」」」

満場一致で決定しました。うん、親子丼を食べながらの父娘喧嘩な殺害は食い止められたようだ？

「う〜、卵がとろとろして、鶏肉《とりにく》がほわほわしてるよ〜」「ううう、玉葱《たまねぎ》もじゅくじゅく！」「ご飯がほくほくで美味《おい》しいよ！」「迷宮で、お昼に親子丼さんが食べられるなんて幸せ。もう私遥《はるか》君のパーティーに入る！」「「「裏切り者！　女の友情よりも親子丼さん取っちゃうの!?　うん、私も入る!!」」」

いや、ぼっちの効果でパーティーは組めないんだけど、それが称号の効果なのか、いつもどおりの意味なのか……っ、親子丼が塩《しょ》っぱくなってきた！

「気に入って良かったよ。お昼とはいえお外でかつ丼はちょっと重いかなと思って、謎の鳥肉で親子かどうか関係が怪しい丼にしてみたんだよ？」「「「うん、美味しいけどその名前はやめてね！」」」「うん、親子関係が重いよ！」「でも、重くてもかつ丼も食べたい！」

「「「とにかく、親子かどうか怪しいっていう、重くて複雑なドロドロの家庭問題を親子丼さんに持ち込まないであげて！」」」

だって親子関係どころか、明確には種族関係すら明らかにされていないんだよ？　そう、家庭問題を飛び越えて異種族問題に発展するかも知れないんだよ。だってお肉は謎の鳥肉でも鳥だったけど、卵が不明で、買う度に色や大きさが違う、実は謎卵なんだよ？

「「「ごちそうさまー、すっごく美味しかった！」」」

ちなみに晩ご飯はカツレツさんで、もうソースも作ってあるし、衣を付けてあって、後は揚げるだけ。既に謎野菜と茸《きのこ》のサラダも準備済みでドレッシングもマヨネーズも準備万端！　うん、みんな夜のうちに仕込んでおいた。

こうやって美味しいものを出すと女子さんからの賄い代が増える、実はそれこそが最大収入になりつつあったりする！　異世界で生きて行くのって大変なんだよ。マジで。

「「「美味しかった、お腹《なか》が苦しい♪」」」「「「でも幸せ♪」」」

しかし、女子さん達《たち》は何故《なぜ》だか料理が上手《うま》くいかないらしいけど、やはり女子力が戦闘力とか魔力とか攻撃力に変わっちゃってるんだろうか？　うん、どうやら迷宮王さんの前に女子力さんがお亡くなりなんだろうか？

さてお腹もいっぱいだし、一休みしたら地下50階層の迷宮王戦だ。きっちりと気持ちを切り替えないと危険だから、敢《あ》えて食事を先にしたんだろう。うん、またお洋服会議が始まってるけど、きっとそうだろう……って、まだなんか作らせる気なの!?

どうやら異世界って魔物よりも、レベルの壁よりも、実は内職による過労死の方が危険なんじゃないだろうか？　まあ、お金ないんだけど？

「よし行くよ！」「「「了解！」」」

吃驚《びっくり》だ――だって真面目な正統派の迷宮王さん戦だった！　うん、なんか普通に戦闘中？

迷宮王さんは変幻自在に超高速で駆け抜け、時に剣を振るい、時に盾で往《い》なし、魔法の嵐を纏《まと》い、焔《ほのお》へと変化し、千変万化の攻撃で女子さん達をも圧倒している。

うん、強いうえに弱点らしい弱点が無い、正統派の迷宮王さん。丸いけど？

って言うか、地下50階層の迷宮王「スライム・エンペラー　Ｌｖ１００」！って超高速で駆けて、剣と盾を操って、魔法の暴風と雷を纏ってるんだよ？

「強いっていうか読めない！」「動きも見きれない!?」「分散されないで！」

斬撃も殴打も効いていない。完全物理無効持ち？　しかも、魔法も一切効いてないって完全魔法耐性まで持ってたら倒しようがない。うん、しかも乱反射しながら甲冑委員長さんと打ち合える剣の腕まで持つスライム。

「これ、どうしたら良いの!?」「いや、マジでスライムさんの弱点とか知らないんだよ？　だって初対面なんし……はじめましてっ？」（ポヨポヨ？）

なんか、ぽよぽよして可愛《かわい》い！　そう、ドロドロとかデロデロしたグロスライムじゃない丸い弾力の有る粘体がぽよぽよしながら戦ってるんだよ？　でもオコなの？　なんか不機嫌そうだ？

「「「何で魔物さんに萌《も》えてるの！」」」「うん、燃やされそうなのに!?」

黄色くなって雷を纏ったかと思えば、赤くなって火の玉アタック……って、盾っ娘《こ》が吹っ飛ばされちゃったよ？

そう、可愛く愛らしくぽよぽよしてるけど——滅茶《めちゃ》強い。甲冑委員長と本家委員長さんに、更に後ろから副委員長Aさんまで加わって四刀流で掛かっても剣や槍を生やして切り結べている。駆け巡って加速して襲撃する副委員長Cさんに速さでも対抗できている。しかも変則的な動きで跳ね回り、変形して攻撃してるから軌道が捉えきれない。

「「「盾、防御重視！　陣形崩さないで、強いよ！」」」「「「わかった！」」」

ぽよぽよした丸っこい身体《からだ》から何本もの剣や槍《やり》や盾が取り出されている……空間魔法か無限収納持ちさんみたいだ。だけど、何故だかあまり本気で魔法を使ってこないが、あれだけの魔力で魔法まで使われれば無効化《レジスト》しきれない。なのに剣でも魔法でも強い、そして可愛い！

その予備動作の無い素早い動きに翻弄される。うん、スライムさんに予備動作とか無いし、有っても分からないよ？　ぽよぽよしてるだけだから？

「狙わないで範囲攻撃、とにかく盾で防御重視！」「分かってるけど……速い！」

これはマジで甲冑委員長さんが本気出さないと無理かもしれないくらい強い、そして今は連携攻撃しているから甲冑委員長さんは本気を出せていない。

だが11人の完全な連携連続攻撃を捌《さば》き切れている。ぽよぽよと捌き切り、ぽよんと躱《かわ》す。そして、ぽよよんと受けきり、ぷよよんとBさんが揺れる!?

「「「…………」」」

そして、10人が完全な連携で睨《にら》んでいる？って、実は余裕なの？

「何で遥君、見てるだけなの！」

「いや？　ぽよぽよして可愛いなーって？　ぷよよんって？　みたいな？」

だってぽよぽよして可愛いんだよ？　可愛いんだから正義かも？

「ぽよぽよして可愛いのは……スライムさんのお話なのかなー、それとも別のぷよよんのお話なのかなー？」

何故だろう……異世界なのに般若《はんにゃ》さんの気配と阿修羅《あしゅら》さんの殺気を感じる!?

「ちょ、いや、スススラスラスライスライスライムさんだよ？　いやだなー、スラスライムスライさんに決まってるよ？　みたいな？」「どんだけ噛《か》んでるの!?」「「「うん、スラスライムスライさんっていうのは、何処《どこ》の誰なの!?」」」

このままだと倒し切れそうにない？　ぽよぽよと突撃している。怒ってるの？　まあ不法侵入だし怒られても仕方ないけど……ぽよぽよしながら攻撃的？　だけど、これだけの技と魔法を持っていて、多彩な変則的行動がとれているのに接近戦？　また、ぽよぽよとぶつかっていく？　剣も魔法も使えるのに？　体当たりするの？

何故かぽよぽよとけなげに頑張っているように見える。何故かぽよぽよと必死に体当たりしてるように見える。今までの人生経験からも、異世界経験からも、考えられることは一つだ。そしてこの対処法に失敗は無い。これで解決が不可能な問題はなかった！

「お菓子食べる？　みたいな？　うん、美味しいよ？　尾行っ娘曰《いわ》く甘美味しいらしいんだよ？」

（ポヨポヨ！）

うん食べてる。スイートポテトを持ってきてて良かったよ。やっぱりお腹が空《す》いてたんだ？　ああ、ずっとここで独りぼっちだったならひもじかっただろう？　あれっ、迷宮王さんってひもじいものなの？

「「「餌付けしてる!?」」」「大丈夫なの？」「た～んとお食べ、的な？　みたいな？」（ポヨポヨ！）

晩ご飯用に用意していたカツレツを揚げては投げ、また揚げては投げる。

「うん、パンも沢山有るから、栄養のバランスはスライムさんだから分からないんだけど、挟んで食べても美味しいんだよ？」（プルプル！）

パンもぽよぽよと食べて、カツもぷるぷると食べている。

「ああ、ここで一人でお腹空かしてたんだ？」（ポヨポヨ）

ここで一人でただずっとお腹を空かせてた。だから怒ってて攻撃的だったんだろう。そして、お腹が空いてて魔法も沢山使えないまま、ただ一生懸命体当たりしてたんだよ。

（プルプル）

ようやく満腹になったみたいで、ご機嫌だ。うん、俺の頭の上で寝てるんだよ？　しかも、なんと寝ててもぽよぽよして可愛い。小さくなってるから大きさも自由自在？

「「「完全に餌付けしちゃってるよ！」」」「うん、懐いてるね～？」「「「っていうか、何で気軽に迷宮王さんを頭の上に乗せちゃってるの――!!」」」

えっ、ぽよぽよして可愛いよ？　マジで。

異議も無く審議無しで全部が全会一致で可決される会議って必要なの？

51日目　昼過ぎ　ダンジョン

最下層の突き当たりの壁に手を置き、ぐいっと押し込む。ここが最後の隠し部屋だ。

「えっと、隠し部屋には……おっ、三冊同時発売？　特典はないの!?」

特典は付かないようだが、最下層の隠し部屋には『武技考察』と『称号考察』と『魔法考察』の三冊。うん、このシリーズって考察する割に、俺のスキルって一つも載ってなかったんだよ？　仲間はずれなの？　ぼっちだから!?

「えっと家主さん的な見地からすると、これって俺が貰《もら》っても良いのかな？」

（ポヨポヨ）

貰って良いみたいだ。

「「何か迷宮王さんと会話が成立しちゃってる!?」」「って言うか、迷宮王さんって家主でいいの!?」「懐かれてる！」「でもなんか愛らしいよ、あんなに強かったのに？」

三冊をパラパラと捲《めく》り流し読みしてみる。やっぱり載ってないな。予想通り『温度』や『移動』や『斤量』や『梱包《こんぽう》』なんてふざけた魔法は無いし、『木魔法』も『振動魔法』すら無かった。だから、当然『転移』や『重力』や『掌握』なんていう魔法も有り得ない。

そして、『ひきこもり』とか『にーと』とか『ぼっち』なんて称号も当然無い！

「うん、これは絶対に無い自信があったよ！　確信してたよ!!」

(プルプル？)

そして『杖術《じょうじゅつ》』なんて武技なんて無いんだよ？　うん、副委員長Bさん、無いらしいよ？　だから、当然『杖理《じょうり》』なんて武技も無い。そして『魔力纏《てん》』だって無いから『魔《ま》纏《てん》』も無い。

「まあ『虚実』はオリジナルだから無いだろうと思っていたけど？」

(プルプル)

ただ、創造魔法《オリジナル》というもの自体が存在しないものだった。

しかも、派生した『躱避《たひ》』や『瞬身』も伝承扱い、『浮身』に『瞳術』も伝説扱いで、出てくるのは伝説の剣豪とか剣神とかの御伽噺《おとぎばなし》らしい？　いや『剣神』持ちも隣でウンウンしてるよ？　うん、いるんだよ？

(ポヨポヨ？)

そして「Unknown」に関しては本すら無かった。無いから『報連相』『器用貧乏』『木《で》偶《く》の坊』も謎のままだ。

「役に立たない本って言うか、役に立たないものだから存在していないのかな？」「「「私達《たち》のはちゃんと載ってるんだけど？」」」「「「ね～？」」」(プルプル)

――馴染《なじ》んでるな!?

「まあ、でも称号は絶対に無いって何の疑いもなく確信を持ってたから良いんだよ？

だって無いよ、『ひきこもり』『にーと』『ぼっち』とか、こっちの世界に言葉自体が無いよ！」

なのに意味だけは通じてるんだよ？　異世界言語でどんなふうに翻訳されてるんだろう？　うん、知りたくはないけど。

（ポヨポヨ）

「はっ、迷宮王さんがぽよぽよと慰めてる？」「しかも、その横では元迷宮皇さんがポンポンしてくれてるし、豪華ラインナップな慰めだね」「元気出せよ的な感じなのかな？」「「みたいだね？」」「「「確かに異世界最強の豪華な慰めラインナップだけど……凄《すご》い最強の無駄遣いだね!?」」」

もう、これ以上探しても本は無さそうだし、ダンジョンにもう用は無いんだけど——迷宮王さんも倒したくないんだよ？　どうしよう？

でも、何か懐いてて可愛いし、今から戦闘再開とか無理だ。そして、もうお腹いっぱいで怒ってないみたいだし……あれって、もしかして女子さん達を食べようとしていたんだろうか？　まあ可愛いから良いや。

（プルプル？）

結局この子も迷宮皇さんと同じ独りぼっちだった。そして誰も来ない地下の最下層でお腹《なか》を空かせたままずっとここにいたんだよ。

「お前、うちの子になるかい？　みたいな？」

（ポヨポヨ〜♪）

お〜、踊ってる。超可愛い！　喜んでるの？　嬉《うれ》しそうな感じのぽよぽよだし。

「え〜と『ステータス』。あっ、使役されたよ？　マジで、みたいな？」

「「「うん、やるんじゃないかと思ってたよっ！」」」

可愛くぽよぽよと踊ってる。やっぱり喜びの踊りみたいだ。連れて帰ったら看板娘と気が合いそうだ。うん、不思議な踊り仲間？

（プルプル♪）

まずは明るいお外に出してやって、美味《おい》しい物を沢山食べさせてやろう。あとは宿に戻ればみんないるし寂しくなんかないだろう。喜んでいるんだからこれで良いんだよ。

「それじゃ帰ろっか？　あ、でもあと二軒回るんだよねー、ダンジョン。うん、オシオシでマキマキだな？」「二軒って、ダンジョンを一軒とか二軒とかで数えないで！」「そうだよ、なんかそれだと迷宮の攻略なのか、お宅拝見なのか分からなくなって来ちゃうよ！」

「でも〜っ、今日中にダンジョンあと二軒は厳しいよ〜っ？　結構ハ〜ド〜？」「「「だからマンションみたいに、あと二軒って言うなー！」」」

うん、本屋さんの迷宮じゃないみたいだから改築候補から外しても良いだろう。確かに立地的に良くないし、間取り的にも面白味が無い。うん、アリの巣みたいなんだよ？　やはり中々、あの大迷宮ほどの素敵な間取りのダンジョンは無いようだ。アレで結構な好立地だったし、全体的に見て質感も良かった。ただやたらに深くて広すぎたんだよ、あの大迷宮。だって100階層って生活が大変そうだし？

「えっと、こっちの甲冑《かっちゅう》委員長さんは先輩使役者さんで、元迷宮皇さんだから多分元上司さんだと思うから、ちゃんと言う事を聞くんだよ？　みたいな感じ？」

（ポヨポヨ）

良いらしい。うん、上下関係が成り立っているみたいだけど、これって敬礼しているの？　まあ、元上司だからもしかしたら面識があるのだろうか？って、みんなで会ったりするの、迷宮王の会合とかで？　いや、二人とも元だから同窓会中？

「まったく迷宮王を使役して連れ帰るなんて」「って言いたいのに、元迷宮皇さんが普通にいるし？」「うん、なんか迷宮王さんくらいなら普通な気がしてきたよ!?」

口ではあれこれ文句を言いながら、みんな元迷宮王になったスライムさんにパンやお菓子をあげている。ポヨポヨして喜んでは懐いて、やはり可愛いは正義だったらしい。

そして女子さん達はまたお洋服会議を再開し、各自が持論を展開し、論議し尽くし……

「よし、追加注文だね！」「「「異議なし！」」」と、誰も俺の異議は聞いてくれないらしいからスライムとぽよぽよしながら帰る。癒されてる!?

「うん、この世界は過酷すぎて癒しが必要だったんだよ！　だって更に苛酷にする為《ため》のお洋服会議が白熱してるし、なんで全部全会一致で、何で誰も異議を出さないの!?　追加注文が全部が全会一致で可決って、それって本当に審議してる？　うん、議案さんがみんな素通りしちゃってるよ？」「「「女の子にお洋服は必須なの‼」」」

こ、これは魔動紡績機と魔動機織り機に魔動ミシンの完成を急ごう。急がないと過労死の危機で俺の寿命が危ない！

扉《ゲート》を開いて地上に戻ると、スライムさんも喜びのぽよぽよだ。ここは女子体育会系が49Fまで攻略を済ませていた迷宮で、隠し部屋の探索が無かったらすぐに済んだけど、いちいち全階層を見て回ったから時間が掛かった。しかも5階層ごとに隠し部屋が出て来たのだから特別手間取ったんだよ？　だから、次はこれほど時間は掛からないだろうけど……さすがに二軒は無理だろうな？

「えっと、次は委員会が攻略中のダンジョンだっけ？　近いの？　良い物件なの？　こう近隣の街まで何分とか、見取り図とかのアピールポイントとかは無いの？」

「「「ダンジョンは物件でもないし、分譲もしてないの！　ダンジョンとマンションは違うものでアピールもされていないの！」」」

アピールポイントは無いらしい、期待は薄そうだ。

「でも街からはかなり近い方だよ、魔の森に近すぎるんだけど」

移動しながら羅神眼の『地図』で確認する。ああ……ここか。魔物の大襲撃で滅びた村の傍《そば》、魔の森から出て来たオーク・キングの率いた群れを倒す前に滅びてしまった二つの村に近い迷宮。そう、救えなかった村。救えなかった人達のいた村。

だからアピールポイントなんか、もう無いんだよ——滅びてしまったんだから。

魔の森の奥にいるはずのオーク。それが森の浅い位置まで出て来ていた意味に気付かなかった為に滅びた村。俺だけがオークが森の浅い位置にいた事を知っていたのに、大襲撃の予兆を見逃したせいで滅びた村だ。

うん、なんか妙に俺を持ち上げてる人もいるけど、救えてなんかいないんだよ……俺は。だって、村だけでも二つ滅びてるんだよ？

そして、同級生は13人死んでいて、その1人は俺が殺したんだし、あとの12人だって見殺しにしたんだから。俺は救えてなんかいないんだよ、全然駄目なんだよ。

（ポヨポヨ）

だから誰も俺に近くに有った村の話をしない。わざと村の跡地を避けるように大回りのコースを通って案内している。俺だけが助けられる可能性を持っていたのに、そのころ俺は同級生と殺し合いをしてた。だから滅び、沢山の人たちが死んでしまった村。

ほら、全然駄目じゃん？

全く救えてなんかいないじゃん？

街を救ったとか、辺境を救ったとか言われても困るんだよ。だって救えてなんかないじゃん？　もう村が二つも消えちゃってるのにさ……感謝とかされても困るんだよ？

俺が判断した結果、同級生12人と沢山の人が住んでいた村を二つ見殺しにした。

だから、今更何処《どこ》かの村に壁を作ったって、魔の森の魔物を皆殺しにしたって、魔の森の伐採をしたって遅いんだよ。もう滅びてしまった村も、そこに住んでいた人たちも救えてなんかいないんだよ。


うん、本当に困るんだよ、今更何をしたって感謝なんかされるようなもんじゃないんだから——だって、死んじゃった人達は今更何をしたって許してなんかくれない。許されざる者は罵られるべきなのに誰もなんにも言ってくれない、そして死んじゃった人達は今更何も言ってはくれない。

スライムさんは一生懸命に頭の上でぽよぽよしている。なんだか、一生懸命に頭を撫《な》でてくれるかのように。

マジで容赦ない鬼でデモンより悪辣で激甚で痛烈だから見せたらお説教だよ？

51日目　昼過ぎ　ダンジョン

ようやく辿《たど》り着いた迷宮は、おそらく50階層を超えているだろう、やや深みの感じられるダンジョン。でも入り口からしょぼいんだよ？

「やっと着いた、って結構遠いよ？　うん、やっぱ一日三つとか無茶振りだよ？　うん、男子高校生虐待だよ？」「「「誰が迷宮で歩き読みして遊んでて遅くなったの!!」」」

二つ目だけど、今日はこのダンジョンに潜って終わりだろう。多分。ここで夕方までかかるだろうし。これでまた隠し部屋が大量に有ったら夜までかかるな？

「道覚えてるから案内するね！」「「「再湧き《リスポーン》注意してね」」」

でもこの迷宮はちょろい気がする。だって委員会が中心の3パーティーで短期間で一気に49階層まで行けた。

だったら、おそらく特殊だったり特化型だったりする魔物はいないはずで、どうも女子は特殊特化系が苦手だったりする。うん、相手に合わせた戦いが不得意なんだよ……だが自分たちの戦い方に嵌《は》まると強い。

「薙《な》ぎ払うよ！」「「「おおーーっ！」」」

って言うかさっさと済ませないと、ずっと内職さんのターンが始まっちゃうんだよ？　うん、なぜか異世界って内職さんのターンはエンドレスで、ずっと内職さんのターンで朝が来るんだよ？　マジで。

「期待薄で入り口からしょぼい物件に当たり物件は無いんだよ。ここは駄目だから早く潰しちゃおう。うん、壁は薄いし、造り自体が歪《ゆが》んでるし、各部屋の造りに統一感が無いんだよ？」「「「何がどう違うのよ!?」」」「いや、ほら、やっぱり大迷宮のエントランスを超えられる物件って無いのかなー？　大迷宮は最下層の大浴場も豪華だったのに」「「「だから、どうして大迷宮の何処にエントランスがあったのよ!!」」」「うん、違法改築した本人だよね！」

元大迷宮のオーナーさんがジト目で見てる？　やっぱり勝手に改装したのがまずかったのだろうか？　でも大浴場は造ってないし、温泉だって掘ってみてもないんだよ？　そう、1階層だけちょびっと改装してみただけなんだよ……だって、そこから落ちたし？　いや、だって迷宮皇さんの迷宮だから立派な入り口は必要だよね？　まあ、退職しちゃったけど？

迷路階層は委員会と体育会に迷宮皇王コンビの3手に分かれて、再湧きした魔物を掃討しながら進んで行く。って言うか甲冑委員長とスライムさんは組まなくても単独で充分だよね？　うん、鎧袖一触《がいしゅういっしょく》で魔物の奪い合いが始まってるけど、甲冑委員長さんも横取りは大人げないんだけど、スライムさんも食べたら駄目なんだよ？　お腹壊さない？

「やっぱり普通のダンジョンの上層には隠し部屋は無いみたいだから、どんどん進んじゃおう。早く帰ってスライムさんにも晩ご飯あげたいし。だから、あんまり拾い食いしちゃ駄目なんだよ？　みたいな？」

（ポヨポヨ！）

うん、分かったみたいだが……あれって実は捕食攻撃だから問題ないみたいだった？

そう、スキルに『捕食』って出てるし、しかも『捕食』って『強奪』と同じ効果があるみたいだ。うん、スライムさんチートで無双でした!?

「まあ、使役されてLvが1になってるんだから危ない所では下げたほうが良いんだけど、低階層の魔物くらいなら大丈夫かな？」「食べたほうが成長、早いみたい、です」「うん、あの戦い難《にく》い強さは大丈夫だと思うよ？」（プルプル！）

――って言うか大丈夫すぎだった。いや、正統派の甲冑委員長さんと奇襲のスライムさんのコンビは凶悪すぎて、見ていても回避も防御も不可能な連続連携攻撃だった。

「うん、それ低Lvの魔物さんにやりすぎだと思うよ？　そしてやっぱり思ってたとおりに全く俺に出番が無いんだよ？」（ウンウン）（ポヨポヨ）

お返事まで連携しちゃってる!?　だけど、とにかくスライムさんの動きは予測不能な奇想天外さで手が出せない。だから怖くて次元斬の練習なんてできないし、さっき『虚実』で前に出ようとしたらスライムさんに後ろから突っ込んで怒られちゃったんだよ？　うん、何故《なぜ》だか使役主なのにみんなから怒られるんだよ？

（ポヨポヨ♪）

二人で楽しそうに暴れ回ってる。きっと二人とも退屈していた時間が永すぎてストレスを発散してるんだろう。きっと二人で戦える事すら嬉《うれ》しいんだろう。だけど、どうして俺にだけは内職いっぱいで退屈な時間が与えられないんだろう？　うん、女子さん達《たち》から内職《ぼったくら》ないともうお金が無いし？　うん、宿代まで使っちゃったんだよ？

さて、17階層まで下りて来たが隠し部屋は無い。だから用はなくて、再湧《リスポーン》きした僅かな魔物を狩るだけだから一瞬で済む。済んじゃう。だからザクザクと雑魚を斬り散らして、さくさくと進む。出番が無いな!?

まあ、ずっと歩きながらも『至考』さんは完全記憶と高速思考を駆使して、機織り機の設計をしてくれているから内職中と言えなくもない。うん、杼《ひ》を改良した飛び杼が設計できれば目途が立ちそうなんだけど、産業革命の織物産業で飛び杼の名前は有名だし、絵くらいは見た事もある。うん、仕組みだって分かってるんだけど織機自体を造った事が無いから、経験が無いと設計ができない。頭の中で『至考』さんが設計し、理論的に試行を繰り返して設計を煮詰めているけど、結局は造ってみないと致命的に情報が足りない。つまり今晩も内職決定だ!

「暇だな?」（プルプル?）

うん、農業革命は大丈夫らしくて休耕地を無くした四輪作法、所謂《いわゆる》ノーフォーク農法はオタ達が完璧に覚えていた。そう、その後のアンモニアによる化学肥料の農薬開発の製法まで暗記していて、稲作までばっちりだったから四輪作法《ノーフォーク》しなくて良いと思うんだけど、異世界はノーフォークらしい?

「うん、どんだけ異世界に召喚される気満々だったんだろうねえ? まあ、土地の集約的利用はメリ父さんに説明してあるし、スライムさんのダンジョンで出て来た農学書の『田舎暮らし』で懸念だった畜産業の目途もたったし、家畜増大効果で耕作面積を拡張させられれば食料生産が飛躍的に伸びるはずなんだよ?」(ポヨポヨ)

あと蒸気機関も鉄鋼もオタ知識に収納されていた、問題はたたら製鉄とか火炉の高炉をすっ飛ばして溶鉱炉を覚えてるんだよ? あのオタ達、たたらさんもパドルさんも真っ青だよ? なんて生き方が現代社会向きじゃない奴《やつ》らなんだろう?

「「「うん、なんでスライムさんと馴染《なじ》んで、和《なご》んじゃってるの?」」」

ただ、魔動式魔石動力があるから取《と》り敢《あ》えずは織機と紡績機が最優先なんだけど、あいつら服に興味なさすぎで、織物関係だけ全く覚えてなかった! いや、産業革命に織物が入ってないっておかしいよね? 超主役級だよねえ?

「だいたい辺境に海が無いから蒸気船造られても困るんだよ? もっと実用的なものに能力を使おうよ?」(プルプル)

うん、なんて生き方が人間社会向きじゃないオタ達なんだろう?

そしてオタ達最大の謎は建築で、何故か鉄筋コンクリート製法と建築強度の計算だけを覚えていた?

「異世界で何が謎って、あいつら一体どんな異世界に飛ばされる気だったの? うん、いきなり鉄筋コンクリート住宅って、高炉で高層ビルディング用の鉄筋を作り始める気だったのか、それとも中世にいきなり溶鉱炉造る気だったの?」(ポヨポヨ)

なんて生き物として向いてる所が無いオタなんだろう。

「「「うん、なんで遥《はるか》君はスライムさんと小田《おだ》君たちについて語り合っちゃってるの!!」」」

ただし鍛冶は凄《すご》い知識だった。圧倒的だった。それは製鉄から刀剣の製法、現代刀から鎌倉刀まで覚えていやがった。何が意味がわからないって、失伝されて伝説になった鎌倉刀の製法を何でオタが知ってるの!? うん、武器屋のおっちゃんにオタ達を会わせて話を聞かせた時は、あの禿髭《はげひげ》のおっちゃんが完全に震えて聞き入って壊れていた。

まあ、でもあのおっちゃん鍛冶師なんだから、棍棒《こんぼう》ばかり磨いてないで鍛冶をさせた方が良いだろう。だって、鍛冶師が全然いないんだよ？ 何で毎日棍棒磨いちゃうの？

これで、結果が出れば辺境は一国に対抗できる力を持つだろう。その時初めて俺は内職から解放されるはず。うん、でもご飯とお菓子は作らされそうだ!?


そんなこんなで、もう38階層。ようやく隠し部屋は有ったが宝箱の中身はしょぼい『ホーミング・ボウ　自動追跡＋ＡＴＴ』で、弓職は女子さん組にもに何人かいるんだけど、みんな『必中』とか『軌道予測』とかのチート持ちさんで、無くてもぽんぽん取っちゃうんだよ？ そう、自動追跡無くても当てちゃうんだよ？ よし、武器屋に売ろう。

そして44階層でも『セーフ・リング　異常状態耐性アップ（小）』って……。

「もう、みんな異常状態耐性アップ（大）のリングをバンバン買っちゃってるし、しかもデザインが厳《いか》めしいんだよ、こんなデザインで今時の女子高校生さんが着けてくれると思ってるの？」（ポヨポヨ？）

ゴツいと言うか厳しく物々しい、古臭さだ！

「全く俺がどんだけ駄目出しされて苦労してると思ってるの？　駄目出しに手直しにお直しなんだよ？　泣いちゃうくらいに細かくて大変なんだよ？　うん、女子高校生はマジで容赦ないいんだよ、鬼なんだよ、デモンより悪辣なんだよ！　あれは、アクセと洋服とお菓子には激甚で痛烈なんだよ？　こんなの見せたらお説教が始まっちゃうよ？　マジで。マジなんだよ!!」「「「いや……ごめんなさい？」」」「うん、そこは譲れないの？」「だからって泣きながら怒らないであげてね、セーフ・リングさんを？」（プルプル）

　そして46階層で魔物さんに遭遇。迷路の分岐が多すぎて手分けしてたら、ようやく魔物さんに出会えたんだよ！　早くしないと横取りされる!!

　っていうか、「マッド・パペット　Lv46」が三体って、ナイフを持った人形さんが躍りかかって来る。ホラーさんなの？　いや、だって現代社会ではそのくらいだと怖がって貰《もら》えないよ？　もっとこう、音響とか照明とかで盛り上げないとさー？

　わざとらしく落ちていた人形が急に飛び掛かってくるけど、叩《たた》き落としボコる。

「いやいや、ちょっと今時ただナイフを持って跳んで来るだけの人形って、どうよ？」

　斬り掛かって来る一体目の人形の横を擦り抜け様《ざま》に横一閃《いっせん》に薙ぎ払い、上から斬り付けて来る二体目を反転しながら杖《つえ》の柄で跳ね上げる。ほらベタだ、右の足元だ。死角から来る三体目を斬り落とし、跳ね上げた二体目に杖を逆袈裟《けさ》に振り切る。

ちょろい。二歩ですんだよ？

「ホラーだけあって連携して死角からの攻撃重視だったみたいだし。まあ、ナイフも『猛毒』持ちさんなんだけどー？　せめて、こうＢＧＭで恐怖感くらいは煽《あお》ろうよ？」

羅神眼は死角が無い。だから意味が無い攻撃だった。だってスキルが『恐怖』ってあれじゃ現代っ子には無理だよ？　うん、逆に笑われるよ？　でもきっとギョギョっ娘《こ》は逃げ回っているだろう。さっき悲鳴も聞こえたし？

「怖かったです！　人形が急に動き出して、襲ってきて吃驚《びっくり》してたら追い掛け回されました。あれは悪い人形です！　焼いちゃいました。怖かったです!!」

うん、追いかけられていたらしい…………涙目だ。

「えっと、ベタベタに迷宮の中に落ちてた人形に近づいたら……襲われて逃げ回ってたと?」「はい、怖かったです！」「いや……気付こうよ!?　滅茶《めちゃ》、ベタだったじゃん？　もう最初から焼きに行って良いくらいの絶対確実で疑いなしなベタ展開だったよね？　何で引っ掛かっちゃうの、現代っ子だよね？」

なんとギョギョっ娘は怖いからホラーは一切見た事が無いんだそうだ。うん、ホラーに免疫の無い娘だったようだ。うん、悲鳴はギョギョギョじゃなかったんだよ？

（ポヨポヨ、ポヨポヨ！）

スライムさんは楽しかったみたいでハイテンションだ。多分、空腹でずっと動かずにじっとしてたんだから、お腹《なか》いっぱいでいっぱい動き回れて幸せなんだろう。

うん、何で甲冑《かっちゅう》委員長さんはいつまで経っても落ち着かないんだろう？　まあ、嬉しそうだから良いけど？

自分で脱ぐのは良い裸族で、服が勿体ないのは良くない裸族らしい。

51日目　昼過ぎ　ダンジョン

轟音《ごうおん》を立てながら突進する重量級の魔物達に、逆に突進する盾の列がぶつかる。シールド・バッシュ――そして、止められちゃったら終わりだよ？　ほら横から来てるよ？　揺れてるよ？

「終わったな？」（ポヨポヨ）

やはり、スライムさんに「ああ」は無理らしい。まあ、止めた時点で決まりだった。何故なら約2名危険な盾職がいるのだから。

あれは初見殺し。剣で受け、盾で斬る。剣が流して、盾で潰す。

攻撃が防御に変わり、防御に攻撃され、連続する連携に連撃される。

何故なら異世界に来る前からの連携なのだから。何故なら高校一年生で全国にまで名を轟かせた二人なのだから。

「さすが、ツイン電柱！」（バキッ！　ベキッ！　グシャッ！　ドゴォ！）「違うって言ってるでしょ！」「ツイン・タワーだったの！」「違ったの？　いや、でもテレビでも『ツイン電柱！』って言ってなかった？って言うか痛いんだよ？」「「言ってたら燃やしてるよ！　そんなTV局！」」

どうも現在のメディアの偏向した姿勢にご不満のようだ。きっと欺瞞《ぎまん》報道にオコなのだろうか？　でも学校の応援幕も「がんばれツイン電柱！」じゃなかった？　違った？

盾っ娘委員長もだけど、盾職組は剣や槍《やり》や斧《おの》に槌《ハンマー》と相手に合わせて武器を変えているみたいだが、最近どうも剣の出物が多く、次は槍だ？　うん、斧やハンマー系の良い物が出ないし、やはり武器の生産にも手をつけた方が良いのだろうか？

「う――ん、今の相手なら斧やハンマーが良いだろうし、リーチのある槍やハルバートが有れば距離を選べるし？」「あれば助かるけど？」「弓も揃《そろ》わないしねー？」

折角の集団なのだから、全員が剣ばかりになってしまうのは戦闘の幅を狭める。

うん、帰ったら武器生産の内職も考えた方が良いだろう、直《す》ぐにはできないのだから早めに準備を始めよう。終わり無き見果てぬ夜の終わりを目指して――分かりやすく言うと内職が終わらなくて残業だよ！　うん、なんで全部使ったらお金がないんだろう!?

「「終了！」」「「「おつかれー！」」」（プルプル）

すでに一斉に突撃して来た「パンツアー・リノセロス　Lv49」は完封され、全滅したようだ。

うん、盾っ娘とバレー部コンビの大盾に突進を止められた巨体のリノセロス。まあ、固い犀《さい》だったんだけど、やたらに背中と頭部の装甲が固いだけで、強固な斬撃耐性を持っていても側面からの大賢者アタックで引っ繰り返されちゃって、腹を見せたら一瞬で終わりなんだよ……もちろん大賢者アタックは物理攻撃だったのは言うまでもないだろう。

揺れてたし！

だから、あとは滅多打ちだけで。スライムさんもみんなで滅多打ちできて楽しかったみたいだ。うん、盾職の大盾は最優先でミスリル化して、『衝撃耐性』と『反射』をめいっぱい上げてある。だから、突っ込むだけじゃそうそう崩せないんだよ。

そして数少ない『錬金』持ちの新体操界のファブ○ーズさんの棍棒の連打で犀は投げられず撲殺だった。うん、リボン、フープ、ボールに棍棒と変形する謎の錬金武器を使ってるんだけど、未《いま》だにフープの出番だけ見た事が無い。あれって使い道は有るのだろうか？　くるくる回して目を回すとか？　催眠系？

さて隠し部屋さんだが、『パワー・グローブ』だった。多分、被《かぶ》ってるけど需要は多い。これはこれでミスリル化でもすればかなり良い物になるだろう。未《ま》だ混ぜてるだけだから大丈夫なんだけど、いつかミスリルが足りなくなる。ミスリルって迷宮以外はどこに行ったら落ちてるんだろう？

「今回はまあまあだよ？　『パワー・グローブ　ＰｏＷ＋30％＋ＤｅＦ』、いる人いる？みたいなみたい？」

盾っ娘は被ったみたいで、ツイン何とかさん達《たち》がじゃんけんで戦っている。まあどっちかが使うんだろう。実は一番使いそうな大賢者さんはいらないそうだ、何故《なぜ》か魔法特化装備なんだよ？　全く魔法使ってないのに？

「やっと、50階層で階層主戦なのか、また迷宮王かも？っていう訳で倒して帰ってカツレツみたいな？」「「「カツレツ様だ♥」」」「ソースはオーロラソースです。的な？」「「「オーロラソース！　まさか異世界でソースさんとマヨネーズさんとケチャップさんが合体して、ぐちゃぐちゃに混じり合っちゃってるの♪」」」「うん、お醬油《しょうゆ》さんだけ仲間はずれで可哀想《かわいそう》だから隠し味に入ってたりするんだよ？　美味《おい》しいんだよ？　マジで」「「「キャアアアアアア――――ッ！」」」

気合充分みたいだ、階層主さんをカツレツにしそうな勢いだ。階層主さんのカツレツは美味しいんだろうか？

美味しくなさそうでした。

「あれだよあれ、えっと『パラライズ・ジェリーフィッシュ　Lv50』。そうそう、海月《クラゲ》、痺《しび》れる海月さん！　迷宮王じゃないっぽい？」「「「了解！」」」

宙に浮くでっかい海月さん。インテリアになら良さそうだが、とっても邪魔そうだ。うん、でかい。

「前列大盾防御、２列目で触手切断」「「「ＯＫ」」」

的確に盾の列で触手を弾《はじ》き、中列から斬撃と殴打が飛び出す。後衛は……いない。うん、やっぱり？　大賢者が最前列で殴ってる、殴ってる。でも効いてない？

飛び交う美少女たちと、それを迎撃する海月さんの無数の足？っていうか触手？　きっとオタ達がいたら触手と戦う女子高生に歓喜し感涙した事だろう、きっとずっと眺めてて戦わないで怒られるんだろう。いや、あいつ等《ら》なら海月を応援しそうだ？

ついでに忘れてないよアピールで「デモン・サイズ」３体も、応援で触手狩りに参加させている。いやー、思い出してよかったよ。

「と――っ、とっと？　ああ、これ駄目な奴《やつ》だ、斬撃も物理も効いてないっぽい？　あと、魔法反射もあるから、魔法効かないみたいな？」「「「どうするの？　それって？」」」（ポヨポヨ？）

斬り難《にく》い上に、斬り飛ばしても無限再生で触手も増えてるし、打撃は無効。

「どうするって、斬撃と物理と魔法じゃない攻撃って言うか、海月処理作業？　すれば良いんじゃないかな？」「「「それ、どう、やるのよ!?」」」

うん。それしか無いよね？

ギョギョっ娘が斬り払いながら逃げ回って、触手を引き付け、そこに裸族っ娘が飛び込み双剣で薙《な》ぎ払う。でも、斬れないんだよ？

「きゃあああああ――！」「いやあああああ――ん！」

はい、捕まりました。うん、オタ達が喜びそうだ。連れて来ないで良かった！

「いや、毒と普通の状態異常は無効化できるから大丈夫だけど、麻痺《まひ》には気を付けて捕まってね？　あっ、武器破壊は無いけど『溶解』持ってるから裸族になっちゃうんだけど、丁度良く裸族っ娘だし良いのかな？」「裸族じゃないし、良くないよー！」「そうだよ、全然良くないよ!!」「「「うん、それって気を付けて捕まってる場合じゃないよね！」」」（ポヨポヨ）

無いらしい？　自分で脱ぐのは良い裸族で、溶かされちゃうのは良くない裸族？　そうか、服が勿体《もったい》ない！　うん、内職が増えてしまう!!

「「「っていうか手伝って！」」」「まず、助けて！」「いや、何にもしてないみたいだけど、『掌握』で海月《クラゲ》さんの本体は捕まえているから、あれでも一応は拘束状態？　まあ、触手が野放しなんだけど？」「「「その触手をなんとかして！」」」

跳び込み、裸族っ娘を捉えている触手達を一纏《ひとまと》めに『次元斬』で斬り落とす……と、やっぱり突っ込んで海月に衝突する？　いや、別に衝突する気なんて無かったんだけど、未だに『魔纏《まてん》』も『虚実』も使いこなせていないのに、『次元斬』まで加わって制御不能な感じで、海月さんの夥《おびただ》しい数の触手に捕まった？　まあ、捕まったっていうか、捕まえた。

「いや、男子高校生に触手してどうするの、需要無いよ！って有ったら嫌だよ！　誰得なんだよ……って、何で女子さん達は嬉《WKTK》しそうな顔してるの!?」（プルプル）

まあ捕まったら捕まえてるから、『掌握』で絞って脱水しながら、『温度』上昇に、熱『振動』付きで『錬金』で乾燥しながら『水魔法』で強制脱水。右手の『矛盾のガントレット』さんで『物理魔法防御無効化』して脱水乾燥で干す！

「干からびろー、もっと干からびろー？　まあ、乾燥海月っていうか水母《くらげ》干し？　で、焼く…………勝ったな？」「「「はあああああああっ」」」

あれ、ちょっと違うんだよ？　そう、「は」が要らない、「あ」だけで良いのに、何で誰も言ってくれないの!?

「おっ、海月さん魔石と一緒にドロップだ……って、海月の装備品？」

何も持ってなかったはずなのに、『無限の触手　触手作成操作』って……これは人間が持ってちゃいけないものじゃないんだろうか？　あ、でもオタ達なら喜びそう？　高く買いそうだけど、だからこそ、あいつらにだけは渡してはいけない気がするのは何故だろう？

「海月処理が脱水乾燥からの焼却って……」「「「理に適《かな》ってるような、すごく不条理なような!?」」」（プルプル）

しかし、これで好感度最悪アイテムの三種の神器が揃ったのだろうか？　今手持ちに『服従の首飾り：【強制的に絶対服従される首輪】』と『プロメテウスの鎖　束縛　全能力無効化』が有って、そして『無限の触手　触手作成操作』……うん、最悪そうだ！

「ちょ、なんで俺の所にばっかり鬼畜凌辱《りょうじょく》系グッズが集まって来るの？　はっ、これって俺の好感度さんへの攻撃なの？　うん、もう瀕死《ひんし》だよ、最近息してないよ？って言うか見かけすらしないんだよ!!」

何故に異世界は此処《ここ》まで徹底的に俺の好感度さんを執拗《しつよう》に狙うのだろう？　今度は触手操作って……あっ、甲冑委員長さんが女子さん達の後ろに隠れてる？

問題は作業時間の短縮に負けないほどに追加注文のリストが延長されちゃってる事だと思う。

51日目　夕方　ダンジョン

何故だか女子さん達の全会一致で、『無限の触手　触手作成操作』は俺に渡された。

その理由は、これは乙女が持ってはいけない物らしいからなんだけど、これって乙女じゃなくても人間さんはみんな持っちゃいけないと思うんだよ？　うん、俺って人間さんなんだよ？　本当だよ、種族にも人族って書いてあるんだよ？

「うん、見て良いよ？　本当なんだって？　見てみて良いんだよ？　人族だよ？　本当だよ？　マジで？」（ポヨポヨ？）「「「何を語り合ってるの!!」」」

しかも、乙女は持っちゃいけなくて、男子への販売譲渡禁止。

うん、それって俺だけじゃん!?　挙げ句に危険だからって一般への販売と譲渡も禁止されたら俺だけだよ。俺の好感度さんこそが危険で、なんだか遠くで瞬いているんだよ？　ちょ、消えちゃいそうだった!?

（プルプル……）

なのに何故だか……なんでダンジョン内で甲冑《かっちゅう》委員長さんを囲んで女子会してるの？

「振動の次は触手って……頑張ってね！」「次って言うか振動する触手っていう可能性が？」「「「きゃあああーっ！」」」「うにょうにょでうねうねだったよ～？」「無限に触手さんが作成されちゃって操作されちゃうんだよ？」「「「きゃあああーっ♥」」」

なんかメチャ盛り上がってる？　うん、何を話してるんだろう？　何で仲間はずれなんだろう？　女子11人男子1人スライム1体で女子会ってハブだよ？　ハブられてるよ？　ピアニカ持ったマングースさんになっちゃうよ？　ブルーな狂詩曲だよ？

（ポヨポヨ）

スライムさんと二人で遊ぶ。寂しくなんかないやい。ぐすんぐすん。

（プルプル）

うん、スライムさんはなでなでが気に入ったようだ。楽しそうで良かった。

「おーい、っていうか、どうするの？　うん、下りるのか、帰るのか、住むのか、改装しちゃうのか、お泊まりなの？」「「「だ、だ、だ、駄目だよ！　お泊まりなんて!!」」」「駄目だよね、こんな所でお泊まりで触手が振動はいけないよ!?」「イケないっていうか、イケい？

「……って絶対絶対駄目なの――――っ（絶叫！）」

泊まらないみたいだ。改装の必要はないらしい。でも、なぜか女子さん達の顔が真っ赤なんだけど……まあ、帰るらしい？　うん、一体何だったんだろう……乙女の秘密らしい？

そして、宿での遭遇？　じっと看板娘とスライムさんが見つめ合い、看板娘がゆっくりと手を差し出すと、スライムさんもポヨポヨと触手を差し出す？　握手？　Ｅ・Ｔ？

そして身振り手振りで会話しているんだけど謎だ。どっちかって言うと看板娘が謎だ。うん、何故に迷宮王のスライムさんと出会うとロボット・ダンスが始まるの？　いや、だって粘体《スライム》なんだよ？

謎だ。ロボット・ダンスしてるスライムも充分謎で、何故粘体が機械《ロボット》の真似《ダンス》を知ってるの!?　いや、まあ楽しそうだから良いのかな？

「って訳で2つ目の階層主倒して終わりで、途中なんだよ。だから1個だけ迷宮は死んだっていうか、迷宮王脱走中？　みたいな？」「「「いや、自分がお菓子で餌付けしちゃってたよね！」」」「拉致か誘拐だよね！」「しかも遂《つい》に常習犯になっちゃってるし？」「でも、この可愛《かわい》さはジャスティスさんなんだよ？　マジで？」（プルプル）「「「可愛い!!」」」「「「でも犯人は、全く反省していない！」」」

そして女子会というか情報交換が始まり、状況が確認されて共有されていくと言い張る

――まあ、おしゃべり？　うん、男子いなくて良くない？

「「「ちょっと、触手の所を詳しく《kwsk》!!」」」「って、そこのオタ！　何で急に存在感を出してWKTKさんなの？　KTKRなの？　何で空気読まないの？　もう女子の目が氷点下突破中だよ？　もう空気も凍りそうだよ！」

うん、やはりこいつ等には『無限の触手』は内緒にしとこう。マジだな。


そして、オタオタとオタ達《たち》がウザいので、蹴散らし踏み付けながらカツレツさんにオーロラソースをかけて、踵《かかと》を落として、並べていく。うん、莫迦《ばか》は無言で腹を鳴らしてる。

「オーロラソースのカツレツさんでーす。って、卵が貴重でかつ丼が無いならカツレツを食べれば良いじゃないの？　的な？」「「「マリーなカツレツだー、いただきまーす!!」」」

「「「ちょ、遥《はるか》、おかわり！」」」

まあ、流石《さすが》に人数分の卵が無かったと言うか、卵さん達はマヨネーズになってしまわれた。うん、作りすぎたから、そろそろ買い出しに行かないとヤバい。

「美味《おい》しいです、甘辛マイルドです！」（ポヨポヨ！）

そして晩ご飯の時にはちゃっかりいる尾行っ娘《こ》。

うん、情報料が晩ご飯な諜報員《ちょうほういん》さんだ。まあ、後片づけはみんなでしてくれるから良いんだけど完全に馴染《なじ》んでる。

そして、実は必死にロボット・ダンスに参加しようとしていたけれど、難易度が高すぎたようだ。って言うか今はカツレツで忙しそうだ。

（プルプル、ポヨポヨ！）

うんスライムさんもカツレツはお気に入りみたいで、昼もたらふく食べてるのにまた食べてるけど……まあ、美味しそうだから良いのだろう。


食後は解散してスライムさんを連れてお風呂でぷるぷる。そして部屋に戻り作業開始だ。永遠に明けない夜の始まりなんだよ。格好良く言っても内職なんだよ。

「まあ、実際問題として魔石売却が追いつかなくって内職とご飯代が最大の収入なんだよ？」（プルプル？）

そして、思わぬサプライズ。便利なんだよ触手さん達、めちゃ器用だよ！

「これ、掌握と違って実体化してるから凄《すご》く扱いやすいよ。なんか、瞬く間に写本作業が終わっちゃったし？」（ポヨポヨ？）

同時に無数の手を操るなんてとか思ってたけど、『至考』さんのコントロールの下に一斉に作業を始める触手たち……うん、繕い物も上手《うま》い！

「これは思わぬ拾い物だよ、問題は作業時間の短縮に負けないほどの追加注文リストが延長されちゃってる事なんだよ。あと誰だよ、男子高校生にスクール水着の注文出してるやつ……って、裸族っ娘だっ!?」（プルプル!?）

裸族っ娘は裸族だし、それに競泳選手だったよね？　競泳水着ならともかく何故《なぜ》スクール水着？　オタ達が寄って来るよ？　危ないよ？

「いや、競泳水着の注文でも作らないよ！　うん、男子高校生に注文って、それ採寸どうするの!?　しかも、『溶解耐性』付きって戦う気なの？　スク水で!?」（ポヨポヨ？）

うん、リアクションがあると楽しいな!?

——試行錯誤。いやスク水じゃないよ？　うん、何で男子高校生が夜中に一人でスク水の試行錯誤するんだよ、しないよ！　そう、懸案のマルチカラーの研究。あ、でもマルチカラーのスク水なら需要が有りそうな気も……って、誰の!?

「よし、これならマルチカラー塗料もいけそうだよ。うん、これで色違いまで沢山作らずに済むんだけど……もう、鶴の恩返しなら鶴が禿《は》げる前に過労死しちゃいそうなくらいの受注量なんだよ？」

そう、しかも鶴ですら機織り機を与えられてたのに、俺って人力……ちょ、鶴さんズルいよ。俺は機織り機の設計からなんだよ!?


魔石を粉砕して粉状に磨《す》り潰して、糸か布に擦り込んで魔力を通して固着させるだけだから原理は簡単、あとは定着させる最良の数字を模索するだけ。だけど価値はある。っていうかマルチカラーを売りにしているけど……それはオマケだ。

「やっぱり……これって魔力が通るんだから、ちゃんと良い魔石を使えば戦闘用でも使えそうだよ？」（ポヨポヨ!?）

問題だったのは魔石の粉砕。微粒子レベルとまでは言わないけど、均一な粒子レベルは必要で、分かり易《やす》く噛《か》み砕いて具体的に説明すると、均一に微細化するのに砕いて磨るのが超面倒くさいんだよ？

「うん、表面に付着させるだけだと色が変えられて丈夫になる程度なんだけど、繊維に浸透させて織り込んでコーティング状態にすれば……行けそうだな？」

均一に微細に粉砕するのは振動魔法と錬金術で量産できた。それはそれでとっても相当面倒だったけど、一気に大量生産できるならマルチカラー・シリーズを受注しても問題ないようだ。うん、本では一個一個で大変そうだったけど、魔石って滅茶《めちゃ》余ってるんだよ？

「市販レベルとなると……いや、これって汚れないし破れない？　かも？」

マジで手順が面倒だけど、何より無意識に魔力が通せるのは安全面でも大発明だ。だが、更に付与が可能なら、高価でも丈夫で汚れず長持ちでそれ以上のコスパ。

「うーん、あとは作ってみないと問題点がわからないし、女子会が終わったら委員長さんのワンピースを採寸して、仕上げてから試しにマルチカラー化してみようかな？」（プルプル）

ただ問題は女子会は果てしなく何処《どこ》までも長いんだよ？　うん、明日の女子会の時間決めるのに軽く3日くらいはかかりそうなんだよ？

しかし便利になったんだけど、ビジュアル的に問題が発生している気がする。まあ、実は気がするんじゃなくて確信してたりするんだけど、ちょっと見た目に難が有る。

そう、何故なら『無限の触手』の使い方を調べてたら、『マント?』に複合されちゃったんだよ。

つまり、今現在見た目にはうにょうにょと身体《からだ》中から触手が蠢《うごめ》く黒マントの男子高校生で、それはもう通報される前に有罪判決みたいな?

「うーん、なんか度し難く名状し難いな!!」(ポヨポヨ!)

未《いま》だ嘗《かつ》てこれほど異性の好感度に敵対する衣装が存在したであろうか? うん、異性の好感度がどうこう以前に、普通に異性の嫌悪感がMaXそうだ!?

「だって、これエモいくらいキモいんだよ! うん、便利なんだけど邪悪でグロい!」

そう、異世界かと思ったらクトゥルフ《クトゥルフ》神話だったのっていうくらいの異様さなんだけど、こんな敵が襲ってきたら俺は絶対に逃げる! うん、マジ無理。

「でも、とっても便利で働き者の善い触手さんなんだよ? うん、滅茶頑張ってくれてて、内職仲間のズッ友さんなんだよ?」(プルプル)

だって誰も手伝ってくれないんだよ? まあ——無理なんだけど。って言うか女子会って未《ま》だやってるの!? ちょっと見てこようかな?


健全な男子高校生が女子を手でぺたぺた触るなんて不健全なんだよ?

51日目　夜　宿屋　白い変人　女子会

お風呂から上がって緊急女子会。だって大襲撃《スタンピード》で滅びた村の事で、遥君の様子がおかしかったのが心配で、みんなで話し合う。

どうしたら良いのか、何をしてあげられるのか、何て言ってあげれば良いのか、言ってあげられるのか……みんな分からない。何をしてあげられるかが分からない。

「だって……全然関係ないのに」「寧《むし》ろスタンピードを止めたのに、何で？」「自分だけが予兆を知ってたって言うけど、オークを見掛けただけなんでしょ？」

元気付けるとか、励ますとかは違うと思う。だけど遥君のせいじゃないよって何万回言ったって駄目なの、だって、それで救われるんならみんなで何億回だって何兆回だって言い続けるから！　でも、そんなんじゃ駄目なの。

「責任とか、そういうことじゃなく助けたかったたって……無理だよ、そんなの」「「「だよねー？」」」

遥君の心の中の折り合いが付かない何か――それに触れるべきなのか、触れて良いのかがわからないまま、会議は堂々巡り。

そして、みんなで責任放棄した『無限の触手』の話に変わり、アンジェリカさんは泣きそうになっている。でも、あれ遥君以外制御すら不可能そうだったし……って、顔が赤いし、息もづかいも荒いけど、想像しちゃってる？

「あの沢山の触手が操れちゃうんだって？」「「「あれはヤバい物だよね！」」」

うん、妖しい雰囲気を振りまいちゃって、みんな顔が赤くなっちゃってるからね？　あれは想像しちゃったら乙女の危機だからね？

「「「うん、アンジェリカさん頑張ってね！　そして、明日も女子会しようね！」」」

うん、聞き出す気満々だけど、お風呂で聞く度に溺れてるんだから、女子会はお部屋で開こうね？

「やっぱり～っ？　あの触手さん達が振動しちゃうのかな～？　ぶるぶるう～ぶるぶるん～って？」「「「きゃあああああっ！　触手さんは危険だよ！」」」「うん、そうだった。遥君とセットにしたら最終兵器だよっ！」「「「乙女が滅亡されちゃう！」」」

そう、遥君は塵芥《ゴミ》スキルしか持っていないと言いながら、それを組み合わせたり、混ぜ合わせたりしながら戦ってきた。そのせいで内職どころか料理すら手が出せない、制作過程自体が意味不明な大魔術になっているの？

だからこそ、想像もつかないような使い方をしちゃう。きっと触手さんも単独でも危険満載なのに組み合わされて混ぜ合わされて凄い事になっちゃうだろう！

きっと今晩アンジェリカさんが凄い事になっちゃいそうだ！　うん、明日も女子会で、朝から開催した方が――

（コンコン？）（ポヨポヨ？）

ノック――遥君だ。うん、この世の中にノックの音が疑問形な人って、遥君以外にいないと思うの。どうやってるのだろう？

「「「はーい？」」」「女子会中だよー？」「交じりたいの？」「女装しちゃう？」「しないよ！って言うか委員長、ちょっと採寸しちゃうよ？　うん、マルチカラーのワンピの試作の試行だけど、女子会終わらないいんなら先に寸法だけ出してくれない？」

ドアの前から遥君の声……女装はしないらしい。

「「「入って良いよー！」」」

なんで勝手に返事しちゃうの……って、みんな恰好《かっこう》が無防備すぎだから！　一応、遥君は男子さんなのに……まあ、多分先に逃げるのは遥君なんだけど？

「おじゃまー、みたいな？って、寸法取ったらすぐ帰るから、それとこのワンピでマルチカラー試しても良い？　なんか色で悩んでたみたいだし？　的な？」

やった。ずっと白と水色で悩んでたんだけど、実はちょっと黒も欲しかった。さすがに赤はちょっと照れるけどマルチカラーなら問題解決。って、遥君は何でマント着て、お風呂上がりに完全武装なの？

だけどグローブもブーツも無し、服もラフな感じの……あああーっ！　自分だけジーンズ作ってる!?

「ズルい！　自分だけデニム作ってる、追加注文だっ！」「「「異議なし、＆異論は認めない！」」」「ちょ、これもまだ試作なんだって？」（プルプル）

可決されました。でもでも、女子的にはジーンズだけでは駄目なの！　ワンピに合わせたかったけど、異世界だから諦めてたんだけど、ジーンズが有るんなら作れるはず！

「更にGジャンの開発を要請します。短丈《たんたけ》がいいかなー？」「「「承認！　追加案でデニムのスカートも要請します！」」」「おおー、イイハナシダナー！」「ああ、デニムの短パンは正義だー！」「「「おおー、天才現る！」」」「うん、正義だから可決！」

デニムじゃなくても今この部屋の娘達《たち》はTシャツかチェニックに、半パンかミニスカだったりする。だから遥君《はるか》は目のやり場に困って現在絶賛劣勢中！　そう、ここで押し切って注文を出し切ろう！

「追加支援物資は決定しました！」「そうだ、女子には可愛《かわい》い支援が必要不可欠！」「ちょ、だからまだ試作段階なんだって」「だって、この間も自分だけ細身のカーゴパンツ穿いてたよね！」「「「ズルい、私は八分丈が良い！」」」

パンツは最初何着か作ってたけど、それからはスカートの方が作りやすいからって後回しだったのに、自分だけ穿いてたことで俄然《がぜん》パンツ派の喰《く》い付きに押されている。

「「「遥君だけズルいー！　私も欲しい！」」」

だって、みんな待ってたの。なのに、自分が女子の脚を採寸するのが恥ずかしくて後回しにしちゃってたから、その反動でパンツ派が燃えちゃってるの！

「無実なんだって。だってまだ試作段階なんだよ？　うん、俺の服って全部試作品なんだから一人サンプル状態？　みたいな？」「「「サンプルセールの招待券もいるー！」」」「その考えはなかった!!」（ポヨポヨ!!）

いや……流石《さすが》に自分で作ってるんだからサンプルは許してあげようよ？　でもサンプルセールって名前が駄目で、なんだか乙女の本能が目覚めちゃうの？

そして、遥君は肌色率の高い女子高生に囲まれて逃げ場を失い、目が泳ぎすぎて遠泳を始めトライアスロン状態で鉄人さんになっちゃってるけど……なんでテラー・ナイト泣かせちゃう目が逃げ回ってるの？　それで余計にみんな寄って来ちゃうんだよ？

「「「予約、ちゃんと言い値で払うから！」」」「あ、あ、私も！　私も!!」

揉《も》みくちゃです。優先権とデザインの希望が殺到して押し潰されて、遥君の目は瞳から光沢が消え焦点が飛んじゃって虚《うつ》ろな眼になっちゃってるの？

「お願い、ローンでも払うから！」「「「お願い、デニムはマストなの！」」」

抵抗虚《むな》しく大量の注文票を押し付けられたまま、逃亡を許されずにされるがままになっている揉みくちゃの押《お》し競饅頭《くらまんじゅう》……うん、この場面だけ見れば立派なハーレム状態なんだけど、遥君の目が死んじゃってるの。遥君はエロい割にはヘタレさんだから……そう、だから油断していた、遥君は手を出してこないと。

「ああああっ、もうきりが無いから全員の採寸をいっぺんにやっちゃうから、できれば可能な限りあんまり動かないでね？　うん、まだ制御が完全じゃないんだよ……って、制御は完全なんだけど力加減って言うか？　触手加減？　みたいな？」

そう、手は出さないけど触手が有ったの!!

それからは阿鼻叫喚《あびきょうかん》だった……それはもう、にょろにょろと身体中を触手で細かに念入りに採寸され、触手の方が精密に寸法が取れて一度で済むからと全身を無数の触手に蹂躙《じゅうりん》されちゃったの。

そう、自分で測るのが恥ずかしいからって、遥君の全身から伸びる無数の触手に搦め捕られて、身体の隅々まで触手さんに探られ測られ寸法取られちゃったの!

「「「ちょ、これ……あ!」」」「これ絵面的にも感覚的にもヤバいよね!?」「ひぃっ、触手が……服の中にまで」「んうぅぅ、なんかこの丹念で安全な柔軟愛撫《ソフトタッチ》が逆に危ない……っあ♥」

妖しい雰囲気に声は消え吐息が荒くなって……なのに遥君は部屋の真ん中でうんうん言いながら、触手さんと一緒に布を切って、その布地を触手さんがフィッティングしに来て、身体に当てられた布は次々に遥君と触手さんによって縫い上げられていき、何度も何度も触手さんにサイズを確認されては当てられ縫われて服に仕上げられていく。

「ちょっと、休憩《タイム》!って聞いてない!!」「「「凄《すご》い集中力っていうか、凄い触手さんの集中攻撃が……んあぁぁ♥」」」

計算され尽くした流れ作業のように、遥君と触手さんによって布地は形を変えて服になり、身体に当てられては再調整と補正でお直しされて……って、これって触手製フルオーダーで立体裁断してるの!?

「なんか……色んな意味で凄くないかな、これ？」「「「うん、意識が……このくすぐるような感触が――」」」

　トルソーのように身体に当てられた布は、その形のままに美しい曲線で裁断されて縫製され、曲面に縫い合わされて、また当てられて、細かに延々と調整されていく……そして次々に作られていくお洋服たちと、力尽きる乙女たち。うん、アンジェリカさんの言ってた意味がよくわかったの!!

「「「……」」」（ポヨポヨ？）

　ようやく、女子全員が力無く倒れ込む頃、追加注文分のお洋服の山と請求書が置かれていた。うん、結構なお値段だ。

「「「可愛い！」」」「綺麗《きれい》」「素敵です」「だって、これってフルオーダーだよね!?」「「「うん、手縫いじゃなくて触手縫いだったけどね？」」」

　そう、だって完全フルオーダーのお洋服。それは全てが自分の為《ため》に作られた、自分だけにジャストフィットな自分だけの服。普通では高価すぎて頼めない最上の贅沢品《ぜいたくひん》。自分が求めたデザインのお洋服が自分の身体《からだ》に合わせて作られていくオンリーワンの逸品。

「うう、幸せ」「だよね、凄いよね」「うん、採寸もすごかったけど」「「「うん、試着したいのに腰が」」」「えっと……まず、もう一回お風呂だね？」「「「だね？」」」

　完全な自分だけのフルオーダー、これは私だけの服。最高の贅沢品だから……請求書の金額が凄いね？

「「「納得価格だけど高い！」」」「まあ、でも……この倍でも頼んじゃうよね？」「だって私専用衣装《フルオーダーメイド》……夢みたい」「「「うん、稼がないとね!!」」」

ほら、あんまり遥君を揶揄《からか》っちゃ駄目で、しっかり全員が報復《リベンジ》されて満面の笑みで倒れちゃってる。うん、みんな借金塗《まみ》れだね？

それでも嬉《うれ》しそうに、みんなお洋服を抱きしめて幸せそう。だって、これは自分だけのお洋服、自分だけの服を作って貰《もら》えるなんて女の子の夢。女の子ならずっと抱く永遠の夢が叶《かな》えられちゃったんだから。

うん、触手さんじゃなかったら、もう少し素直に喜べたの？　この幸せな思い出が触手さんだと、女の子の夢が悪夢になって魘《うな》されちゃいそうなの？

「私だけのお洋服……ふふふ♪」「っていうか、なんであんなに女性服に詳しいんだろうね！」「技術も物凄いですよ、これ？」「「「うん、触手さんも何者なの!?」」」

嬉しくて幸せいっぱいなんだけど、ただただ色々精神的に乙女的なダメージが大きかったの……うん、だってみんな顔が赤くて息が荒いし？

「「「嬉しいけど、もうお嫁にいけないよー！」」」

触手さんは乙女には危ないことが判明しました。うん、乙女が絶滅の危機だったの！

51日目　夜　宿屋　白い変人

「やれやれまったく、男子高校生にあんなに無防備に肌を見せたり、無警戒に引っ付いて来たりするってどうなの？　女子として？」（プルプル？）

まあ、きっと態《わざ》とで、あれは滅《ほろ》びた村の事を気にさせまいとしてくれているんだろう。

「うん、焦った勢いでデニム以外の殆《ほとん》どの服をマルチカラーで作っちゃったよ？　うん、結構なお値段になっちゃったけど……まあ、そのくらいは良いか？」（ポヨポヨ）

別に気にしてる訳じゃないのに、心配性なんだよ。だって、もう気にしたって取り返し付かないんだから、只《ただ》……忘れたくないだけなんだよ。

「あそこにも村が有って、そこで沢山の人が暮らしてたって。それが俺のせいで無くなってしまった責任だけは忘れたくないだけなんだよ？」（プルプル？）

だから気にしてる訳なんかじゃない。今更気に掛けるなんて、もうとっくに許されない事だって分かってるから。

「しかし、女子達が暴れるもんだから触手さんが締め上げちゃったり、撫《な》で上げちゃったり、絡まったりで大変だったんだよ！　うん、主に男子高校生的意味合いで！」

だって触手は神経を同調させて制御してるんだから、ちゃんと感触が有るんだよ？　だから、あんまり動かないでね、って言っといたのに大暴れだった？

「しかも途中から、なんか顔を赤らめてるし、息づかいが荒くなってて、なんか雰囲気が

エロいんだよ？　うん、男子高校生的に刺激強すぎなんだよ？」（ポヨポヨ）
そのせいで焦って、大急ぎで作ったけど良い出来だと思う。採寸にせよ、縫製にせよ、触手さんの正確無比な精密作業は神業さんなんだよ？
「うん、精密作業でエロくないんだよ？　それなのに時々変な声出すから焦っちゃうし、身を捩《よじ》ったり、震わせて仰《の》け反《ぞ》ったりするから、余計に食い込んで生々しく感触が伝わってきちゃうんだよ？」（プルプル）
うん、また眠れなくなっちゃうじゃん。

長い夜——ようやく追加注文が終わった、服だけなんだけど終わった。うん、アクセサリーや装備の事は考えたら負けだ！

「まあ、でもそれも触手さんと掌握さんのコンビネーション作業が有ればどうにかなりそうだな？」

魔力は自動魔力バッテリー状態のアイテム袋さんがあるから、どれだけ速度を上げて大量生産しても不足する事は無いだろう。

スライムさんはよく眠ってる。うん、幸せになれたんだろうか？

今日一日楽しめただろうか？　良い夢を見られてるんだろうか？　付いて来て良かったって思ってくれただろうか？　わからないけどスライムさんはよく眠っている。

甲冑《かっちゅう》委員長さんは寝なくても食べなくても平気らしいけど、スライムさんは眠るみたいだ。まあ、甲冑委員長さんは寝なくても食べなくても平気だけど、毎日ちゃんと美味《おい》しそうにご飯を食べて、幸せそうに眠っている。だから、スライムさんも幸せになれると良いんだけど……うん、スライムの飼い方って謎なんだよ？

甲冑委員長さんは、女子さん達《たち》に巻き込まれて女子会部屋で一緒に仲良く倒れていた。でも洋服と新しい帽子を幸せそうに抱きしめていた。

きっと今頃は復活して、試着大会や見せ合いっこで大はしゃぎして、だから戻りは遅くなるだろう。ならば内職だ！　そう、内職に終わりは無いんだよ？

「だって雑貨屋からも注文が山のように来てるんだよ！　しかもあのお姉さん、やっぱり全部に至急って書いてるよ！　そして、また茸《きのこ》弁当の注文が入ってるの、なんで俺お弁当屋さんになってるんだろう？」

うん、毎日茸弁当なんだよ？　どんだけ茸大好きなお姉さんなの!?

「おおっ、やっぱり触手さんで作ると早いし出来が良い。これ、匠《たくみ》の技レベルだよ！　ここまで精密に作業できるんなら近代レベルも目指せるかも？」

良く言って質素、素直に言うと何もなかった街。それが豊かになり始めるのは良いことなんだけど、なんで俺に桶《おけ》とかお皿の注文出してくるの？　うん、鍋って何!?

「うわっ、これなんて薪《まき》ストーブ……ってアイロンだよ、これ！」

いわゆるアイロンストーブ――レトロだな？

「って言うか鍛治屋に頼もうよ。何でアイロンと弁当と桶と服を同じ所に頼むの！　そして何で全部至急なの？　うん、何でお弁当だけ毎日大至急なの？　何でお菓子まで販売始めちゃってるの？　そしてどうして当たり前のように俺が作る事になってるの!?」

しかも売り上げと在庫が合っていない。つまり……お菓子食べちゃってるよね！

「しかも食べすぎだよ、なんで従業員三人で7個も食べちゃうの！　一人だけ3個食べたの誰!?」

しかも、何で店用に作った家具まで売っちゃってるの？

「でも、良いお値段……って大儲《おおもう》けじゃん、量産しよう！」

しかし、お勘定と包装用のカウンターテーブルを売っちゃうって、今はどうやって商売してるんだろう？

「もしかして床の上で包装してるの？　莫迦《ばか》なの？　なんで作ってから売らないの？　でもぼったくり価格だよ！　家具も量産しよう、ぼったくろう!!」

何もなかった街。貧しかったから寂れていた商業。うん、その発展の始まりの工房設備が内職屋さんに来るっておかしくないかな？

「うん、やっぱり鉄鉱石を掘りに行こう。買うの勿体《もったい》ないし、街にも鉄が足りてないんだし？」

でもお休みはいつなんだろう？　そう、最初の頃は計画性があった筈《はず》なのに最近みんな適当すぎない？　うん、有り金をぼったくってみたら、ずっと迷宮で休暇がない。

「まったく、内職にも予定ってものが有って、予定表には未定って書いてあるだけなんだけど、予定表だけはちゃんと有るんだよ？　うん、さっき作ったんだよ？」

　スライムさんはよく眠ってて、独り言には付き合ってくれない。

「異世界――そう、なんで俺って異世界で桶作ってるんだろう？　しかも量産体制が整っちゃって、桶屋が儲かったら俺に風が吹くの？　それ、俺に何のメリットも無いじゃん！　うん、風吹いてどうするの、なんで桶屋だけ儲かってるの!?」

　深夜に異世界で大量の桶に囲まれている男子高校生って意味わからないけど、風に吹かれても困るんだよ？　うん、おひさな木魔法さんと触手さんの大活躍なコラボだったんだけど、なんで桶の注文がこんなに有るの？　そして籠《カゴ》の注文まで有るの？

「もしかして、あの雑貨屋のお姉さんは俺を大工さんだと思ってるの？　だとすれば何で大工さんに茸弁当を発注しているの!?　しかも、なんでお菓子食べちゃってまた追加注文してるの！　うん、果てしない内職語りでネバーエンディングな内職だった!?」

　独り言が増えるのは精神的に危険な信号だって聞いた事あるけど、精神的に危険なのに黙ってろって酷《ひど》いよね？

「うん、ぼやいちゃうんだよ。だって誰とも繋《つな》がってないから呟《つぶや》きは発信できないので、独り語りなんだよ。うん、無言で作業って退屈なんだよ？」

　なんだか作業が高速化していき、触手さんも増えて流れ作業が速い。延々とやってる気がするけど、実は時間的には大して経《た》っていないんだろう。

「一体どれだけ、って、何をこんなに籠に入れるの……これが最初からできてたらお魚さんが捕れてたんだよね!?」

いつの間にか異世界で手芸工業が上達している！　そして、工業化に伴い大量生産が可能になっている。うん、異世界内職工場物語だった！

「そうだよ、木魔法が取れた時点で籠でお魚漁フラグだったんだ……お魚眺めながら茸食べてたよ！」

まさかフラグを見逃していたとは、異世界深いな！

そして大量の女性服と適量の男性服の注文だ。異世界でも男の扱いってこんなもんだよ。

雑貨屋さんでも男性服コーナーだけちっちゃくてしょぼいんだよ？

「まったく、男性服は売れないって、お店なんだから売れる物を置けよ！　うん、売れない物置いて更に減らしちゃったら、もう買う物が無いよ！」

だから、どんなに虐待されても男性服も作る——でも、カーゴパンツとジーンズ作ったら他に要りそうなものが無いのは何故《なぜ》なんだろう？　あれっ、マジ需要無いよ！　なんか俺だったらマルチカラーのパンツ一本あったらそれだけで生きて行けちゃいそうだ……お洗濯はどうしよう？

「他は大量生産してストックできるから良いとして？　街の商工業が整うまでは内職くらいするよ。でも何で毎日お弁当作らないといけないの！　うん、ご飯屋さんに頼もうよ！茸に拘《こだわ》りが有りすぎで、何で毎日茸料理なの？　街の飲食業が整っても茸料理専門店とかマニアックすぎて営業されないよ！」

　茸弁当を盛り付けながらぼやいてみる。

　文句を言いながらも、俺の持ってる村人Aさんシリーズのアイテム袋は中身が日持ちする、って言うか試した限りでは劣化した事が無い。時間が停止しているのかは不明だけどずっと鮮度が保たれているから、実はお弁当も大量生産。うん、余りそうだったらスライムさんにあげよう。

「時間の感覚が……伸びたっていうか、増えた？」

　スキル『至考』の高速思考処理能力に並列思考が加わった感じで、触手と『掌握』魔法の補助が有ると、見る見る内に生産できる。

「これ、完全に個人工場になっちゃって、大量生産が可能になっちゃったよ!?　儲かるな!!」

　でも、これって本当に内職なの？


　注文の家具も多めにできたし、新製品も結構作った。あとは機織り機と紡績機？　しかし四人部屋サイズの部屋を借りてるけど内職スペースが狭いから、完成した物はアイテム袋に収納され、また作られては収納されていく……そう、室内魔動ベルトコンベアの出入り口がアイテム袋さんな、室内工業地帯で工業ベルトなんだよ？　内職が？

「なんだか、甲冑委員長さんが帰ってくるまでに終わらせられそうだ……って、作業が物凄《すご》く高速化してるよ。うん、この『無限の触手』さんは滅茶《めちゃ》使える！」

これは猫さんの手を借りるより高機能。うん、ミスリル化してみよう。

そして――『無限の魔手　魔手触手作成操作　形状性質変化　性質変化　硬化　武器化』になった。

「魔手って手になったの？　お手伝いをしてくれるの？」

触手さんもちゃんとお手伝いしてくれてたが、魔手らしい。しかしミスリルがごっそり減ったから、性能が格段に上がって変形自在？

試してみないと分からない……あ、甲冑委員長さんが帰って来たみたいだし、試してみよう！　それはもう思う存分に無限の魔手で無限に頑張ってみよう、だって魔の手だから魔が差すんだよ！　そう、限り無く何処《どこ》までも魔を差して魔手ってみよう!!

いや、だって女子高生集団触手採寸事件で男子高校生的にずっと大変な事になってるんだよ、だから試す。

「そう、これは実験と練習だから、魔が差すだけで俺は悪くないんだよー！　だよー！　だよー！（エコー中）」

次の日の朝に泣きながら滅茶怒られたのは言うまでもないだろう。

目覚めてしまったのか、気付いたら無意識のうちに大量生産されていた。

52日目　朝　宿屋　白い変人

今日の予定は昨日の海月《クラゲ》さんのダンジョンの続きからで、予定は既に決まっているのに朝ご飯中に女子会が始まり、なんかコソコソキャーキャーと姦《かしま》しい。

だけど、甲冑委員長さんがみんなに囲まれて、まだ舌っ足らずな言葉と身振り手振りを交えながら、一生懸命にお話ししている。

（（触手が手に！））（指がいっぱい!?）（（しかも振動しながらの愛撫《あいぶ》が全身を!!））

（何でいきなり進化してるの！）（（しかもエロい方向に!!））

やっぱり女子はお喋《しゃべ》り好きなんだから、いっぱいお話ができて嬉《うれ》しいんだろう。地の底で一人で、ずっとそんな日を夢見ては諦めていたのかも知れない。だから楽しそうで良かったし、笑えていて良かった。

（ポヨポヨ）

スライムさんも朝からパンとシチューを食べて大喜びで今がぷよぷよと御満悦で、今も看板娘と尾行っ娘《こ》の二人から次々にパンを貰《もら》ってぷるぷると燥《はしや》いでいる。

こっちも楽しそうだし、きっと地の底で一人でいるよりは良かったんだろう。ただ、ずっと滅茶食べてるから食費を稼がないと不味《まず》そうだ、せっかくお腹《なか》いっぱい食べられるようになったんだから毎日お腹いっぱいにしてあげたいし？

「やっぱり自分で作ったほうが出費が少ないっていうか、儲かるんだよ……ぼったくってるし？　ただ食材が少ないからレパートリーが辛《つら》いな？」

ぼちぼち他領へのお買い物ツアーも計画しなければならないし、その為《ため》のお金だって稼いでおきたい。うん、出入り口は封じたけど、鎖国のままでは不味い。現状のまま物資の流通が滞るのは、辺境の経済的な衰弱死になる。


今は尾行っ娘の一族が冒険者の護衛を連れて、偽迷宮を通れるようにしてあるので、魔石や茸の販売や最低限の仕入れなんかは一応は続いている。だけど少数では運べる数にも量にも限りがある。

だから商人が通れるようにするために偽迷宮に許可を出しても良いけど、その商人たちに独占販売されるのも良くないんだよ？

流通をどうするのか……全ては王国との交渉次第だが、ずっと待っている訳にはいかない。だってお米が無くなってしまう！　そう、お醤油《しょうゆ》もだ!!

だが他は自給自足できる状態まで持って行く。だって経済は武器だから。小麦が欲しければ、鉄が欲しければ、布が欲しければと交渉で圧力を掛けられる経済戦争。そのためには最低限の自給自足状態は必須で、紡績、織物の機械は量産できそうだけど、その為の毛が採れる家畜が全然足りていない。

「鉄鉱石の鉱脈は見付けてあるからトンネルを掘っておけば何とかしてくれるだろうし、食料は種類こそ少ないけど、なんだか発育が早いし自給レベルまで充分に届きそうだな?」

そして魔石と茸《きのこ》は辺境の独占物資。だから自給自足さえできれば王国に一方的に圧力を掛けられる有利な交渉が成立するはずだ。

そうなれば、あとは武力しかない。だけど軍隊では偽迷宮は突破できない。あれは行軍を阻害し損耗を強いるための罠《わな》。

そうなれば交渉に乗るしかないはずで、それまでに自給自足と不足品の補充だけはやっておきたい。

結局、豊かさは武器で、足元を見られない為には豊かである必要がある。そして家畜と人手だけは急には増えないのがネックなんだよ。

「お――い。遥《はるか》くーん! お出かけするんだよね、何でぶつぶつ呟きながら桶を作ってるの? 内職は夜にしてね?」(プルプル?)

しまった――桶造りに目覚めてしまったのだろうか!? うん、何故だか無意識のうちに桶《おけ》が量産されている。まあ売れれば良いんだけど、お世話になっているから要る分は宿屋にあげよう。

だって、名前以外は良い宿なんだよ? 何せ次々に魔物を連れ込んでも怒られないんだよ……その分の宿代はちゃんと払ってるけど?

「甲冑《かっちゅう》委員長さんの存在は極秘事項だし……いや、寧《むし》ろ迷宮皇さんと迷宮王さんの定宿として宣伝する手も……駄目だ、魔物さん達《たち》が集まって来ちゃうよ！　本当に魔物さんに大人気になりそうだ!?」「「「おー―い、何で話を聞かずに勝手に悩んでるの！　行かないの？」」」「いや、行くんだよ？って言うか、スライムさんもお出掛けだから、看板娘は持ってきちゃ駄目なんだよ？　うん、ポイしてきなさい？」（ポヨポヨ）

準備はできたみたいで、看板娘はポイされて涙目だ。まあ、看板娘もいるからスライムさんはお留守番させても安心なんだけれど連れて行こう。迷宮にこそ癒しが必要なんだよ。「「「うーん、何処が儲《もう》かるのかな！」」」「昨日の続きで50階層より下だと迷宮王さんがいるし、60階層を超えてると階層主さんもまたいるし、中層を超えると隠し部屋も有るから時間が掛かると思うんだけど……どうしよう？」「「「組分けは？」」」「うーん、そのまま昨日のダンジョンの続きに行っちゃうか、それとも先にもう一つのダンジョンを攻略しちゃう？」「遥君どうしたい？」

委員会と体育会が階層主戦組に入っているせいで、他のチームが手薄すぎて中層から攻略速度が落ちている。それに――

「それなんだけど、先にもう一つの方のダンジョンだけ攻略しちゃって、昨日のダンジョンの続きは俺と甲冑委員長さんとスライムさんで行こうかと思うんだよ？　うん、他のダンジョン攻略が手が足りてないみたいだし？」

そして、あの海月迷宮はなにか嫌な感じだった。

「それは良いけど、危なくない？」「いや、あの素敵な働き者の海月さんがいらっしゃった迷宮はそんなに深くはなさそうだったから、後は少数で突破しちゃった方が早そうなんだよ？」

そう、俺達だけなら速攻戦が可能。っていうか打たれ弱いから正面からのぶつかり合いはできないけど、バラけている魔物を辻斬《つじぎ》りしながら撃破する単独の機動戦闘の方がむしろ早いはず。

50階層から下は未踏破層だから魔物も多くなる、そうなれば電撃戦か奇襲戦ができる方が有利なんだよ……まあ、それしかできないんだけど？

「また危ない事をしようとしてない？」「怪しい、何ですぐ危ない事をしようとするの！」

「少数って、何で危ないって言ってるのに言う事きかないのよ!!」「うん、何でそれで毎回なんの問題も無いんだろうね？」「だよね、どうしてまだレベル19なのに、迷宮王さんの方が危なそうなんだろう!?」

昨日チラ見したけどＬｖはまだ上がっていなかった。Ｌｖ10に上がる時も長かったから、Ｌｖ20には当分ならないのかも？

「いや、いちいち真面目に戦うと時間が掛かって却《かえ》って危ないんだって。うん、戦うと危ないから安全に襲撃の辻斬りの斬り逃げで、弱くても電撃的な奇襲で平穏に蹂躙《じゅうりん》しちゃうと大抵死んじゃってて安全安心？」「「「何でだろう、全く何も安心感がないのに、謎の説得力が！」」」（プルプル！）

オタ莫迦《ばか》達はさっさと出掛けてるし、とにかく3軒目の迷宮に行きながら計画を立てようと、まずは街に出る。そして委員長さん達が迷宮の死亡報告に行っている間に掲示板に向かい、朝のお約束。うん、昨日も来たらしいけど寝惚《ねぼ》けてて朝のジト目成分を覚えてないんだよ！

「いや、まあ見なくても分かってるんだけど掲示板の依頼が今日もまったく変わってないんだよ！　もう、この掲示板って永久保存版なのっていうくらいに不変なままだよね？　そろそろ依頼の紙が風化しちゃう危険が感じられる今日この頃だよ？　まったく何で毎日見に来てるのに以下同文？」

「また来ちゃいやがりましたか。だから一体どうして冒険者ではないのに冒険者よりも頻繁に冒険者ギルドに来ちゃうんでしょうか？って言うか昨日なんか寝ながら来てましたよね？　『依頼が変わってない～zzz』って寝言で言ってましたけど、目が開いていませんでしたよね！　あれって一体何のために来てたんですか!!　冒険者しか依頼は受けられません。こそこそする気が無いどころか威風堂々と騒ぎすぎで、最近では掲示板の主って呼ばれておりますからね！　こっそりしてください!!」

ジト目で怒られながら委員長達を待つ、爽快な朝のジト目だ。しかし掲示板の主って、法則的に考えると次は掲示板の王に昇進なのだろうか？　うん、掲示板皇までの道のりは遠そうだ。でも、きっとその日までずっとずっと掲示板の依頼が変わらない事の方が問題だと思うんだよ？　何のための依頼掲示板なの？

「「「お待たせー」」」「報告して来たし、もう行けるんだけど——また依頼に文句を付けてるの？」「もし仮に掲示板に良い依頼が有っても、迷宮行くんだから受けられないよね？」「「「何でどうして、そこまで依頼掲示板が大好きなの？」」」「欲しいの？　持って帰っちゃ駄目だよ、怒られるから。うん、今も怒られてるみたいだけど？」

掲示板に受付ジト目委員長さんが標準ジト装備ならちょっと欲しいけど、何も変わらない掲示板だけなんかいらないんだよ？　だって、一か月以上ほぼ毎日全く同じ内容の掲示板を見てるんだから覚えちゃったよ。

そして、雑貨屋さんに寄って納品を済ませて、お姉さんにハリセンをかましてお説教する。でも毎日帰って来たら注文が来てるから懲りていないのだろう。ハリセンでしばかれながらも一心不乱に茸弁当を食べてるし……禁断症状だったの？

そうして販売カウンターを設置し終わった。うん、本当に売っちゃってたよ!?

「まったく、なんで販売カウンターを販売しちゃって、一日中木箱を積んで営業しちゃうんだろうね？」

（ポヨポヨ）

街を見て回れてスライムさんもご機嫌だ。売られていた保存食の干し肉を物欲しそうに見ていたので、買ってあげたらぽよぽよと喜んで食べている。うん、お気に入りになったみたいだし、これも買い溜《た》めておこう。

（プルプル）

「おう、気を付けろよ」

門番さんに挨拶して外に出る。しかし、あの門番さん達って迷宮皇も迷宮王も普通に通してるけど、番している意味あるの？　うん、あれって一体、何を止める気なんだろう？

そうして、悩みながら歩き、ようやくダンジョンに向かう。


しかし——女子さん達はみんな眠たそうだが、夜中に特訓でもしていたのだろうか？

うん、なんかお目々が線になっているけど、気配探知でちゃんと歩けるみたいだ!?

「全く夜更《よふ》かしは夜深しで夜に不可視に不良化する訳じゃないんだよ？」「「知ってるわよ！」」「って、別にグレてないし、不可視でもないから！」「寧ろ間違える方が難しいよ!!」

今朝の話では遂《つい》に女子は全員が『気配察知』を『気配探知』に進化させたそうで、振動魔法もレベルMaX続出らしい。なのに『索敵』は上がってないんだよ？　何でなんだろう。一体何を探知して振動させてるんだろう……肩こりさん？

「「「そこは乙女の内緒だから、深く考えなくて良いの！」」」「っていうか、今朝の男子のあれは制服なの？」「「「ああー、あの朝着てたやつだよね！」」」「そうそう、お揃《そろ》いにしたの？」「あー、あれって一応オタ達にも莫迦達にも注文聞いてやったんだけど、『頑丈で汚れが目立たなくて、動き易《やす》くてポケットが沢山欲しい』しか要望が無かったんだよ。だからなんかミリタリールックになっちゃってるんだよ？」

みんな上はカモフラのM－65ジャケット擬《もど》きで、下はダーク系のカーゴパンツにブーツまで履いていたけど剣と魔法の異世界なんだよ。うん、空気読めよ？

「「「ミリJKも有りだね？」」」「カモフラ、可愛《かわい》いよね」「うん、結構欲しいかも！」「「「よし、稼ごう！」」」

マルチカラーで解決したと思ったら、柄物が強いられてる——だと!?　まあ、朝は女子さん達も思い思いの服で楽しそうにしていたし、見目華やかなのは良い事だ。まあ、それに……鎧《よろい》でご飯は食べにくいんだよ？

「ここだよね、三軒目のダンジョンさん？」「「「だから、三軒目って言わないで!!」」」

「えっと、主に動物系魔物で数が多いんだっけ？」「うん、数に押されて魔力切れに注意って事だったよね？」（プルプル？）

各自で対策と陣形を話し合ってるけど、動物系魔物主体なら毒餌でも撒《ま》いたら早そうだ？　まあ、スライムさんが食べたら大変だから止《や》めておくし、それに階層主戦も含めて女子さん達のレベル上げと戦闘訓練も重要だろう。

うん、甲冑委員長さんが一緒の間に指導を受けながら戦えば、戦闘の機微や力の配分も覚えられるはずだ。全員がチート持ちだからこそ、絶対的に足りない経験を学べる機会なんだよ……うん、海月《クラゲ》相手に戦闘が正直すぎだったんだよ。

トラウマの原因は寝不足の原因さんで乙女の危機らしい。

52日目　朝　ダンジョン

女子達が脅《おび》えている――そう、恐怖に目を見開き。魔物を凝視しないでこっち見てるよ！　うん、何で魔物と戦って俺が恐怖の目で見られちゃってるの!?

「「「触手怖いよ!!」」」「うん、串刺し公爵だったの!?」「別の意味でも怖いよね！」「「「うん、にょろにょろさんが凶悪だった!!」」」

触手さんが不人気だ？　いや、魔手さんに昇進してるんだけど、昨日の海月さんの深刻なトラウマなのだろうか？　うん、甲冑委員長さんは昨晩のトラウマみたいで、一瞬で女子さん達の後ろに隠れて震《GKBR》えてるし？

「よし、常に注意専心の繊細な千針の針千本飲ましちゃう心構えが大事な常在戦場なんだよ？」（ポヨポヨ！）

地下18階層で「グラウンド・ハンガー　Lv18」の奇襲を受けたんだけど、どうも触手さんの戦闘が不評だ？　だって地面からいきなり現れた6本腕のゴリラみたいなのが抱き着いて来るんだよ？　嫌だよ、可愛くないし？

「「「その串刺しが酷《ひど》くて非道《ひど》くて残虐なの！」」」

実際の所、俺も甲冑委員長さんもスライムさんも気付いていたんだけど、女子さん達の訓練だからって無視してあげてたのに、なんでだか選《よ》りに選って俺に抱き着いてきたんだよ？　うん、岩みたいなゴリラ擬《もど》きが？

「いや、だってちょうど前の階層で針鼠《はりねずみ》さんを見てたから、『魔手』の武器化で針鼠みたいになってみたのに、抱き着いて来るグラウンド・ハンガーさんが悪いよね？」

うん、空気読もうよ。

「その滅多刺しが悲惨だったのよ！」「「「うん、見るからに痛そうだったよね」」」

そして触手さんが苛《いじ》められているんだよ？　うん、可哀想《かわいそう》だよ。

「怖いよって、この触手さんは働き者の良い触手さんで、昨日の服だって触手さんメイドのフルオーダーだったんだよね？　懇切丁寧に触手さんに隅々まで徹底的に採寸して貰《もら》ってたじゃん？　全身隈《くま》無く、何処《どこ》も彼処《かしこ》も？　みたいな？」「「「それこそが乙女のトラウマの原因なのよっ！」」」「あと、寝不足の原因さんなのよっ！」「「「うん、色々と乙女の危機だったの！」」」

迷宮で涙目のジト――日々是《これ》好日！

「いや、文句を言う割には、朝からファッションショーのように色彩《と》り豊《ど》りにマルチカラーを変化させては見せびらかしてたよね？　うん、あれも触手さんが縫ってくれたんだから苛めたら駄目なんだよ？　そう、俺も縫ってたんだから苛めたら駄目で、可哀想なんだよ？　うん、泣きそうなくらいマジだよ？」「「「それは自業自得なの!!」」」

気配探知ができるようになった女子さん達《たち》は的確に魔物を見つけ、優位に奇襲をかけては狩り尽くして行く。さっきは地面の魔物だけ見逃しちゃったけど、それ以外は見敵必殺《サーチ＆デストロイ》な女子高生さん達だが、それも女子力なんだろうか？

隠し部屋も無いので狩っては下り、下りては狩り尽くす。苦戦らしい苦戦も無く、魔物に一方的に攻撃を仕掛ける速攻戦で進めている。

うん、嵌《は》まれば強いんだよ。だけど、嵌められると押されちゃうんだよ。

攻撃と防御が極端すぎる、それが強みだが臨機応変に対応できない。作戦通り、想定通りなら強いが、想定外や予想外に弱い。何となく適当に良い加減に戦う男子たちとは対照的だ。

「真面目すぎるのかな……身構えすぎて、型に嵌まりすぎ？」（ウンウン）（プルプル？）

適当に適切に当たれていない、それは良い加減に加減ができていない。攻撃と防御の間が無いから、うまく切り替えられないと崩れやすい。

のらりくらりと戦うオタ達や、相手合わせで攻め手が変化する莫迦達のような駆け引きが無い。だから強い時は徹底して強いが、崩され弱い時は弱い。自分達の強みで押し切れれば無敵だが、相手に合わせては戦えていないから……押し切れないと崩れてしまう極端な強さなんだよ。

「あれが正しい強さ、ですが、危ない、です」（ポヨポヨ）

正攻法だけど奇策に脆《もろ》い。うん、押すだけでなく、甲冑《かっちゅう》委員長さんのような、しなやかに受け流し、相手の力で撫《な》で斬るような戦い方が必要だ。押し斬れないなら流し斬る、攻めても受けても結局は斬っちゃうから強い。だから、個人で戦術レベルなんだよ。うん、毎朝ボコられてるから詳しいんだよ？

「教えようにも、数と数の真っ向からの戦いだと女子さん無双だね？　陣形戦は巧《うま》いよね、かなり？」（ウンウン）（プルプル）

戦術の戦いなら強い、だけど戦略から引っ繰り返されたときが危ない。だから技だけでなく戦い方を盗まないと駄目なんだけど、寧《むし》ろあの技盗む方が無理なんだよ？　うん、今日も朝起きてから魔手さんを使って八刀流とかして遊んでたら、剣一本で受け斬られちゃったんだよ!?　そう、受けられたんじゃなく、八本全てが受けられ斬られて、受け斬られたんだよ……意味分からないんだよ？

「「「絶好調だーー！　次に行こう」」」「「「「おお——♪」」」」

ノリノリです。既に49階層までは図書委員達が踏破しているから、魔物の数が少ない。これなら苦戦する事は無いだろう。

「「「きゃああーっ！　助けてーー！」」」

そんなふうに考えていた時期が俺にもありました？　うん、たった今綺麗《きれい》さっぱり清々《すがすが》しく無くなったよ……崩壊して襤褸襤褸《ぼろぼろ》です、フルボッコです。

圧しておきながら攻めきれずに、守りに入ろうとする瞬間に突破され侵入され、そのまま乱戦状態で……うん、各個撃破で良かったのに、陣形を立て直そうとして崩壊。うん、甲冑委員長さんもヤレヤレって顔をしている？

「うん、でも見てないで助けてあげてね？　スライムさんもヨロ？」（ポヨポヨ）

　攻守が極端で乱戦が苦手、だから陣が崩れると脆い。委員長さんがいると特にその統率力で強化される分、崩され乱戦に持ち込まれて指揮の無い各個撃破状態になると意思統一できないままに乱れてしまう。

「防御最優先で固まって！」「中心何処!?」「「「って、ここは何処！」」」

　それはさておき『無限の魔手』なのだから無限なのかも知れないが、当然制御できる数には限界がある。

　そして、敵は「バニッシュ・イーグル　Lv35」の鳥さんだ。イーグルって言うと格好良いけれど禿鷹《はげたか》さんだ。だから消失しながらも飛び続け、動き続けている。無理に追えば消えて飛翔《ひしょう》し、追い切れないまま反撃される。うん、消失したから禿げちゃったの？

　そう、追う必要が無ければ制御する必要もないから、無限に魔手を作れる。上空いっぱいの細い硬質な糸を一瞬で張り巡らせ、硬化させると止まれない禿鷹さんが次々に突っ込んでは切断され、網に掛かっては細切れにされ、勝手に飛び回っては糸に両断され落ちていく？

「「「何が起きてるの!?」」」「いや、禿鷹さんって空中で止まれないんだから、追い掛けないで待ち受ければ良いんじゃないかな？　うん、鳥に罠《わな》を仕掛ける人はいたけど、飛んでる鳥を走って追い掛けたら莫迦《ばか》達と同レベルなんだよ？」「「「一緒にしないで!?」」」「急に思い付けないし、思い付いても普通は急に用意できないのよ！」

止まれない——だから飛び続けて斬られるしかない。地面に降りて来れば助かるけど、地上では戦いようがないんだよ。ずっと消えられるなら回避できたんだけど、今まで見たバニッシュさんのシリーズは数秒しか消えられなかった。

「いや、鳥さんって罠に滅茶《めちゃ》弱いのに、なんで空飛ぶ消える鳥さんを追いかけるの？　莫迦になっちゃうよ？　莫迦達はマジでやってたよ……うん、凄《すご》く莫迦だったよ！」

一瞬の消滅であっても捉えにくく、動きが読みづらい。うん、罠だよね？

「「「ありがとう。助かったー」」」「空飛ぶ群れとかが苦手なのよ、飛べないし」「しかも速くて最悪なのに、消えちゃうとか反則だよね！」「そうそう、突《つ》かれて痛かった」

そしてバニッシュ系は一瞬だけ攻撃や防御を突破してくる。狡《ずる》してくる相手と真面目に戦っちゃ駄目なんだよ。

「だよね。あの禿《は》げ鳥、目を突《つ》こうとしてたんだよ！」「そうだそうだ、乙女のつぶらな瞳を突いたら駄目だよね！」「「「だよね、禿の癖に！」」」

うん、この台詞《せりふ》を聞いたら武器屋のおっちゃんは泣いちゃうだろう、禿だから。

「ある程度は搦《から》め手《て》か、魔法戦を使い分けながら戦えるようにならないと、陣形戦術だけだと崩されちゃうよ？　剣と盾だけじゃ戦えない相手もいるんだから。甲冑委員長さんみたいにあれを全部迎え撃てるんなら良いけど、全員がそのレベルにならないと突破された時が危ないんだよ？」「うん、この前の自爆爆弾蝙蝠《こうもり》さんも、それで苦戦したんだよね」

「だね、相手に合わせた戦い方ができないと危ないんだね」

　そう、温存は大事だけれど、もう少し魔法を使って良い気がするんだけど……問題は魔法戦のスペシャリストである大賢者さんは、ハンマーを振り回して全機撃墜してノーダメージな事だろう。白兵戦最強なの、大賢者の職業《JOB》って？

「分かってはいるんだけど、どっちかに集中しちゃうよね？」「うん、剣で戦ってると魔法が駄目だし、魔法戦してると剣が使えないし？」「それに、後衛職の人は最前列で肉弾戦してるし？」「え～～、あれくらい落とせないと、大火力の魔法に頼ると強くなれないんだよ～？」「「「ぐぬぬ！」」」

　うん、実は正論だ。オタ達がそうなんだけど、魔法やスキルを柔軟に組み合わせられるから戦闘自体は強いものの、剣技や体技がいまいち上手《うま》くならない。もともとがオタだから割と酷い！

　甲冑委員長さんやスライムさんはともかく、副委員長Bさんも掠《かす》りもしていないのだから、もう少し個人技を上げた方が良いのかもしれないけど、あれが個人だったらもうちょっと戦えたんだろう……集団戦闘の難しさ。まあ、でも普通の後衛にあれは無理だと思うんだよ？

「搦め手って、さっきのは何だったの？」「そうそう、魔法の魔力は感じなかったんだけど、鳥さんがバラバラ死体になって降って来たよね？」「あれ触手さんだよ？って言うか『魔手』さんだよ？」「「「ええっ!?」」」

鳥網——まあ、霞網《かすみあみ》が有名だけど、視認性の低い張り網は鳥さんの天敵だったりする。

「いや、魔手さんを細く固くして糸状にして張り巡らせたワイヤーカッターの網だから、飛んできたら勝手に死ぬんだよ？　うん、頑張ってるんだから触手さん苛めたら駄目なんだよ？」「「「あれって触手さん達の罠だったんだ！」」」「私達って、逃げ場がないほど無数の触手さん達に覆い尽くされてたんだ!?」（ポヨポヨ？）

何故《なぜ》そこまで触手さんを敵視して、警戒するのだろう？　うん、何で遠くを見て、何故に顔が赤いの？　そして、甲冑委員長さんはなんで女子さん達の後ろに隠れて震えているのだろう？　魔手さんだよ？　昨晩会ったよね、いっぱい？


本当なら魔手さんが完全にコントロールできていれば、もっと簡単だった。それは可能なら強いんだけれど、『至考』さんでも制御に手古摺《てこず》っている。

そう、これで俺自身が高速で『転移』まで使って動くと制御しきれない。それ以前に『転移』自体が制御しきれていないから止まってないと使えない。動作と移動が全て速すぎる上に、瞬間移動が絡むので制御どころか予測不可能なのだろう……うん、動いてる俺にもよく分からないんだよ？

「もう少し迷宮を減らして、訓練日も増やした方が良いよ？　弱点克服と戦闘スタイルの増加？　みたいな？　そう、扱《しご》かれるが良い！　みたいな？」「「「アンジェリカさんの訓練に巻き込む気満々だった！」」」「まあでも、それも有り？」「ううーん？」

実戦が最も訓練になるが、多様性は身についても基礎は戦闘だけでは身につかない。それに個人技は集団だと磨きにくいし、敵がいる実戦で複雑な集団戦闘の訓練は危険だ。

まあ、逆に俺は個人技しかできないし、集団の連携に入れない。特に俺の場合は制御しきれないと周囲を巻き込む危険がある。これが甲冑委員長さんやスライムさんだけなら、向こうが避けてくれるけど、同級生と一緒となると大技が全て使えない。

「でも、もう少し武器も複数使いこなせないとね？」「集団戦だと致命的かも」「槍《やり》苦手なんだけどなー」「剣だけだと間合いがねえ？」「盾も増やさないと盾っ娘《こ》ちゃんの負担多すぎだったし」「せめて片手盾だけでも練習しないと駄目だね」

話し合い連携を模索する。案外この仲良しなおしゃべり能力が強さなのかもしれないな……かといって、この流れで俺が同級生に合わせて戦うと、一人だけずば抜けてステータスが低いから死んでしまう。そう、『ぼっち』の効果でパーティーも組めないから連携のスキルも付かないんだよ。

だから単独で動いた方が効率が良いし、いざという時周りを巻き込まない。このユニオンは隠し部屋探索用の俺の護衛に組まれているのだろう。だけど、階層主戦とかだと俺か女子さん達のどちらかが機能しない。それは迷宮王だとヤバい。

「よし、下に行こう！」「「「おおー――！」」」（プルプル！）

迷宮王が迷宮の階層と同レベルならまだ良い。だがスライムさんはＬｖ１００だった。おそらく迷宮皇候補クラス。敵だったらヤバいなんてものじゃないくらいヤバかったんだよ？

あれは甲冑委員長さんが本気出すレベルだった、戦っていれば俺も手加減どころじゃなかっただろう。

そうなると敵が危険なうえに、俺が味方を巻き込む危険がある。今までに女子さん達で倒した迷宮王は直接見た事が無いからわからないが、魔石から言ってレベルは50程度だった。おそらくその辺りのレベルまでならこのユニオンでも何とか戦えるかも知れない。多分、何とかできるだろう。

だがLｖ１００の迷宮王は危険すぎる。スライムさんはお腹《なか》が減って力が出ていなかっただけで、あの戦闘は省エネの為《ため》に魔力を殆《ほとん》ど使っていなかったはず……あれが、本気だったらヤバかった。うん、守りきれずに誰か殺《や》られていたかも知れなかった。

あれってきっと、お腹が空《す》いて食べようとしていただけだから、あれで済んだんだよ？　殺すための戦いだったら誰が死んでいてもおかしくなかった、そういう強さだったんだよ。うん、戯れてるようにも見えたけど？

(ポヨポヨ)

そう、楽しげにぽよぽよと踊っているけど、甲冑委員長さんと戦えるレベルの強さなんだよ。敵だったら凄《すさ》まじくヤバかった。ぷよぷよして踊ってるけど。そして他にもLｖ１００がいるかも知れない……また、可愛《かわい》かったらどうしよう？

「もしこのダンジョンの階層主が迷宮王で、Lｖ１００だったら撤退だよ？　俺たちが戻らなくても撤退しないと駄目なんだよ。これはマジだよ」

委員長さん達《たち》は泣きそうな目で睨《にら》んでいるけど、駄目なものは駄目だ。心配されているのは分かるが危険を冒しすぎだ。

「いや、その方が安全なんだよ。うん、相性問題？」（プルプル？）

俺と対極なのは盾っ娘だ。俺が１発で死ぬ攻撃を盾っ娘は１００発でも受けられる。だが俺が１発受ける前に１００発以上受けてしまう。そして、盾っ娘が１００発殴らないと倒せない相手でも、俺なら１発で倒せる可能性がある。そして盾っ娘が１発殴る間に俺は１００発は撃てるんだよ？


俺は脆い――それはどうしようもないのだけれど、俺の相手も脆い。俺は相手を脆くできる。これはそういう当てたもの勝ちの武器なんだから。

「うん、約束する」「だけど無理はしないでね！」「アンジェリカさんもお願い！」「スライムさんもね」「はい、絶対、大丈夫、です」（ポヨポヨ！）

魔纏《まてん》して虚実で次元斬が使えれば相手の防御力も生命力も耐久力も無意味にできる。早い者勝ちの殺った者勝ちな勝負に持ち込める。まあ、先に斬った者勝ちだから、少なくとも技量の勝負に持ち込める。

逆に言えば、それ以外通じない。純粋な強さでは人では及ばない。Ｌｖ１００の迷宮王っていうのはそういう相手だ。

まあ、大迷宮の最下層に居た時の迷宮皇さんは、たかがLv100の迷宮王なんて比べようがないほどの強さだったんだから。あれは誰にも倒せない。迷宮皇があの闇に呑み込まれていたなら、世界なんて滅んでいた。そう、あれは誰にも倒せない。

あの時、闇は迷宮皇さんの10％の力も引き出せていなかった、きっと5％も無かったのだろう。実は1％だって怪しい。そのくらいは毎日ボコられている！

それであの強さだった。完全だったら、あれはもう誰にも倒せない。うん、今の甲冑《かっちゅう》委員長さんであっても。

そして闇に呑み込まれLv100の完全な力だった——それってもう世界が滅ぶくらいでは済まなかったのだろう。

神など軽く超えていた、あの爺《じじい》ならフルボッコにできたに違いない。送り込めないかな？

そして、Lv100の迷宮王はその候補者クラス。殺さないと不味《まず》い。だが危険すぎる。殺せる可能性が最も高いのは俺だろう。ただ殺される可能性も最も高いだけだ。

そして迷宮を放っておく訳にもいかないんだ、だから下りて行く……うん、お金がないんだよ！

二つが三つになったからといって強くなったとは限らない。

52日目　昼前　ダンジョン

みんなはＬｖ90から中々レベルが伸びなくなっている、おそらくＬｖ99の期間はかなり長くなるだろう。だがＬｖ１００を超えれば爆発的に強くなるはずだ。

そして、人にはＬｖ１００から先が有る。魔物はＬｖ１００までだが人間は超えられるんだよ。恐らくそこから本当の意味で迷宮と戦えるようになる。だから今は無理して戦うべき時ではないのは委員長さん達だ。何故ならこれから確実に強くなることが保証されている、きっと最強へと至れる。

「散開、外から包囲」「「「了解！」」」（ポヨポヨ！）

その点、俺にＬｖは関係ない。ステータス的な強さで戦っていないし、それにＬｖ１００になる事など有りえない。魔の森の魔物を狩り尽くし全滅させて、ゴブリン・エンペラーまで倒してもＬｖ10を超えただけだった。

きっと、一生掛けてもＬｖ１００なんて届かない。時間的問題もだが経験値的問題がある。魔物の森の魔物を狩り尽くし全滅させてＬｖ10ならば、Ｌｖ１００になるほどの魔物がいるとは思えない。たとえ世界中の魔物を一人で狩り尽くしたとしても足りないだろう。

「よし、殲滅《せんめつ》完了」「こっちもＯＫ！」「魔石回収しよう」「「「おおーっ！」」」

大迷宮の下層を皆殺しにして、迷宮を潰して回ってもＬｖ20にも届かないのに、Ｌｖ１００までの膨大な経験値なんて有る訳が無い。其処《そこ》まで魔物だらけなら世界はとうに滅んでいるはずなのだから。

「動物型ならいけるよね」「連携する犬型がねー？」「鳥よりマシだよ」「「「飛ぶのはズルいよね！」」」（プルプル）

不死の甲冑委員長さんや寿命不明のスライムさんなら何時《いつ》か届くのだろう。だが俺には寿命があり、限りある時間の中では届く事はないだろう——人族なんだから！　本当だよ、ちゃんとステータスに書いてあるんだよ？

「何を独りで呟《つぶや》いて、心配そうにステータスを確認してるの！」「いや、隠し部屋がしょぼくって出番がないと独り言が増えるんだよ？」（ポヨポヨ）

何のためにこの世界に来たのかなんて知らないが、意味が有るかも知れない。白い部屋で爺は確かに言っていたのだから……魂の波長と総量が合ったと。波長は分からないが総量はこの世界に連れて来られた43人分の総量だとすれば、すでに30人しかいない上に一人《オレ》は外れ。既に総量の70％を切っている、総量が必要量だとすれば69・７６７４４１８６％しか残っていない。

ならば残る29人だけでもＬｖ１００を超えさせなければいけない。足りるかどうかなんて知らないが、人数が減ったのなら質で補うしかない。

「熊出没注意！」「「「いや、今襲われてて、注意しても手遅れだよ!!」」」

何のためにこの世界に来たのかなんて知らないが、意味が有るかも知れない。だとすれば総量を上げなければ為《な》せない事が有るかも知れない。そして、俺はレベルが上がらないから適任なんだよ——序盤だけ最強の、攻撃力特化型のモブなんだから。

「「「遥《はるか》君呟いてないで手伝って！」」」（グオオオオオ——？）

そしてこの世界に来た事に意味が有るかも知れないならば迷宮が関係する可能性は大きいはずだ。だったら迷宮で戦わなければならない。迷宮の中で戦わなければならない。迷宮の中なら階層ごとに倒していける。しかも１種類だけなら対処は簡単だ。

「「「全く聞いてないよ!?」」」「うん、熊さんまで無視されてる！」

だが迷宮が氾濫し、Ｌｖ１００の迷宮王が大量の多種の魔物の群れを率いて来たら、対応できない。つまり勝てない。迷宮の中で各個撃破できるというのはこちらに凄まじく有利なんだよ。外に出られたら不味い。

「うん、一人で呟きながら、襲い来るニードルベアさんを見もせずにボコ!?」「「「なにか真面目そうに語ってるけど、どう見ても巫山戯《ふざけ》てるよね!!」」」

誰かが危険を冒さなければならないならば、俺しかいないんだよ。委員長さん達の誰かが失われるハイリスク、そして勝てなければノーリターン、そんな賭けは避けるべきだ。

「「「一人語りしながら華麗に回避！」」」「なんで、熊さんを応援したくなるんだろうね!?」

「だって、一生懸命真面目に全力で襲ってるのに、ガン無視でボコですよ？」「「「うん、頑張れ熊さん達！」」」（ポヨポヨ！）

そして俺は最弱だが、豪運で死ににくい。そして簡単に殺される代わりに、スキル的に殺せる可能性は最も高い。個人的にハイリスクだが、超ハイリターンだ。


恐らく辺境が最も危険だから此処《ここ》に転移させられて来たんだろう。

危険とは魔物の森と大迷宮と他の迷宮達、そして戦争だ。

既に魔物の森の大発生で村が二つ消えた。

魔の森と大迷宮と戦争は今の所は大丈夫だ。後は他の迷宮達。これを封じれば戦争は回避できるはずだ。

だが氾濫を許せば辺境の被害は計り知れない、そして武力が弱くなれば一気に攻められる——戦争だ。


いくら言葉にして説明しても分かってくれないが、これはこの世界に来た時からどうしようもない事なんだよ。

「ついに、最後の熊さんまで……無視されたまま」「しかも、まだ語ってるよ!?」

どう考えても異世界転移なんて最悪なんだよ。本でも異世界に行って戦ったりも苦労したりもせずに平和に暮らす話なんて無い。どれもこれも読むには楽しく、だけど大体碌《ろく》な事は起きないんだよ。

「って言うかなんで泣きそうな顔なの？　縁起悪いよ！　別に死なないから？」「これは心配とは別に、熊さんの心情を憐れんでたの！」「「「うん、心配したいのに、心労に悩まされてるの！」」」「「「うん、だから死んじゃだめだよ！」」」

って言うか今まで死んだ事とか一度も無いんだけど？　多分？

だって、ただの適材適所っていう話だ……俺は委員長達が強くなるまで頑張ったら後は楽隠居するんだからそれまでの話だよ？

多分みんながLv100を超えたら、その頃には俺は足手纏《あしでまと》いになっちゃっているんだろう。だから今だけ頑張って楽隠居なんだよ。

「いや、なんか楽隠居の為には委員長さん達が強くなるまで、こつこつと働かなきゃいけないみたいなんだよ。だからそんなに大げさな話じゃないんだよ？」「「「なんで一人だけ老後の心配してるの!?　何をどうしたら、そうなっちゃったの!!」」」

そう、将来的安全策だから大丈夫なんだよ？

「うん、みんな迷宮王との戦いの心配してるのに、一人で老後の心配してるよ！」「「「もう迷宮王さんは、出会う前から亡き者にされてるんだね!!」」」「だって一番危険で大丈夫じゃなかったのは甲冑委員長さんだったし、次がスライムさんだよ？　ほら大丈夫じゃん？　この2人より強い迷宮王さんとか、それって無茶ぶりでハードル上げ上げで、きっと迷宮王さんも凄《すご》く出てき辛《づら》くなって、もうバックレてるかも？」

そう、リスクは有る。だけど今までと比べればずっとマシで、普通に考えれば今までのあれで死ななかったら「もう永久に死なないよね」っていうくらいに今までの方が断然ヤバかった。

「うん、Lv100の迷宮王なんて全然まったく今までに比べれば安全なんだよ？　だって最もヤバかった一位と二位がこっちにいるんだよ？　三位以下なんて残念賞を出してあげても良いくらいなんだよ？　マジで景品は何にしよう？」「「悩むところ、そこなんだ!?」」「いきなり残念賞って、まだ見てもないのに」「まあ、でも確かに？」

　まあ、楽観はできない。一位と二位の人達は、現在レベルリセットで弱体化しているだけなんだから。だけど、少しだけでも俺だって強くなっている。

「とにかく49階層に集中！」「「了解！」」

　そうして49階層の「アーマード・カメレオン　Lv49」を殲滅して、50階層に向かう。どうも地下50階層が最下層みたいだ。

　ちなみにアーマード・カメレオンは女子達が全員『気配探知』を持っているのに、じっと保護色で隠れている心算《つもり》のままサクサクと虐殺されました。うん、バレてるんだよ？

「約束だからね！」「私達もちゃんと撤退するから、遥君達も危ない事をしちゃ駄目なんだからね！」「そうだよ、嘘《うそ》ついたらお小遣いはアンジェリカさんとスライムさんにだけあげちゃうんだからね！」「ちょ、いや、実はその三人の中なら俺が一番無駄使いしてないと思うんだよ？　うん、だってその二人って強欲と暴食の化身さんだよ？」（ポヨポヨ？）

俺なんて怠惰で色欲旺盛なだけだから無駄使いしないんだよ？　しかも異世界で一番の働き者の怠惰さんだよ？　注文出してお洋服買って払った金は没収してお小遣い無しって悪逆非道ショッピングだよ？　もはや内職ですらなくなっちゃうよ？

そうして、地下50階層に入る——いやな予感だけは当たるものだ。「ケルベロス　Lv100」……Lv100の迷宮の王。それは冥界を護《まも》りし門番の魔犬、底無し穴の霊を意味する怪物、あとオルトロスさんのお兄さんで首も一本多い三頭のワンちゃんだ？

昔——弟のオルトロスさんは、左右の前足で健気《けなげ》に二つの顔の鼻を押さえて頑張っていた。死んだけど？

そして今——兄のケルベロスさんは、左右の前足で二つの鼻を押さえてるけど、一つ押えきれなくって断末魔？　まあ、死んだけど。嫌な予感はどうでも良いものだった。

「えっと…………撤退？」「「「今から撤退してどうするのよ！　既にケルベロスさん死んじゃってるよ、真ん中の頭だけ鼻を押さえられなくて可哀想《かわいそう》だったよ!!」」」「それって一体どれだけ強力なお酢なの！　本当に調味料なの!?」「「「物凄く目も鼻も痛い！」」」（プルプル!?）

うん、迷宮の中が酸っぱいんだよ？　目にも沁《し》みるんだけど、鼻も痛い。うん、鼻水出て来たよ……よし、帰ろう！　目も鼻も無いスライムさんまで嫌がってるし？

「スライムさん級の魔物が出てくると思って心配してたのに、『キャン、キャン』って……」「うん、哀《かな》しげに鳴いてたよね」「うん、あの辛《つら》そうなキャンキャンが耳の残って、離れないよ!?」

Lv100の迷宮王だが、ワンちゃんだったからちょろかった。凄《すさ》まじく恐ろしいほどに強いがそれだけだった。うん、どうやらスライムさんだけが特別な迷宮王だったみたいだ？　まあ、エンペラーさんだったし、ぷるぷるしてたし？

「絶対に撤退だよ、とか言いながらいきなりお酢を投げつけるって何？　何をしちゃってるの!?」「うん、キャンキャン鳴いてたけど、あれって有名なケルベロスさんだったよね!?」

スライムさんは何の弱点も持っていなかった。ステータス上でも完全耐性持ちだったし種族特性的に弱点が見当たらなかった。その事こそが脅威だったんだけど、弱点まる分かりのワンちゃんならどうにでもなるよね？　うん、お酢さえ持ってれば。

「あれだけ凄味を出して、物々しく登場してケルベロスさんの出番がキャンキャンだけって？」「冥府の番犬さんが地獄の形相だったよね？」

迷宮王ケルベロスはあの巨体で『完全耐性』に『怪力』や『神速』に『跳躍』と『回避』、そして『獄炎魔法』持ちの高速型のオールラウンダーだった。みたいだ？

「でも確かにあれは私達《たち》だったら全滅していたね」「うん、ちらっと視《み》えたけど凄いステータスだったよ！」「倒せっこなかったんだね、撤退は正しかったんだよ……撤退自体は」「うん、撤退の指示には問題はなかったよね、撤退って言ってた人が問題だっただけで!!」「いや、あれ勝てないよ?　うん、超無理ゲーだって?」

　そう、『斬撃無効』や『魔法回避』と『物理回避』に『灼熱《しゃくねつ》魔法』とか『極寒魔法』に『超再生』に『牙斬』なんてスキルまで持っていた。うん、読むのが大変だったんだよ!!

「うん、分かってるんだけどね。でも、あのキャンキャンで、撤退とかどうでも良くなっちゃったの?　あの悲しいキャンキャンで!!」「「「物凄い威圧感で出てきたのに、もう鼻を押さえた悲しいお顔しか記憶に残ってないよ!?」」」

　何もしないまま死んじゃったけど、あれは倒せないだろう。何かされてたら全滅しかねない強さだった……っぽい?　うん、そうに違いない!　だから撤退は正しくて、故に俺は悪くないんだよ?

「いや、多分Lv100で巨大なLvの壁が有るんだよ。だからLv100以上にならないと倒せないんだよ、あのLv100級の迷宮王クラスは?　うん、多分あの無効化を超えるのにはLv100以上のステータスが必要なんじゃないかな?」「「「でも殺しちゃったんだよね?」」」「うん、キャンキャンって鳴きながら首を三つとも落とされてたよね!?」

「ううぅ、耳から離れないよー!」

　だってワンちゃん系と虫系は得意なんだよ。あんなの、お酢と殺虫剤で大体解決なんだし?　うん、俺って文明人さんなんだよ?

　しかし、今回のお酢は凄かった。おそらくは軽く催涙弾並みの威力は有ったんだと思う。

うん、みんな鼻水じゅるじゅるだったから。

(プル〜、プル〜)

うん、ケルベロスさんの酢漬けはお食事中のスライムさんも酸っぱかったみたいで、ぷるぷると拗《す》ねている。身体《からだ》が柔らかくなるんだろうか……スライムなのに？

「まあ、お疲れ？　うん、きっと全く一切疲れてない気はするんだけどね、一刀だったし？」(ウンウン)(ポヨポヨ)

超再生持ちだったから一瞬で仕留めた。俺と甲冑《かっちゅう》委員長さんとスライムさんで飛び込んで、一刀で首を切断したんだけど、風上でもキツかったのにケルベロスの顔の周りの酸っぱさといったら目が痛いくらいに凄まじかった！　誰だよ、あんな凶悪なお酢作った奴《やつ》！　もう、絶対に追加注文だよ!!　うん、武器屋で滅茶《めちゃ》売れそうだよ。だって危険すぎて雑貨屋さんでは売れないよ！

「「「なんで真犯人が切れてるのよ!?」」」「うん、別にケルベロスさんが酸っぱかった訳でもないのに逆ギレ!?」「「「全く反省していない——だと!?」」」

ステータスは単体ならミノタウルスが上だったかも知れないが、スキルはケルベロスの圧勝だった。圧倒的だった。

うん、できれば委員長さんに『強奪』させたかったけど、あれでもまだ危険だった。鼻を押さえ暴れていた爪が掠《かす》めただけでも即死だっただろう。うん、多分委員長さんは捥《も》げると生えてこないと思うんだよ？

だけれど、だからこそ、これで確信を持てた。

やっぱり戦わせられない、危険すぎる。そう、何故《なぜ》なら委員長さん達はお酢を持ち歩いていないのだから！　うん、不用心だよね？

「納得はしたくないんだけど、遥君《はるか》の言ってた事の意味はよくわかったよ」「「「うん、あれは私達には倒せない」」」「っていうか、あれって正直Ｌｖ１００になっても自信が無いんだけど!?」「「「だから、ちゃんと撤退する。だから遥君も約束を守らないと駄目なんだからね！」」」「そう、危ない事はしちゃ駄目だよ！」

他の同級生たちにも50階層の禁止を徹底しておこう、だって莫迦《ばか》とか何階か忘れて行っちゃいそうだし。うん、あいつ等《ら》50も数えられるだろうか？　心配だ、知能が。

避難して逃げた49階の階段から50階層を覗《のぞ》いていると、ケルベロスは魔石になったみたいだ。

誰も行きたがらないうえに、数の暴力で「お酢を撒《ま》いた人の責任だ！」と、責任を押し付けられて酸っぱい部屋に戻る。

「酸っぱい！　呼吸ができなくて、目が痛い！」「「「誰のせいよ、誰の!!」」」

魔石——でかいし色が澄んでいる。等級の高い魔石なのだろう。そしてドロップは『魔獣の革鎧《かわよろい》　ＳｐＥ50％アップ　ＶｉＴ30％アップ　斬撃無効　魔法回避　物理回避　分身』。大当たりだ。回避二つに無効一つで、ＳｐＥ50％アップもＶｉＴ30％アップもどちらか一つでも大当たりだ。そしてスキルは、『分身』と格好良い！　だけど、きっと出番が無さそうな技だ。うん、大体今迄《まで》にこういう格好良い物ほど出番が無いんだよ。きっともうフラグも立たないよ？　マジで。

そして空気が酸っぱくて早く帰りたいのに、こういう時だけ空気を読まずに隠し部屋も有る……うん、隠し部屋の中まで酸っぱいんだよ!?

涙目で酸っぱい隠し部屋に入ると、宝箱の中身は『統率者のリング　指揮　統率　全体効果付与』。これは委員長で決まりだろう。指揮と統率も有効だが、全体効果付与が激レアだ。うん、統率する味方全員に統率者の持つ効果を付与できるのなら、味方が30人なら30人全員にチート委員長の持つスキル効果が付与される。つまりユニオン全体の強化になる。ただし指揮される全員に委員長の『性豪』と『絶倫』も付与されるのだろう？　痴女軍団？

「ふふふふふふふふふふ……」「「「委員長落ち着いて！」」」「般若《はんにゃ》が！　般若が見えるよ!?」（プルプル!?）

なんか悪寒が？　ただ特殊系は無理なのが残念だ。委員長の『強奪』が付与された状態で戦えば、全員が魔物のスキルを覚えられたのに。うん、『性豪』とか『絶倫』とかだけみんなで仲間らしい。

まあ、アイテムが酸っぱくなる前に持って帰ろう。目が痛いし。

――なんか怒られた!?　まあ、協議の結果は『魔獣の革鎧』は貰《もら》えて、その代わり女子さん10人が『迷宮アイテム払い』で買っていた指輪3個分のツケをチャラにされた。指輪代30個分は大きいが、大当たりアイテムだから安い物だし、何よりレアな回避系のスキル効果はありがたいんだよ、マジで。

　うん、分身が気になって、一人で多重なやつがやってみたい訳じゃないんだよ？　本当だよ？　まあ、やるけど？

　そして、話し合うまでもなく『統率者のリング』は全員一致で委員長さんに決定だった。うん、俺に指揮とかできないし、俺のスキル付与されたらみんな困ると思うよ？　だって、『操身』とか頭で考えただけで身体が勝手に動かされちゃうし、『歩術』とか練習しないと転ぶんだよ？　戦闘中にそんなの付与されたらかなり困ると思うよ？　マジで？

いつの間にか条件が何気に増えている侮れない交渉能力は恐ろしい強欲の女子力さんだった。

52日目　昼　ダンジョン

　さっさと酸っぱいダンジョンから逃亡し、お外まで出て来てお昼ご飯。結局隠し部屋も微妙なしょぼいダンジョンだったが、最後はドロップもアイテムも大当たりで魔石も高級そうだった。

ただ、このパターンは往々にして高級すぎて売れなくて、俺の買取になるんだけど。それはそれで魔力バッテリーになってくれると思えば良いだけなんだが、それにつけてもお金が欲しいな？

「できたよー。試作品だけど人体実験だから大丈夫な、生パスタって言うか手打ちパスタのナポリタンだけど、ナポリタンはナポリには無いんだよー？　みたいな？　うん、若干小麦粉の種類に自身が持てなくてナポリタンうどんの疑いも残っているんだけど、麺には間違いないんだよ？」「食べる！　ナポリタンでもナポリタンうどんさんでも食べるよ！」「「「美味《お》しそう！」」」「うう、懐かしい」（プルプル!?）

辺境で手に入ったのは粗挽《あらび》き粉で、デュラム小麦かどうかは分からないけどパンに合わない小麦らしいから試してみたが大丈夫そう？　うん、うどんになってるかも知れないがナポリタンうどんも美味しいから良いだろう？

「「「美味しい、おかわり！」」」「あ、私も！」「こっち来てからお腹《なか》すくよね？」「「「うん、しかもご飯が妙に美味しいし！」」」

追加注文殺到で、茹《ゆ》でた生パスタをトマトと茸《きのこ》と鳥肉と一緒に軽く炒《いた》めてケチャップと胡椒《こしょう》で簡単に完成だ。

「いや、朝に雑貨屋さんで手に入れた格安小麦さんの試作品なんだよ？　うん、パスタに使われるデュラム小麦はパンには合わないって聞いた事が有ったからパスタにしてみたんだけど、うどんになってたら焼きうどんを作ろうかな？」「「「あ、クリームパスタさんまで！」」」「だが、ナポリタン！」「「「きゃああ――っ、いただきまーす！」」」

うん。ちょっとぼそぼそ感があるのは練りが甘いのではなく小麦の質だろう、麺自体の味が弱いから次は卵を入れて捏《こ》ねてみよう。

「うん、美味しいよ！」「ちゃんとパスタだよね？」「ナポリタンさんにまた会えたんだ……ナポリでも会えないのに」「これならカルボナーラも食べられるかも！」「「「おお――っ!!」」」「だったら、ペペロンチーノさんも大好きなんだけど、次はカルボナーラさんが食べたい！」（プルプル）

白いけどクリームではなく、小麦粉と牛乳のホワイトソースさんだ。まだ、異世界で女子さん達が失った思い出を再現するには、食材の縛りが厳しすぎるんだよ。

「うん、残念ながらカルボナーラが一番無理っぽいんだよ。未《ま》だ卵が貴重で、チーズとクリームも手に入らないんだよ？」「「「そっかー……でも、ナポリタン美味しいよ」」」（ポヨポヨ！）

ただし、迷宮出土の『田舎暮らし』に生産方法は載っていた、家畜さえ揃《そろ》えば乳産業も発達するだろう。でも、それはまだまだ先なんだよ。

「おおーっ、パスタさんと茸さんの味わいのハーモニーが美味《うま》いぞー！」「うん、異世界って茸にはずれが無いよね!?」「だよね、あんまり好きじゃなかったけど、異世界《こっち》のは美味しい！」

女子の茸好きは何なのか。何を作っても茸を入れろと言われるんだよ？　うん、中毒化が始まってるの？　まあ美味しいんだけど。

「「「ごちそうさまー！」」」「「「美味しかったー」」」「うん、お片付けお片付け！」「「「はーい」」」（プルプル）

まあ、みんな無事だから良かったが、やはりＬｖ１００の迷宮王がいる危険性が常にある。うん、50階層からは危険そうだ。

50階層の階層主なら３パーティーのユニオンなら大丈夫だろう。

50階層でＬｖ50の迷宮王が出れば29人の総力戦が必要だろう。

50階層でＬｖ１００の迷宮王だったら無理。もし勝てても被害が大きい。相性さえ悪くなければ勝てる公算の方が高いけど、それでは誰かが死ぬ危険性がある。

「じゃあ昨日の海月迷宮？　の続きは俺たちがやっとくから。他のダンジョンの49階層までを手伝ってあげてね？　うん、50階層は駄目だよ？　マジでマジだから、押すなよ押すなよとは違うんだよ？」「「「わかったから、わかったけど遥君も無理しちゃ駄目だよ！」」」「そうそう、危ない事も駄目だからね！」「「「約束だよ！」」」「「「そう、今晩はハンバーグだよ！」」」（プルプル!?）

なっ、何故かいつの間にか条件にハンバーグが増えているだと！　恐ろしい女子力だ。

流石《さすが》は強欲さんのお友達だけあって、侮れない交渉能力だった。うん、何気に服の注文票まで渡してきてるよ？

「「「行ってきまーす！」」」（ポヨポヨ）

うん、なかなかに傲慢な強欲さん達《たち》だった。どうやら朝見てから、Ｍ－65ジャケットが欲しかったみたいだ……でも、なんで異世界なのにみんなでミリタリーなの？

しかし、街に来た頃は大喜びでダボダボのチュニックを買って、紐《ひも》で縛って着ていて異世界っぽかったのに……今では現代にそのまま帰っても違和感ない私服。でもＬｖ柄の注文は駄目なんだよ。それはモノグラム柄にするとＬｖ《レベル》とは違う問題が発生するからね？

「あと注文は……ちょ、ナイロンは無理だよ？　それは俺に石油を掘り当てて精油業界を作れって事なの？　もうガソリンエンジンまでやらせる気なの？　女子力（強欲）恐るべし！」

まあ錬金術系にそれっぽいものが見受けられたけど、あれは樹脂コーティングっぽいしな？

「じゃあ入ろうか。うん、スライムさんもちゃんと一緒にいるんだよ。一人でどっか行っちゃ駄目なんだよ。じゃあ出発？　みたいな？」（ポヨポヨ）（コクコク）

いや、甲冑委員長さんはちゃんと返事しようよ？　最近面倒がって喋《しゃべ》ってないよね？　みんな身振りで済ませちゃってるよね？　一番喋るのは朝のお説教の時なんだよ！

そして――出番も無いまま、50階層まで下りる。異世界の迷宮冒険でマジする事が無い！　うん、Ｌｖ１から上げ直しのスライムさんが無双!!

どうやら、さっき見せた魔手のワイヤーカッターが気に入ったのか、丸っこい体から無数の触手を伸ばして戦い……上手い、強い、可愛《かわい》い！

「早くも新技のワイヤーカッターをパクられた!?　って、しかも俺より全然上手《うま》いな？　うん、今のどうやるの？」

防御力も魔法適性も凄《すさ》まじく高いのに肉弾戦が大好きで、捕食攻撃がお気に入りみたいだ。うん、きっと魔物は別腹なのだろう。

そして、まあ、何というか、まあ何ということでしょうな甲冑《かっちゅう》委員長さんは語るまでもなく例の如《ごと》く、それはもう白銀色に輝き捲《まく》って煌《きら》めいてた。しかし、攻撃偏向なのに、どんな攻撃も受けない回避力で、しかも敵の攻撃までも斬る超攻撃特化！

「うん、少しはこう退屈そうに寂しさを漂わせてる俺にも魔物さんを分けてあげよう的な優しい心配りはないのかな？　あ、全滅《なかつた》!?」（ポヨポヨ）

この『使役』というスキルは魔物に前線で戦わせて、後衛で魔法や補助魔法で戦う魔物使いなのだろう。やっぱり俺って魔法職なのだろうか？

「でも、うちの前衛さんは使役者置いて殲滅《せんめつ》に行っちゃうよね？　帰ってこないよね？　後衛で待ってたら敵も味方もいないままぽつんとぼっちだよね!!」

うん、魔物使いは無理だろう。誰も俺の言う事聞いてくれないし？

実は女子さん達とかの戦闘スタイルにあれこれ言える立場ではなく、全く戦闘スタイルが無い。いや、だってステータスが意味分からないし？

「うーん、武技は前衛の遊撃型だし、魔法は後衛ができるくらい充実してるけど、転移しちゃうし纏《まと》ってしまってて、スキルは隠密《おんみつ》型で高速移動タイプ？　うん、このステータスって俺に何をしろと？」

どう考えてもコソコソ突撃な魔法使いだ？　戦闘スタイルどころの騒ぎじゃない!?

「いや、魔法を纏って突撃する、ステルス高速移動型の近接戦闘特化の魔術師の戦い方なんて意味分からないし想像がつかないんだよ？　うん、威風堂々な撲殺大賢者さんは見覚えがあるんだけど？」（プルプル）

そう、集団戦に向かない事だけは分かる。これはセオリーに則《のっと》った連携が全く取れない戦い方だ。こんなの指揮の執りようもないだろうし、周りも合わせようがない。うん、一人で突撃スタイルだよ……なんか剣豪取れてたし？

三人と言うか三体と言うか……いや、俺は人族さんだからね？　うん、三人の集団になったけど、全く連携ができない。うん、俺ができない。

まず、壁役ができるのはスライムさんだけ。俺と甲冑委員長さんは回避型だし、甲冑委員長さんがやると壁が皆殺しにしてしまう。

そして、その壁役《スライム》さんは乱反射して、超高速で跳躍中？

「斬新な壁役だった！　うん、壁役が疾《はや》すぎて追いつけないよ!?」（プルプル～♪）

そもそも高速移動戦を得意とする以上、この面子《メンバー》で防御陣は無いだろう。うん、みんなで突撃しか作戦が無い、速攻以外の戦い方が無い。

そう、女子さん達に攻守の間が無いと偉そうに言った本人は、実は間どころか攻しかない。臨機応変に対応どころか突撃しかないらしい？

「うん、こっちって相手に合わせた戦いなんて、相手を殺した後にゆっくり考えるレベルだもんね？」（ウンウン）（ポヨポヨ）

という訳で突っ込んでみる？

動物型の「メタルホーン・エランド　Lv51」は、オオカモシカさんと言い張っている牛だ。そう、ウシ目ウシ科のオオカモシカさんだ。メタルホーンだから突き刺す気満々で、群れで突進までは牛っぽいんだが、凄まじい跳躍力で巨体が空から降って来る。そう、角を下に突き出して一斉に降り注いで来る。その跳躍した空中に突っ込みを擦り抜け無防備な背後からボコって叩《たた》き落とす。そう、下には巨大化したスライムさんがお食事中だ。

残りの地表にいたメタルホーン・エランドさん達は白銀の甲冑さんに薙《な》ぎ払われ、しかも親切丁寧に薙ぎ払った序《つい》でにスライムさんの方に弾《はじ》き飛ばしている。

（ポヨポヨー♪）

美味しかったみたいだ。うん、牛だしね？

まあ、跳ねまわって喜んでいるから、もしかするとメタルホーン・エランドのスキルの『跳躍』を捕食しちゃったのかも？　美味しくて、食べれば食べるほど強くなるんなら良い事尽《ず》くめだ。さて、下りよう。


そして、52階層で待ち受けていたのは一斉攻撃だった。灼熱《しゃくねつ》の魔法弾の降り注ぐ怒濤《どとう》の絨毯《じゅうたん》爆撃のような連弾の煉獄《れんごく》の嵐——をお食事中だ。

(プルプル♪)

「ほら、足りないってよ？　追加をじゃんじゃん撃ち込んであげてね、左舷何やってんの？　いや、食費が浮いて大助かりだな？」

甲冑委員長さんは器用に、流れ弾の魔法弾をスライムさんに弾いてあげている。うん、親切さんだ。

そして残ったのは、ありったけの魔法を吸収されてしまった「マギ・マンドリル　Lv52」達。うん、巨大な粘体の壁にそのまま捕食されてしまった。

「うん、今までマンドリルを見ても何とも思わなかったけど、こうして見ると魔法職っぽい顔だったんだ？　うん、なんか呪術師って感じ？　まあ、猿だけど？」

数はいたんだけどLv52の火魔法では、捕食吸収されて終わりだった。でもスライムさんはようやくLv10超えたところだから、火炎魔法とかだったら危ないかも知れない。食べ物には注意しておこう。気を付けないと何でも食べたがるんだよ？

(プルプル？)

美味《おい》しそうならスライムさんが食べ、美味しくなさそうなら甲冑委員長さんが殲滅する。そう……出番が無い！

57階層の「ファントム・ロード　Lv57」は美味しくないみたいだから、みんなで斬り刻んだ。うん、スライムって霊体斬れるんだ？

やはり動物系が好みなのだろうか？　でもパペットも食べてたような気がしたんだけど、食わず嫌いなの？

「暇だけど、出物は良いんだよ？　暇だけど？」

53階層では『屈強のガントレット　PoW30％アップ　DeF39％アップ＋ATT』だったし、ここの57階層なんて『マジック・メイル　魔法耐性（大）物理耐性（中）＋DeF』と俺が着けても良いし、オークションを開催しても良いくらいの出物だ。

欲しいと言えば欲しいのだけど、俺は防御力を上げてもあまり意味が無い。攻撃力アップは良いんだけど、次元斬があるから無駄ともいえる。やはりオークションで同級生の装備の底上げをした方が良いだろう、女子さん達はお金持ってないけど……うん、だってお洋服買いすぎなんだよ？　ぼったくってるのに、また注文来てるんだよ？

振動魔法で波紋の力だー
とか叫びながらオーバードライブして遊んでみても使えないんだよ?

52日目　昼過ぎ　ダンジョン

そうして地下60階層が終点。だが今までで大迷宮に次ぐ深さで、つまり最低でもLv60の迷宮王がいる。

浅いダンジョンは氾濫の危険性が少ないと後回しにしているから、深いダンジョンが多いのは当然なんだけど、思いの外50階層超えが沢山ある。成長──?

「結構深いのも有るけど、それ以上になんか嫌な感じ?　うん気を付けてね?」

最初は村に近すぎて危ないという浅い迷宮に行かされたが、水没させたら終わりだった。それからは50階層までである中層迷宮ばかり。そして徐々に進めなくなっている。

(ウンウン)(ポヨポヨ)

結局中層から下は正攻法ではまだ無理だ。だから50階層からは女子さん達にはまだ危ない。その点、オタ達や莫迦達なら危険を冒さない──うん、あいつらヤバそうだとすぐ帰って来るんだよ!

まあ、正しいんだけど。あの危険に対する臆病さや、野性的勘が女子さん達にも必要なんだけど。でもオタとか莫迦とかになられても困るんだよ。うん、マジ嫌だ。

そして地下60階層、そして最下層の迷宮王「サンド・ジャイアント　Lv60」。巨大だけどただの砂の巨人だ。

巨大な体で暴れ回るだけの巨人さん。これなら委員長さん達を連れて来ても良かったんじゃないかとか思ったりもしたんだけどさー？　いやー……死人が確実に出てたよ。冗談じゃなく。

薄鈍《うすのろ》な砂巨人を次元斬で斬り飛ばし、蠢《うごめ》く砂を魔法で燃やし、濡《ぬ》らし凍らせて感電させ、掌握して圧力をかけて重力で潰し、一気に全力の『虚実』で吹き飛ばす。

うん、ずっとやってるんだよ？　甲冑《かっちゅう》委員長さんの斬撃の嵐でも、スライムさんの殴打の爆風でも、吹き飛び砂嵐になって……また戻る。おそらくこの物量はスライムさんの捕食でも食べきれないだろうし、美味しくなさそうだし？

ただ、死なないが『不死』属性は持っていない――つまり、ただ殺せていない。

(ポヨポヨ!?)

いくら羅神眼で探しても核《コア》が無い。階層中を見回しても隠し部屋も怪しい物も無い。砂の塊だ。魔力の流れも無い。だから殺す方法が見付からない。

「いや、突っ込んだら駄目なんだよ？　うん、なんなんだろうね？」

それだけだったら逃げても良い。取《と》り敢《あ》えず蓋でもして対策を練る手もあった。だが砂の兵士が次々に生まれている、斬っても崩して燃やしても、何をしても次々に生まれて来る。まあ、こいつ等《ら》も鈍《のろ》いし弱い。有象無象の死なないだけの人形だ。でも死なない。殺し方が分からず、倒し方も分からず、無限に増え続ける砂の軍隊とそれを操る砂の巨人。これが、逃げられたとしても付いてきたらどうするの？　これが外に出れば辺境壊滅だよ？　だって、殺せない魔物に襲われるんだから？

無限に増え続ける敵なんて外には出せない、そして逃げ道も無い。既に出口は砂の壁で覆われている。

「うん、謎解き部屋ではないみたいだな？っていうか、こいつが謎だよ！」（ウンウン）（プルプル）

無理矢理特攻で砂の壁を突破して、逃げても付いて来られれば最悪の事態だ。甲冑委員長さんとスライムさんが斬撃を撒《ま》き散らして、辺り一面を砂に帰して回っているが……また復活する砂の魔物の群れ。核《コア》も何も無いただの砂なのに？　魔力を視《み》ても何かに操られている気配もない。仕組みが分からないから決め手が無い、だからずーっと殺している。

「後なんか有る？　水魔法で流しても意味はなかったし、燃やしても燃え尽きない？　次元ごと斬って切り刻んでも元に戻るんだよ？　振動させても崩れるだけだし？」

ステータスを見ながら思いつく手を片っ端から打ってるのに未《いま》だに弱点が分からない、どんな仕組みかすら分からない。かなりヤバいんだろう？　だって、打つ手が無いんだよ……あれ、詰んじゃってる？　これって、無理じゃない？　いやマジで、手が無いから

——賭けるしかない。

「ちょっと試してみたい事が有るんだけど？　うん、ただ俺が動けなくなっちゃいそうな気がするんだよ、多分？　でも、任せても良い？　みたいな？」

できるかどうか何て分からないんだけど、でも50階層まで育った迷宮はいつ氾濫するか分からないらしい。そして、何よりこいつだけは絶対に外に出せない。出してしまえばどうやっても止められない。

(ポヨポヨ！)(ウンウン!!)「いや、甲冑委員長さんはちゃんと喋《しゃべ》ろうよ!?　まあ、確かに兜《かぶと》で喋りにくいのかも知れないんだけど？」

まあ、それでも了解が取れたんだから大丈夫だ。何故《なぜ》なら元とはいえ迷宮皇さんと迷宮王さん達《たち》のお墨付きだ。だったら――こんな死なないだけの砂遊びなんてほっといて良いんだよ？

だって、無限の数が無尽に湧こうと、戦力不足なんだから。だって異世界で最大の過剰戦力さん達がポヨポヨ、ウンウンって言っているのだから……うん、喋ろうよ!?

有象無象と無尽蔵に蠢く砂人形たちの群れの中に座り込み、集中する、没頭する。

ただ『無心』で『至考』する。

あれが何なのか……そんなの、もう考えられるのは二つだけなんだよ。

一つは磁力だった。魔力の流れが無いなら磁力生命体の魔物なのではないか？　だけど雷魔法に何の反応も無かったし、磁気も感じなかったし、血行だって良くならなかった！

だから磁力に無関係な何かだ。肩こりにも効かないなにかだ!!

だとすれば残る一つ、それは最悪の予想。

この階層に無尽に敷き詰められている砂の一粒一粒全てが極小の核《コア》の欠片《かけら》。それが集まると一つの核《コア》になる無限の分体。つまり砂の一粒一粒が破壊されないと死なないし、殺せない。でも、もうそれしか考えられない。

ならば、試すも何も殺す方法など無いだろう、砂粒を斬って廻《まわ》っても集まって核《コア》になるだけだし、砂粒を破壊し尽くす方法なんて有る訳が無い。実際に燃やし尽くしても溶けもしないんだから、方法なんて無い。無いのだからしょうがない、選択の余地すら無い――無いから作ろう。


僅かな心当たりと、微《かす》かな可能性と、莫大《ばくだい》な疑惑が有る。ずっと以前から疑っていた。そしてやっと手に入った異世界の攻略本の一冊『魔法考察』を読んで、その疑惑を確信へと変えた。この世界に振動魔法なんて無かったんだから。

なのに同級生たちは振動魔法を覚える事ができた、この世界に存在しない振動魔法を。そして恐るべき事に莫迦達でも覚えられたのだ！　そう、莫迦なのに！　莫迦にできるなら異世界人だって、ゴブにだって、きっとお魚さんだって覚えられるはずだ……この世界に振動魔法なんて無い、なのに覚えられた。

だとすれば、この世界に無くて、それでいて莫迦達でも有るもの。そう、驚愕《きょうがく》の事実だったが莫迦達にも現代知識がちょびっと有ったんだよ！　それが一番吃驚《びっくり》だったよ!!

だから使えた。振動、振動現象を知っていたから実際に再現できた。物理振動、振動波が理解できていたからだ。

だって莫迦もオタもみんな振動魔法で「波紋の力だー」とか叫びながらオーバードライブして遊んでたんだよ、俺のお説教中に？　俺もやりたかったのに？　仲間外れだったんだよ!?

まあでも波紋なんて使えないし、振動なんて効かない。でも理解できた。火魔法も有って、氷魔法も有って、火炎や氷結なんて有るのに『温度』なんて魔法は無かった。

ならばそれは熱魔法ではない魔法だ、熱運動の振動の原理の知識があったから、『振動魔法』が簡単に取れたんだ。

だとすれば温度魔法は振動系ではあるが過熱ではない、だって冷やせてるし？　きっと雷魔法が有っても、電磁波の効果で過熱ができても温度魔法は取れないのだろう。

無尽に銀閃が煌《きら》めき、終わらない砂の巨人の攻撃を止まらない連撃で吹き散らして佇《たたず》む
——梱包《こんぽう》魔法は掌握魔法になった、魔力操作の特殊系だった。だから魔力操作や魔力纏《てん》が簡単に覚えられて、『魔纏』なんて技ができたのだろう。そして斤量魔法は重力魔法になり、重力操作の特殊系だったから『空歩』や『疾駆』なんて技ができた。
そして移動魔法は転移魔法になった。だって空間操作の特殊系だった。だから『瞬身』

や『瞬速』なんて技ができたんだ。

「さあさあ、できるよね、できないなんて言わないよね？」

だとすれば温度魔法は――何になるの？　ねえねえ、何の操作の特殊系なのかな？

「振動魔法ができたなら、分子振動ができないとかいまさら言わないよね？」

重力や空間の知識があった。だから、この世界には無い重力魔法や転移魔法になったのなら、分子振動の知識があるから温度魔法なんだよ。

だったら、温度魔法は振動操作系の魔法になるはずだ、分子操作の特殊系のはず。だったら分子振動の増減だってできるはず――分子の原子核の運動の、振動運動の自由度が操作できるなら最終的には原子崩壊だってさせられる！

集中――群がる砂の兵士たちの一切を無視して、ただ集中する。無限に変形しながら弾《はじ》け飛ぶ粘体が、無限再生の兵士たちを吹き飛ばしている、護《まも》ってくれている。だから集中。

問題は原子核は崩壊する時に放射線を放出する事だ。それが放射性崩壊、放射性壊変《ほうしゃせいかいへん》、あるいは放射壊変《ほうしゃかいへん》、どのみち核反応になってしまう。うん、そんなもの怖くて使えないよ!?

だが使わないのは良いが、使えないのは最悪だ。敵が使うかもしれないのに使えないなんて狂気の沙汰だ。使わせないために使えなければならない。そしてサンド・ジャイアントが外に出れば辺境は死ぬ。

辺境を封鎖して閉じ込める以外に手が無い、それくらいならこの地下で核攻撃した方がましだ。辺境の土地の多くが死ぬだろうが全滅は免れる、少なくとも辺境の人達を逃がす事だけはできるだろう。

「ふ――――――――――っ」

でも、そんなのは最後の手段で、ただの最悪の結果だ。だって、そこまで切羽詰まってないんだから、のんびりと落ち着いてて良いんだよ？

（プルプルプルプル！）

だって、あの二人が任せて良いって言ったなら、それはもう何も起こらない。何も起こさせない、何も起きっこないんだから。だから、まだ焦る時間じゃない……っていうフラグでもない！

だってあの二人なら試合終了のホイッスルまで破壊し尽くすんだから、任された以上俺が諦めるまで永遠に試合が続行されちゃうんだよ？　うん、マジなんだよ。

欠片でも核《コア》の一部なら壊れるはずだ、壊せる物のはずだ。だったら崩壊するはずだ。だから砂の巨人を、砂という砂を掌握して温度を上げる、原子を振動させる。熱崩壊とか、熱中症とかになってくれれば良いんだけど……最悪は原子崩壊だ。

ただ、『無心』で『至考』する。『魔力制御』と『振動魔法』で『温度魔法』を制御しきる、完全な集中状態。だって今は指一本も動かせない状態で座り込んでても、絶対安全で安心なんだから。地下一面を覆う無尽の魔物の大群なんて、ここまで来られない、ここにだけは至れない――だって斬線しか無いんだから。

そう、見回す限り辺り一面の、斬線に継ぐ斬線。階層中の空間を満たす無量大数の斬撃と剣閃《けんせん》。そう、甲冑委員長さんに敵なんていないんだよ？　ただ死なないだけだ、只々《ただただ》殺せないだけ、それは永遠に死なないだけだ。だから永遠に吹き散らされ、永劫《えいごう》に吹き飛ばされる。だからここは永久保証の安全地帯だ。

だから焦らずにゆっくりとゆっくりと揺らす、じっくりとじっくりと震わせる。そして集中してのんびりと結果を待つだけだ。死なないならさ……崩壊させるまでなんだよ。

集中しすぎて時間の感覚が無くなっている、『無心』の副作用なんだろうか？

時間の流れが理解できなくなる、思考速度と時間の流れが嚙《か》み合わなくなるんだよ？

周りは相変わらずの砂嵐、形作る前に斬り刻まれ吹き散らされる砂の嵐、斬撃の嵐の中で吹き散らされるだけの砂の吹き飛ぶ暴風だ。

無限の命の無尽蔵の砂の兵隊達が無節操に湧いて、無残に斬られ、無情に崩れ、無意味に散っている。だって、無限の命や無限の数なんて意味無いんだよ？　無限に殺され続けるだけなんだから？

うん、相手が悪すぎたんだよ。その二人は永遠に殺し尽くせるんだよ、絶対的攻撃力で究極的な防衛線を引けちゃうんだよ。だから、ここは絶対領域なんだよ。あっ、帰ったらニーソを作ろう、作って穿かせよう、穿いて貰《もら》って今晩も頑張ろう！

――だって、もう終わりみたいだし？


崩れ始めている、だから制御する。ゆっくりとじっくりと魔力を制しスキルを御する。弱めて、遅めて、留めるように……臨界点の手前の、極僅かな領域を維持し続ける。

そう、全てが只の砂漠になるまで。


「――うん、迷宮が死んだみたいだから大丈夫かな？　砂も一応全部崩壊させられたと思うし、動く気配もないし？って言うかお腹《なかす》空いたし帰ろうか。今って何時くらいなんだろう？　みたいな？」

お腹空いたよ。晩ご飯の時間を大幅に過ぎているのか、魔力の使いすぎなのか、お腹が空いたんだよ……でもハンバーグを作らないといけないんだよ！

うん、よく考えたら何故、残業する条件がハンバーグ作り？　ちょ、それって労働の対価が労働で、労働の報酬も労働的な永久労働機関なのだろうか!?

「それ以前に、きっと先に帰ってる人達が宿でお腹を空かせて待ってるっておかしくない？　いや、作るんだよ……稼がないと宿代使い込んじゃったし？」（プルプル!?）

うん、あれからも迷宮を潰して回っただろう、女子さん達からぼったくらないと、俺の財政がずっと崩壊中なんだよ!!

罠は毎回引っ掛かるけど罠なんだから手遅れだ。

52日目　夜　ダンジョン

最凶の脅威の大迷宮を殺した。最大の恐怖の魔の森も殲滅《せんめつ》し、最悪の展開の戦争も封印した。そして、最後の問題である迷宮も殺し回っている、順調だと思ってしまった。異世界の危険は何とかできていると思ってしまっていた。

慢心だ……そんな訳ないのに。いつの間にかこれなら俺が弱いままでも辺境を安全にすれば、その間にみんなが最強になるだろうと高を括《くく》っていた。だが、もしあのまま委員長達を連れて60階層に行っていれば誰か死んでいた、守りに入れば全滅も有り得た。異世界は相も変わらず最悪のままだった。

「あー、疲れたし頭が痛い！」（ポヨポヨ）

そう、迷宮皇と迷宮王のコンビだから、殺し尽くして守り抜けた。つまり、守る事ができないから殺し尽くした。そう、守護対象がたった一人だからできた。

あれは危険だ、未《いま》だに原子崩壊以外の殺し方が思いつかない。つまり他のパーティーだったら死んでいた、全滅だった。

「あんな魔物が……」「やっぱり珍しいんだ……って、あんなのがいっぱいいたら辺境滅びてるよね!?」（プルプル）

やはり探索は49階層までだ、それ以降はＬｖ１００を超えてからじゃないと無理すぎる。みんなＬｖ１００になれば急激に強くなるはずなんだが、それでもＬｖ１００の迷宮王なら全員でも危ないかも知れない。そして……サンド・ジャイアントのような特殊な迷宮王もいるかも知れないなら無理ゲーすぎる。

考えても今の所は対策が無い。だが見て知ったものなら必ず対策はできる。そして、お腹が空いた！

「なんか、異常な空腹感？　ひもじいな？」

干し肉をかじりながらスライムさんにも分ける。うん、有るだけ買い込んだから在庫はいっぱいで、お金がない。いや、だってスライムさんが気に入ってるんだよ？

しかし、これが魔力切れの症状だとしたら、あの原子振動はかなり危険だ。

無限に尽きないのかと思ったほどの魔力バッテリーを持っていて、魔力が無くなりかけているなら暴走寸前だという事だ。制御できずに暴走寸前の魔法を、ただ膨大な魔力で無理矢理抑えつけて制御していた為《ため》の魔力切れ……っていう事は切れたら暴走してたんだよね？

封印しよう、ヤバすぎるよ!?

「ありがとう、助かったよ。街に帰ったらご褒美あげないとね？　まあお洋服とご飯だけど？って言うか何時だろう？　まだお店開いてる時間なのかなー？　みたいな」

（ポヨポヨ）

うん、今日はお小遣いとは別に、ご褒美は必要だろう。だって普通なら魔物だらけの階層の中で動けないとか迷惑以外の何物でもない。そう、それでも守り抜いてくれたのだから……うん、俺だったら戦闘中に動かないで座ってるやつがいたら容赦なく蹴る。間違いなく蹴った後に踏む自信がある！　うん、ご褒美だな。

「あっ、ちゃんと魔石になったよ！　よかった……うん、砂粒サイズの魔石の海だったらどうしようかと思ってたんだよ。実はもう、スコップも用意しちゃってたよ？」

危うく男子高校生がスコップ持って、迷宮の底で砂遊びを始めて通報されて事案発生の危機だった。うん、そんな奴《やつ》いたら俺も通報するよ？


Ｌｖ60の迷宮王の魔石、これは特に大きいし、透明感がある。砂だったくせに!?　きっと高価すぎてこれも買い取り拒否されるんだけど、魔力バッテリーになってくれるから良いだろう。お金のほうが助かるんだけど、今日だって空っぽまで使い切ったんだから有るに越した事は無い。

それに魔道具作りにも魔石は必要なんだし、こうなると装備の見直しにも魔石はいる。せめて脱出できる装備を作らないと委員長さん達《たち》がヤバい、まじヤバだ。あのまま一緒に来てたら死んでいただろう、冗談ではなく確実に。

「あれっ、ドロップ品だよ?」

サンド・ジャイアントは真っ裸の砂の巨人だったのだから装備品は無かった、ポロリ《ドロップ》だったら嫌だな?

「うん、でも裸族だったよね? 裸族っ娘《こ》置いてきて良かったよ、危うく裸族対決が始まる所だったよ」

あれ? 裸族対決なら裸族っ娘が勝ちそうだ! はっ、サンド・ジャイアントを倒すには裸族っ娘の裸族力が必要だったのか!ってどんな力なんだろう、裸族力って……ポロリ《ドロップ》力《りよく》?

宝石かな? 宝石だったら強欲さんが欲しがりそうだ?

「えっと、『魔核の宝具　魔核作成操作』って……何で態々《わざわざ》ダンジョンまで魔物を殺しに来て魔物さんを作成しちゃうんだよ! それ魔物が減らないいじゃん! 迷宮殺した意味無いじゃん! 何しに来てるのか訳分からないいじゃん!! ジャンバラヤじゃん! あっ、明日はジャンバラヤにしよう!? うん、せっかくケチャップ作ったんだしジャンバラヤだよ、海老《えび》さんがいないんだけどジャンバラヤさんだな」

とにかく帰ろう。お腹が空いてるし、それに宿では腹ペコたちがずっとハンバーグを待ち構えているんだろうから。

「ただいまー、って言うかご飯だよ！　お腹空いたんだよ。待てないからハンバーグを捏《こ》ねながら歩いて帰って来たんだけど、我慢できなくて街の中で焼きながら帰って来たよ？　うん、マジ焼きたてのハンバーグさんなのだよ！」

「「「お帰りー＆いただきまーす！」」」

やはり、食べずに腹ペコさんで待ってたみたいだ。何故《なぜ》、宿の食堂で腹ペコで待ってるんだろう？

「「「美味《おい》しい！」」」「待ってて良かった！」「うん、最高！」

一瞬で平らげてお代わりの列が続く。そして看板娘もお皿を持って待っている。宿の宿泊客に労働させる従業員さんだ。そして当然のように尾行っ娘も並んでいるんだよ！

「うん、でも実は宿代相殺サービスで、溜《た》まってるツケが減るから……よし、いっぱい食べさせよう！」（ポヨポヨ!?）

みんな美味しそうにハンバーグ定食を食べている、俺は焼くのが忙しくてハンバーガーなんだよ？　なのに、そのハンバーガーすらも次々に奪われて行くんだよ？

「ハンバーガーだー！」「うう、懐かしいーよー！」「最後の買い食いはハンバーガーだったなぁ」

積み上がっていく追加料金にお大尽様復活だけど、俺のハンバーガーが減っていく!?

「あー白ご飯も、パンも食べたい！」「「「うん、ハンバーグが足りないよ！」」」「早く焼いて。早くしないとご飯とパンで挟めないよ！」

うん、その考えはなかったな!?

「これも美味しいよ～っ、茸《きのこ》のハンバーグは絶品だよ～？」「これ、行列のできるお店開けちゃうよね？」

いや、行列が切れないとご飯が食べられないし、食べてるハンバーガーがどんどん売れていく！

「って言うか莫迦《ばか》なのに一体何回並んでるんだよ、1分おきに来んな！　ちょ、ヘヴィーローテイションすぎで、5人いるから12秒に1莫迦なんだよ！」「「「美味《うめ》え、おかわり！」」」

晩ご飯分の3皿を過ぎてからは、後は有料なのに回転が止まらない！　行列は途切れず、お金は積み上がり――あ、俺の分まで売っちゃったよ!?　うん、手に持ってるのが最後の一個だった!!

「どうして300個以上は作り貯《だ》めしておいたのに、俺のハンバーグさんは残り1個だけしか残ってないの？　一生懸命ミンチと玉葱《たまねぎ》を刻みながら迷宮の階段を上って、捏ねながら歩いて帰って、焼きながら宿まで戻って来たのに残ってないんだよ？　マジで？」「「「ごめんなさい！　ごちそうさまでした!!」」」「だって、止まらないよ」「うん、破産の危機！」「「「美味しかった、ごちそうさまー！」」」（ポヨポヨ）

うん、ハンバーグが残ってなくて、お魚さんを焼いて食べたんだよ？　いや、儲かったし、美味しかったけど？

まあ、スライムさんもハンバーガーを気に入ったようで、30個以上ぷるぷると食べてたが、まあご褒美だし良いんだけど？　うん、もはや３００じゃ足りないらしい!!

みんな懐かしい味に満腹で、幸せそうに食べすぎでダウン……うん、儲《もう》かったけど、微妙な気分だな!?

いじけながらスライムさんを連れてお風呂に行こうと思ったら、なんと既に看板娘と尾行っ娘がお風呂に連れて行っていた。うん、ぼっちなんだよ？　リアルに？


さて、一人寂しくお風呂の後は、内職という名の無間地獄。うん、本来は地獄って罪を清めて天国に行く為の物なのに、何故だか内職という地獄は罪のない俺に永遠に続く注文票を渡すだけなんだよ！

「そう、天国には行けないなら、自分で天国《パラダイス》の作製だ！　そう——ニーソさんだ！」

メリヤス編み。要はジャージー生地のジャージー編みだ。その編み模様によって抜群の伸縮性があるのだけれど、編み込まなければならない作業がネックだった……だが魔手さんがいれば編める！　超高速精密編み機だ。

「異世界でニーソさんに会えるとは感慨深いなー……って、別にニーソさんにちゃんと出会ったの初めてだったよ？　うん、よく考えたら初めましてって？」

当然、見た事くらいは有るけど、男子高校生がニーソさんをガン見してたら事案が発生だし、まして触ると事件確定だから、やっぱり初めましてだな。

「まあ、でも初ニーソが自分の手作りな男子高校生って充分事案で、しかも、ちょっと悲しかった件!?」

　何故だか一人で精神的ダメージを受けながら、練習もかねて最初に学校ジャージを作ってみた。うん、みんながお揃《そろ》いで持ってるのを見て、甲冑《かっちゅう》委員長さんが羨ましそうだったんだよ？

「多分、女子会で仲間外れな気分を感じてしまったんだろうけど、あの超我儘《わがまま》ボディーさんの長身モデル体形に学校ジャージが似合うんだろうか？」

　疑問だったが、渡してみたら大喜びで即着替えて、嬉《うれ》しそうに女子会に着ていった。うん、案外とかなり似合ってはいたし、本人も大喜びだったから良いんだけど……なんかエロかったな!?

　そしてニーソを作製してたら、つい魔が差してストッキングさんが量産されていた。異世界って不思議だな？

　そして気付いた時にはストッキングが量産ラインに乗って空を舞い、ニーソとストッキングが大量に宙を踊る部屋にいる男子高校生はもう駄目だと思うんだよ？　うん、何かこう色々とさー……駄目みたいだよ！　特に絵面が!!

「ちょ、これは罠《わな》だ！　うん、なんでだか毎回引っ掛かるけど罠なんだよ。まったく『トラップ・リング』と『罠探知』仕事しろよ！　でも手遅れだよ？　だって、ついやっちゃって、作っちゃって、いっぱいできちゃってるんだよ？」

ストッキングに透ける部屋の明かりが、なんだか好感度に致命的だった！

「いや、穿かせるよ？　それはもう甲冑委員長さんに穿かせちゃうよ？　だけど今日はニーソなんだよ！」

おそらくこの失敗の原因はストッキングの編み込みをあれこれと変えてみて、柄付きのストッキングにした辺りで手遅れだったのだろう。編み目の濃淡や糸の増減で柄が付けられるので、ついつい試行錯誤で色んなの作っちゃったんだよ？　うん、格子柄からストライプ柄とか、チェイン柄とか、あとアーガイル柄はかなり頑張ったんだよ？

「そしたら、作っちゃうじゃん？　うん、だって男子高校生だし、糸も少なくてエコさんなんだし？　そう、ちょっと甲冑委員長さんに穿かせたかっただけなんだよ……何で量産されてるんだろう？」

宙に螺旋《らせん》を描きながら魔手さん達に次々と編まれては完成していく——網タイツさん達が俺の周りを廻《まわ》っている。うん、反省はしているが悔いは無い！

影響の心配をするなら俺を怒る前に自重が必要とは怖くて言えない。

52日目　夜　宿屋　白い変人　女子会

女子会で明日のお休みを決めるどころか大問題が発生した。殺せない魔物が出てしまい、誰にも倒せない魔物が発見されてしまった。アンジェリカさんに倒せないなら、私達がLv100になっても無理に違いない。

「大迷宮のスフィンクス並みの不死身で、倒す方法が無いって化け物だよね！」「絶対に私達じゃ倒せないよ、そんなの？」

未《いま》だ弱点がわからず、対策もないらしい驚異。

「魔物の無限湧きはトラウマだよね！」「って言うか、あの木乃伊《ミイラ》達を薙《な》ぎ払ってスフィンクスを一刀両断したアンジェリカさんに倒しきれないって？」

迷宮皇だったアンジェリカさんに殺せなかった。簡単に倒せて、一切傷も負っていない、だけれど殺せなかったらしい。そんな重要な話を、何故か遥君《はるか》はハンバーグを焼きながら序《つい》でのように話してたけど、60階層の迷宮王はとんでもなかったみたいだ――最悪の魔物だった。

「でもさ、『いやー運が良かったんだよ？　的な？』って、あれって運で片付けて良いの!?」「うん、普通に奇跡だよね、私達が生きてるのって!?」「うん、あのまま付いて行ってたなら……間違いなく死んじゃってるよね！」

そう、運良く生きている。ただ運が良かっただけだ。これはもう遥君の豪運さんにお祈りをしても良いくらいだ。でもお祈りとかしたら使役されちゃいそうだよね？　うん、実は結構みんなギリギリで危ないと思うの、本当に？

「50階層禁止かー」「「「うん、強くならないとね！」」」

あのまま50階層を超えて下りて行っていたら、死んでいたんだ——私達も、そして遥君も。だから逆らえない、私達は弱いから。

偶然……それは奇跡。だって、あのダンジョンの50階層で探索を止《や》めて、次の迷宮に行ったから——スライムさんが仲間になってくれた。そして、そこに有った本で遥君は倒し方を思い付いた。しかも、それが可能だったのはスライムさんがとんでもなく強かったからで、だから結果的には誰も死ななかった。結果だけが良かった最悪。

「運だよね……ただの」「うん、順番が一つ違っていれば死んでいたんだね」

そう、遥君が危険を感じなければ、あの迷宮で全滅してたんだ。でも、だからって遥君達だけに、そんな危険な事をさせるのっておかしい。


確かにLv100には誰も届いていない。そしてLv100にみんながなれたとしても、勝てない魔物がいる。

Lv100で本当に強力な力が手に入るのかもわからない。それでも強くなれなければ遥君達だけが戦う事になってしまう。だから、今はレベルを上げる以外何もできる事なんて無いんだ。でも——

(コンコン)

「「「あ、いらっしゃーい」」」

アンジェリカさんがやって来た。そう、ここからが真の女子会だ。サンド・ジャイアントの事も詳しく聞いておきたい。だって遥君に聞くと訳分からないから。

曰《いわ》く「なんか死なないから揺らしてみた？」、挙げ句「いや、振動じゃ無理？　ほら、原子とか分子とか的な何か？　だって運動加速な何かな感じで死んだよ？　急激な過度の運動は危険なんだよ？　マジ死んだし？」との事だったらしい。うん、誰も真面目に聞いていなかったけど、あれって真面目に聞くと余計に分からなくなるの？

そして毎晩行われる危険な急激な過度の運動のお話も聞かなければならないの。だって危険だから。色々なものが危険なの、乙女的に！

「「「ああっ、お揃いだ！」」」

あれ、アンジェリカさんは学校指定のジャージ姿で現れた？　その周りをジャージっ娘《こ》達《たち》が囲んでいるけど、並んでみるとちょっと違う。それは微妙な光沢とか質感が違い、なによりも未使用の新品。っていう事は、誰かのを借りたんじゃなくてアンジェリカさん用に作って貰《もら》ったんだ——ならば遥君だ。

「芋ジャージが格好良い!?」「綺麗《きれい》……学校ジャージなのに！」「「「うん、西洋系ズルい！」」」

そうか、気付かなかった……ごめんねアンジェリカさん。

学校指定のジャージはみんな持ってるし楽だから夜はよく着ている。それが皆お揃いに見えて羨ましかったし、ちょっぴり寂しかったんだろう。みんなが持っているからこそ、自分だけが仲間外れみたいで……仲間になれないみたいで。だから、遥君が作ってあげたんだ。仲間なんだよって、みんなと一緒だよって作ってあげたんだ。うん、気付かなくってごめんね。

「あ、脚の長さが！」「いやいや、お尻の高さが!!」「小顔で首長いし！」「いいなー」

そして、アンジェリカさん情報では、また何か作っているらしい。うん、そもそもいつの間にジャージが作れるようになったんだろう？

編み地だから編み物を覚えちゃったのかな？　いや、きっとあの触手さん、魔手さんだ。何故《なぜ》だか遥君と触手さんはとっても相性が良かったみたいで、意気投合な一心同体だった。うん、一体遥君は何を目指しているんだろう……触手を使いこなして？

「長い、筒？　編んでました」「それってタイツなのかなー？」「いや、ハイソックスなんじゃない？」「短いのはなかったの？」「「「何々？　新製品情報!?」」」「今度は何作ってたの？」「「「うん、何時《いつ》から販売なの!?」」」

また、何か作ってるのが気になってしょうがない。でも……女子はみんな破産しちゃってるから、お金持ってないよね？　うん、犯人は勿論《もちろん》その悪の商人さんなの？

「黒、多かったです……こう、長いの？」「「「うーん、タイツじゃないっぽい？」」」

アンジェリカさんが身振り手振りで説明してくれる、長いソックスで短いタイツ？　アンジェリカさんの脚が長すぎたんじゃないのかなー？　えっ太腿《ふともも》でって……ギルティーだ！

「「「それ、きっとニーソックスだよ！」」」「あっ、オーバーニーソなんだ！」

うん、それは間違いなく今晩アンジェリカさんに穿かせる気満々な新作で、そして頑張る気も満々に違いないの！

「「「ニーソなの!?」」」「いるよ、ニーソ！　えっ、黒だけだったの？」「「「注文受付は未《ま》だなの？」」」「「「追加注文だ！　ニーソさんの発注だー!!」」」

もう、皆嬉しそうに買う気満々だけど、もうお金持ってないのに……うん、借金だらけになっちゃうよ？

「えっ、レース編み？」「って言うか、ジャージ素材が開発されてるって、ストレッチ素材！」「メリヤス編みですね！」「薄い、透ける、のもいっぱい、でした」

ジャージ素材、つまりメリヤス編みのニーソ、それにレース編みまで開発して、透ける薄い生地って。ストッキングまで作っちゃってるの!?

作ってるのは一人だ、そして目的は一つだ！　ギルティーさんの中のギルティーさんで、犯行前から目的が確実な有罪だね！

「化学繊維もシルクもなしにできるのかな？」「まあ、その試作中？」「いや、タイツでも嬉しいよ」「「「うん、絶対買う、借金しても買う!!」」」

しかし恥ずかしがって下着の注文は受けてくれないのに、ニーソとか作っちゃったの？　ストッキングだって間違いなく注文が来るんだよ？　それ絶対自分で自分の首を絞めあげちゃってて、首捥《も》げちゃうよ？

そしてアンジェリカさんは試作品を貰いに遥君の所に行って帰ってこない。試着して襲われちゃったんだろうか？　とてもとてもやりそうだけど遥君は着せたいのだろうか、脱がせたいのだろうか……うん、どっちにしても忙しそうだね！

「「「きゃあああっ、お帰りー！」」」「「「あっ、やっぱりニーソだっ!?」」」

アンジェリカさんがニーソックスを沢山持って帰って来てくれた。既に量産されていたらしい、って言うかアンジェリカさんはジャージから衣装替えして、おニューのミニドレスに——ストッキングだ！　しかも柄ストッキングが開発されちゃってる!?

「「「超可愛《かわい》いよ、それっ！」」」「ストッキング、しかも柄まで！」「ドレスも可愛い！　エロいけど!!」「「「うん、追加注文だ!!」」」「でも、いっぱいあって選べない、全部欲しい！」「「「うん、全部可愛い!?」」」

ニーソもストッキングも試作品が結構あるからみんなでお試ししているんだけど、アンジェリカさんが副委員長Aさんに何か渡している？　網みたいな……って！

「うーん、これは伸縮性があんまり無さそうだから、慎重に穿かないと。あっ、これマルチカラーだ。魔力が流し込めるから見た目よりも丈夫でサイズもぴったりだし——でも、これってエロくない？」「「「うん、めっちゃエロいよ！　デニムの短パンが致命的だよっ!!」」」

副委員長Aさんはお気に入りのデニムのホットパンツに、太腿の真ん中あたりまでの網タイツを穿いてポーズをとっているんだけど……すっごい妖しいお姉さんみたいで、夜それで出歩いたら問題が起きそうだ！　そして……何でそんなにサイズが副委員長Aさんにぴったりなのよー!!

「「「っていうか、網タイツ！」」」「大人の女！」「セクシー路線だね！」

さっきまで部屋中が女子校生の生足だらけだったのに、何故か肌色率は下がったのに、逆に凄《すさ》まじく妖しい雰囲気に変わり。特にミニのセクシードレスに柄ストッキングのアンジェリカさんと、デニムパンツに網タイツの副Aさんのせいで滅茶《めちゃ》妖しいの。うん、二人ともエロいよ？

「きゃあああー！　ストライプのシースルー感がエロい!!」「うん、エロっ娘だね！　寿《す》司《し》食いたいね？」「うわー、総レース編みのストッキングって、綺麗で豪華で高級感が溢《あふ》れ出してるけど……エロいね！」

みんな試作品と言いながら綺麗で可愛くて素敵で、どれもちょっぴり大人っぽかったりするけどそれが素敵な高級感。

「異世界でニーソ初デビュー!!」「うん、似合ってる、似合ってる」「恥ずかしくて買えなかったんだよねー」「「「そうそう、異世界なら知り合いとかいないしね？」」」

そう、こんなの絶対に前の世界では穿かなかっただろう。でも恥ずかしくても、照れくさくても、もう関係無い。だって見られて困るお知り合いとか、眉を顰《ひそ》めるような面倒な人なんて誰もいないんだから。

「「「うう、幸せ！」」」

そう――それに、お洒落《しゃれ》なんて一度は完全に諦めて、忘れようとしていたものだったから。きっと皆《みんな》が昔憧れていたような素敵なお洋服なんてもう二度と着られないと思っていた、網タイツやニーソックスなんて考えもしていなかった。

だから思い出すと、「あの時買えばよかったなー」とか、「もう穿けないねー」って諦めてたのに……全部、もう諦めていたはずのものなのに。

「ありがとう」「……はい」

そう、私達がアンジェリカさんに遥君の話を聞くように、遥君に私達の後悔をこっそり伝えてくれた優しいスパイさんにお礼を言う。

もう、帰れない世界の思い出、忘れようと諦めていたものが異世界に……だから今は大はしゃぎ。まあ、完全に見た目はエロ女子会で、男子禁制のやりたい放題の試着会。

だってもう女性っぽい大人のお洒落や、お姉さん系のセクシーな服なんて一生着られないはずだったんだから。諦めて無くした、あの世界の思い出や憧れだった。もう、手に入らない思い出だったはずのものがこんなにも沢山……うん、全部エロいね！

「「試作品《サンプル》は一人三つ!?」」「貰えるの！」「でも、選べない!?」「「うん、まずは全部試着だね！」」

私も大人になったらって、あの頃は思っていた。そんな失われた女の子の夢が、中世レベルの更に辺境の、そもそも異世界の宿屋の一室で目の前に現れたんだから――それはもう大騒ぎ。だって諦めちゃってたんだもん、もう消えてしまった思い出だって。

「「罠《わな》だよ、余計全部欲しくなるよ！」」「うん、三つだけって無理！」

さらにアンジェリカさんがドレスや大人っぽいお洋服を貸してくれるから大変で、ドレスとストッキングを取っ替え引っ替えする裸族の群れ。これは乙女の極秘事項で、この秘密を見た者は消しちゃわないといけない破廉恥な大騒ぎ。

「「「疲れたー！」」」「でも幸せ」「「「だよねー」」」

深夜まで取っ替え引っ替えで着替えてわあわあ試着で、ああだこうだと話し合い奪い合い、ようやく決まって疲労困憊《こんぱい》の幸せいっぱい。ただ……これってどうするの？　街では着られないよ、エロすぎるよ。うん、追加も買うけど？

だってこの辺境の街はずっと貧しかった、危険で生きて行くのに必死だった。だからお洒落なんて無いの……この街には。そう、つい最近までは。

急に平和になった。急に生活が楽になった。いつの間にか日々の暮らしに余裕ができ始めた。気付いたらちょっとずつ豊かになってたの。

そして街のお店には急に可愛いお洋服やアクセサリーが並び始め、今まで見た事も無かったし、買うなんて夢のまた夢だったのに――頑張れば買えるようになってしまった。

でもみんなどうして良いか分からないの。だって知らないの、お洒落なんて。

みんな必死に生きるので精一杯だったんだから。夢にも見なかった夢に戸惑っちゃってるの。

街の女の子達も奥様達もみんな、ずっと有る物を工夫して、頑張ってお洒落してたけど、急激すぎてもう知識が追い付かないの。

だって、辺境では新しいお洋服なんて夢だったんだから。

辺境には可愛い服なんて売っていなかったんだから。

だからどうして良いのか分からなくなっちゃって、それだけでも大変でみんな悩んでいたのに——今はもう大混乱なの。

そう、だって誰かが中世の田舎に、現代のお洒落ファッションを大量に持ち込んだんだ。

それって何百年分の流行に追い付かなきゃいけないの!?


そして……そのせいで見られちゃってる。特にお休みの日は凄《すご》い、だって街中の女性に注目されてるから。

ただの女子高校生でも現代人だし、お洒落だってお金は無かったけれどみんな頑張ってた。だからこの街ではお洒落さん扱いなの。

さらに島崎《しまざき》さん達《たち》5人がいちゃう。あの小さな顔に、長い手足で、身長も有って大人びて綺麗な、しかも本物のお洒落さん。

その可愛さと綺麗さとスタイルの良さに抜群のセンスがあるから読者モデルさんだったの。それに更に専門家並みの知識。そんな彼女達と今ではすっかり仲良くなって、みんなのスタイリストさんになって貰い、お洋服の専門家にコーディネートされちゃう毎日。

だから凄く注目されてるの。

そして影響力があるらしいの？

ギルドのお姉さんに教えて貰《もら》った話では、私達が着てたお洋服を真似《まね》するのが流行なんだって。そう、真似しちゃうの、街の女の子たちが一生懸命お金を貯《た》めて。

毎日一生懸命働いて、少しずつお金を貯め、何時か絶対に夢のような綺麗《きれい》なお洋服を着ようって。その為《ため》に私達に注目して、いま一生懸命におしゃれを勉強中なの。

うん——網タイツは無いよね！

遥《はるか》君は何でも破壊しちゃうとは思っていたけど、原子崩壊に続き異世界のモラルも崩壊させちゃうみたいだ。

ばれたらこっそり出て来るけどバレるまで隠れてたり騙したりするので推理が必要みたいだ。

52日目　夜　宿屋　白い変人

これは只《ただ》の憶測に過ぎないが、だがきっと確実に間違い無く怒られるような気がする。

そう、ニーソは軽く危険だったかもしれない、ストッキングは辛うじて致命傷程度で、ただ柄ストッキングは若干のオーバーキルの範囲内だろう。そう、やはり網タイツが致命的だったのではないだろうか？　まあ、男子高校生が夜中に一人で網タイツを編んでいたら色んな意味で致命的な気はするんだよ、うん。

「でも、量産しちゃったし売らないとただ働きなんだよ？　そして、きっと売れるんだよ。何時《いつ》着るのかは謎なんだけど、女子さん達って結局隠れて全員がエロドレスの注文して来てたんだし？」

だから、実は全員が一着ずつエロドレスを持っていたりする。だから必ずエロストッキングも網タイツも売れるだろう！　うん、そして何故《なぜ》だか怒られるんだよ？

甲冑《かっちゅう》委員長さんがサンプルが欲しいって帰って来たので、既にニーソと一緒にストッキングは渡しておいた。副委員長Aさん用の網タイツも渡しておいた。そう、思わず作ってしまっていたのは秘密だ！

ただ、問題は一晩中部屋でニーソとストッキングと網タイツを作っていた男子高校生と思われる風評こそが危険で、最近では微レ存な俺の好感度さんの僅かな存在の可能性すら危ういだろう。いや、素粒子レベルならまだ行けるかも？

だから目眩《めくら》まし作戦だ——木を隠すなら森、沢山作った中のほんの一部がストッキングや網タイツだったなら自然だ。そう、それならあくまで偶然だ。なんとなく怒られない可能性は全然だけど、言い訳はできる！　そう、たとえ怒られると分かっていても、男には作らなければならない訳があるのだ。勿論《もちろん》使用目的もばっちりだ!!

せっかくジャージー生地の量産には成功してるんだから、ジャージー素材のロングスカートを作ってみる。

やはり伸縮性があるから落ち感のシルエットが綺麗だし、ジャージーのロング丈のフレアスカートも作ってみる？　うん、ちょっとモードでスポーティーで可愛い。だからジャージーのロング丈のタイトスカートも作ってみると……エロかった!?　もちろん甲冑委員長さん用に新調しました。スリット入りです！

「これは良いものだ――そう、きっと穿かせたら脱がすんだけど、脱がすには先《ま》ず穿かさなければならないのだ！　うん、当然の事すぎて言うまでもないだろうが、ちゃんとミニのタイトも作ったんだよ！」

そう……当然だろう、それは必然と言っても良いだろう。だって男子高校生だもの？

そうしてパーカーやワンピースも作ってみたが、ワンピドレスは凄かったから甲冑委員長さん専用だ。うん、予想はしていたけど身体《からだ》のラインが出捲《まく》りで、デザインも上から下までフロントボタン留めだから、開けるとスリットになるし、全部開けるともっと凄い事になるんだよっ！　うん、きっと女子さん達に見せたら怒られる!!

さて、女子会は長くなりそうな感じだし、明日お休みにするかどうかを決めるらしいけど、女子会で決定って男子に発言権は無いよね？　うん、オタ達はオタオタして空気で、莫迦《ばか》達はずっと莫迦だから仕方ないことだが、食事中も甲冑委員長さんには聞きに来るのに俺は聞かれなかったんだよ？

うん、その後スライムさんにも聞きに来たのに俺は聞かれなかったんだよ？　なんか、ぷるぷるって返事してたんだよ？

「さて雑貨屋さんの分は後回しで良い。だって絶対に終わらないし！」

そう、さっきチラ見したというか、羅神眼で見えちゃったんだけど、何か注文票に「家」ってあったんだよ？

「なんで、何をどうしたら雑貨屋さんが家の注文を聞いちゃうの？　何で普通に雑貨屋さんに家の注文が来て、どうしてそれを雑貨屋で売っちゃう気なの？　ちょ、マジで店内に納品してやる！　絶対だ!!」

で、時間ができたし見ないといけないのだろう。感覚的に多分上がってるはずだ。

「はあ――……ステータス」

NAME：遥　種族：人族　Lv：21　Job：--
HP：378　MP：429
ViT：336　PoW：339　SpE：431　DeX：418　MiN：428　InT：459
LuK：MaX（限界突破）
SP：2932
武技：「杖理《じょうり》 Lv8」「躱避《たひ》 Lv6」「魔纏《まてん》 Lv6」「虚実 Lv9」「瞬身 Lv9」「浮身 Lv6」
「瞳術 Lv1」「金剛拳 Lv3」

魔法：「止壊 Lv2」「転移 Lv7」「重力 Lv6」「掌握 Lv6」「四大魔術 Lv6」「木魔法 Lv8」

「雷魔法 Lv9」「氷魔法 Lv9」「錬金術 Lv4」「空間魔法 Lv2」

スキル：「健康 Lv9」「敏感 Lv9」「操身 Lv8」「歩術 Lv7」「使役 Lv9」「気配探知 Lv5」

「魔力制御 Lv8」「気配遮断 Lv8」「隠密《おんみつ》 Lv9」「隠蔽 LvMaX」「無心 Lv7」

「物理無効 Lv2」「魔力吸収 Lv5」「再生 Lv5」「至考 Lv6」「疾駆 Lv8」「空歩 Lv7」

「瞬速 Lv9」「羅神眼 Lv4」「性豪 Lv8」「絶倫 Lv8」

称号：「ひきこもり Lv8」「にーと Lv8」「ぼっち Lv8」「大魔導師 Lv4」「剣豪 Lv3」

「錬金術師 Lv4」

Unknown：「報連相 Lv8」「器用貧乏 Lv9」「木偶《でく》の坊 Lv9」

装備：「樹《き》の杖《つえ》?」「布の服?」「皮のグローブ?」「皮のブーツ?」「マント?」「羅神眼」

「窮魂の指輪」「アイテム袋」「魔物の腕輪　PoW+44%　SpE+33%　ViT+24%」

「黒帽子」


　やっぱり上がってるんだけど、一気に2アップだ。確かレベル10になる時もずっと上がらなくて一気に上がった記憶がある。やはり10ごとのレベルアップは何か条件付きなのだろうか。だとしたら委員長さん達のＬｖ１００にも何かの条件が有るのかも？

　そしてやっぱり変わっていたのが、『止壊 Lv2』。温度魔法が正体を見破られて出て来たのだろう。だって振動魔法が無くなって統合されちゃってるんだよ。

その証拠に『空間魔法 Lv2』が出て来ている。

「これ、絶対に移動魔法がばれたから、こっそり出て来たんだよね？　うん、バレるまで隠れてたって、何なの俺のステータスって!?」

異世界ファンタジーは、俺の想像を超えているようだ。うん、ステータスが全く信用できなかった!?

「ちょ、何でスキルが隠れたり騙《だま》したりしようとしてて、自分のステータス相手に推理が必要なの!?　持ち主を騙したり、欺いたり、隠したりするステータスなんて聞いた事無いんだけど。何だよ見付かったらこっそり出て来るって？　他人とは思えないんだよ!?」

異世界で自分のステータスに推理とツッコミが必要なファンタジーって、いくら何でもファンタジーすぎじゃないかな!?

そして——とってもヤバかったのだろう。『魔力制御』がLv8になって、2アップだ。魔力操作の上位スキルがもうLv8。いくら何でも短期間に上がりすぎだよ。

ならば原因は『転移』『重力』『掌握』、そして今回の『止壊』。ギリギリで暴走寸前を全力で抑え付けて制御し続けてたから、異常なまでに上がったんだろう。

だって『集中』の上位スキルであろう『無心』も既にLv7だ。そして2アップしている。かなり無理やりとんでも魔法をスキルで抑え付けながら使っていたっていう事だ。

危険な状態のまま運良く何とかなっているだけだと、特に『転移』と『止壊』が暴走したら洒落《しゃれ》にならない。どう考えても「壁の中にいた」とか「核爆発しちゃった」とかオチがヤバい！

「まあ、でも『重力』だって何かの間違いで重力崩壊とかしたら下手すると惑星滅びるし？　うん、気にしたら負けのパターンだ！　そうそう異世界《ファンタジー》だから、きっと適当！」

　これが少し不思議《SF》だったら危険そうだが、きっと不思議沢山《FT》だからなるようになる。と、良いな。そして、後は納得だ。うん、とても納得だよ？

『性豪』がＬｖ８で３アップで、『絶倫』もＬｖ８で３アップ。だって限界を超えて、再生しながら毎晩頑張ってるんだから。うん、だって『再生』もＬｖ５で２アップ、とてもとてもすっごく納得だよ……だって一度も怪我《けが》してないのに、再生が上がり続けているんだよ？　再生さんは凄く頑張ってたんだよ。深夜に！

　まあ良い。気にしても分からない。異世界に来てから一度だって自分のステータスの意味が理解できた事は無い。『性豪』と『絶倫』以外は上がる条件すら分からない。

　そして終わりの無い雑貨屋さんの注文だ。家の注文は見なかった事にして……だって宿屋の部屋の中で一軒家ってどうやって作るの？　うん、雑貨屋の中に家一軒を無理矢理納品してやりたかったのだが残念だ。

「大体、家造りって内職でするものなの？　それ家内制でできて良いものなの!?」

　うん、あの雑貨屋のお姉さんには一度しっかりと内職と雑貨屋の意味を教える必要が有りそうだ！　だって、あのお姉さんは雑貨屋の仕事は注文を受けて俺に注文表を渡すのが仕事だと思っているに違いないんだよ！　そして、注文に至急って書けばいいと思ってるに違いない。だって全部に至急って書いてあるんだよ!?

「あのお姉さんの仕事は至急って書いて俺に渡して終わりじゃん！　そして大至急のお弁当対策に作っておいた茸《きのこ》ハンバーグは全て食べられてしまったから、またご飯作らないといけないんだよ？　うん、なんでジャンボハンバーグが一人3個で足りないの？　なんで俺のハンバーガーまで食べちゃうの？　泣きながら懐かしそうに食べられると止め辛《づら》いんだよ……滅茶《めちゃ》儲《もう》かったし？」

懐かしい味、哀愁と望郷……からの暴走の暴食だったようだ。うん、また作ろう。

そして、『魔核の宝具　魔核作成操作』も至考さんが調査中だが、これが犯人かも知れない。

「この魔核操作が、あの壊せない核《コア》を作り上げていたんなら、この『魔核の宝具』を持っていれば殺せるのかも？　いや、殺さないと手に入らないんだよ？」

とにかく解析しないと意味が分からないが、対策ができる可能性くらい見付けておきたい。まあ、『魔核の宝具』がこれ一個っていう可能性の方が高いから無駄な心配かも知れないけど、あれは本当にヤバかった。

「しかし、明日がお休みなら予定も立てたいけど、未《いま》だに女子会が終わらない。今日中に終われば良いけど、明日までかかると女子会が終わるよりも先にお休みが終わっちゃうんだよ？」

うん、お休みが終わってから、お休みだったって教えられても困るんだよ？


だって誰かが仕事をくれないとお金がないから、いつまで経っても内職から解放されないんだよ。

52日目　夜　オムイの街　領館

「明日の朝一番に宿へ使いを出してくれ。あの少年に何時《いつ》なら予定が空いているかを確認して来てもらう必要がある。丁重にだぞ」

迷宮が次々に死んでいると、毎日のように冒険者ギルドから知らせが来る。しかも氾濫の危険度の高い中層以上の迷宮ばかりだ。

つまり、あの少年達《たち》だ。その少年達を手伝う事は有っても邪魔するなど本来なら許しがたい行為なのだが、どうしても少年の協力が必要になってしまった。不甲斐《ふがい》ないことだが発展の速度に、資材が追い付かなくなってきている。特に金属関係はあと数日で枯渇するだろう。木材の供給が速すぎるのだ。

予定より凄《すさ》まじいまでの勢いで魔物の森が伐採され、切り開かれている。

巨大な鎌が旋回しながら魔物も、森も斬り裂いているという報告も有る。

日々迷宮を殺し、魔物の森まで伐採し、合間に偽迷宮を管理して辺境を守る。

今でも多忙すぎるのだが、鉱山の開発計画書には「坑道掘り　一時間100万エレ」と料金表が付いていたから良いのだろうか……お得な発掘権払いも有るみたいだ？

「うむ、かなりお得だ。しかも鉱山に坑道を巡らす予定時間は3時間らしい、300万エレなら格安だが……しかし、普通は坑道の掘削は時間当たりではなく年単位の時間が掛かるのだがな？」

「それでは供給が間に合わなくなります。だからこそ少年に頼むしかないのです」

そう、また少年に負担を掛けねばならない。もう、何と言って頭を下げれば良いのか言葉すら無い。

本来なら領主が負うべき全ての苦難を一身に背負い込む少年に、さらに頼まねばならぬなどという恥晒《はじさら》しな真似《まね》をせねばならない。恩知らずもこの上ない振舞いだ。

この無駄な頭など何度下げようとも返せぬ恩を受けておきながら、未《ま》だ少年に頼ろうというのだ。最早《もはや》頼む言葉が無いというのに。

「お考えすぎなのでは？」

それでも領民の暮らしには代えられない。やっと巡って来た幸せなのだ。この辺境には訪れる事の無かった幸せなのだ。

だから、一人でも多く、一日でも早く幸せというものを知って貰《もら》いたい。この街のように、この街の人々のように笑って暮らして欲しい。

それは領主の我儘《わがまま》なのだろう。だからこの身でできる事ならば何でもしよう。だが、あの少年にしかできない事があまりにも多すぎる。

その重荷のどれもがあの少年には本来何の関係も無い、本来する必要もない事ばかりだというのに。

「満足に報いる術《すべ》すら無いのだぞ？　これでは辺境の民の幸せの為《ため》に少年に犠牲を強いているだけ。少年の幸せなど何処《どこ》にも無いではないか！」

「いえ、ですからその少年自身が『仕事無いの？　安くしとくよ？　マジで』とちょくちょく営業に来ていますが？」

この辺境を生まれ変わらせるだけの計画書を書き上げ、更には農業の指導書や薬草学の本まで大量に届けてくれた。それでも進捗度が気になっているのだろう。

一体その身にどれほどの激務を背負い込ませようというのか。それでも他に方法は無い。我等《ら》には何もできぬのだ。

「メロトーサム様。ギルドから使いの者が参りました。お通しして宜《よろ》しいでしょうか？」

「うむ、通せ」

冒険者ギルドからの使いは受付嬢だった。そしてその内容は――恐ろしいものだった。

「新たに二つの迷宮が死んだそうです。明日からギルドで確認作業に入ります。ただその迷宮にいた迷宮王が問題のようです。こちらを」

死なない砂の巨人……大問題だろう。殺せない魔物がいたのだ。「サンド・ジャイアント」、殺せず無限に砂の兵士を作る魔物！

「こ、こ、これは、早急に……軍を集めよ！」

「落ち着いてくだい、既に解決済みですから！　書いてあるとおり、『殺せないから壊した？　みたいな？　でも普通殺せないから気を付けてね？』という事です。殺せない事は間違いないようです。通訳の方にも確認を取りました」

あの少年だけが壊せたそうだ。他の誰にも今の所は殺し方が分からない。だから、またたった一人の少年に危険を背負わせた。もう、その背中にはどれだけの重荷が積み上げられているか分からないほどなのに。

だが少年を良く知る受付嬢は平然と言い切るのだ。

「あの少年が仕事が欲しいと言うなら本当に欲しいのです。ただ単にお金が無いのです。有ってもすぐ無くします。だから働かせれば良いんです」

何故《なぜ》お金が無いなどという事が有り得るのだろう。迷宮王を倒せたならば、迷宮を一つ殺したならば、それだけで莫大《ばくだい》な財産になっているだろうに。ましてや中層クラスの迷宮を連日倒している。そもそもがあの大迷宮を殺したなら国が買えるほどの秘宝を手にしているだろうに？

少年はばら蒔《ま》くようにお金と商品を街に齎《もたら》しているというのに、本人に何も残っていないのか？　全てが街に流れているのか？

今やこのオムイの街は変貌した。街中に笑顔が溢《あふ》れ、もうその姿自体が豊かさを象徴している。特に街を行き交う女性など王都でも見かけない上質な服を着ているほどだ。

その出所は、あの少年が出資して大きくした雑貨屋だった。貧しい村々から特産品を全て買い上げ豊かにし、見た事も無いような多彩な商品を安価に提供するこの街の、辺境の心臓にまでなった商会。売れなかった物を買い取り、買えなかった物を安価に売る。そしてすべてを豊かにしていく奇跡のような商会。

「あの全てを齎《もたら》した少年はあの莫大な富を注ぎ込み、辺境全体を豊かにしたというのに、自らは貧しいまま暮らしているなど許されざる行いだ！」

何故そんな事に、どうしたらあの莫大な財貨が無一文に!?

「勘違いなさらないで下さい。莫大なお金を毎日受け取っても、毎日膨大に使うから無いだけです。朝にいくら莫大なお金を渡しても、夜にはきっちり貧乏です。使い切れないほどの富でも、直《す》ぐ使い果たします。気にしたら負けなんだそうです。通訳の方々が断言されていました」

貧しい辺境といえども、広大な土地には数々の町や村がある。その全てに資金と物資を提供しようとすれば、途方もない金額になるだろう。

「まさか、たった一人の資産で辺境全てを賄おうとでも言うのか。だが、実際に辺境中で資金と物資が流通し、物流ができ上がりつつある。少年に渡された指示書に有った『経済活動の活性化』というものが起こっているとの報告もあったが……まさか、それを一人で?」

未だ理解できぬ経済なる仕組み。それはわからないということを理解するための書らしいが、難解な書物だった。

「文官達からも仕組み自体は理解できるが、どういう物なのかが理解できないと在りましたので聞いてみたのですが……『物が売れて、お金が手に入ったから、なにか物が買えるんだよ? 売らない事にはなにも買えないんだよ。だから作っても誰も買えなくなって貧しくなるんだから、買ったり売ったりで豊かになるって事だと思っとけば良いよ』と言われまして、多分それなのではないだろうかと?」

あの少年は物が売れないと貧しくなるから皆買ってしまったのか? そして民が買える物を作り販売しているのか? たった30人しかいない少年少女が、その全財産で全てをこなし、辺境全土を生まれ変わらせ豊かにしているのか? だから、自分たちの資金が枯渇したまま暮らしているのか?

何ということだ――だが、ならばどれほど税収から礼金を送っても足りはしないだろう。辺境の富の一部を集めた税収など、辺境全土に行き渡らせる膨大な金額に対すれば微々たるものなのだ。

何という事だろう。未だに何一つ報われてなどいないまま、重責だけを背負い続け、そして日を追う毎《ごと》に増え続けている。

されど恩を返そうとすれば、さらに莫大な恩を受け、その莫大な恩に報いようとすれば……更に膨大な恩を齎《もたら》されている。

「きっと、また盛大に勘違いなされていると思いますが、あの少年はただ楽しく幸せに暮らしたいだけですよ？

ただ周りが不幸せだったり、貧しかったりすると自分が困るから幸せに豊かにしてしまっているだけです。それで街が豊かになったのです。

そして街が幸せでも辺境が不幸なら、やはり幸せにならないから辺境まで幸せにしてしまっているだけです。

あの少年のする事に意味など在りません。『邪魔だから不幸や貧しさや災厄を殺して回っているだけ』なのだそうですよ？

世の中の不幸や貧しさや災厄を殺して回ると大体幸せになるんです。そこに何の意味もありません。考えても無駄なんです。あの少年は」

そう言って帰って行った。

何の意味も無く辺境全土を幸せにできるものなのだろうか、自分が困るからといって街や辺境全土を幸せに豊かに変えられるものなのだろうか。

だが、たとえ本当に意味など無いのだとしても、この辺境に齎された幸せは意味あるものだ。意味も価値もそしてその恩も有りすぎるのだから。
それに、たとえなんの意味など無く、報われる事も望んでいなくても、この辺境の領主として無駄な頭など何度でも下げよう。とうに頼む言葉が無くても、掛けられる言葉など感謝以外に何も無いのだとしても。

名前すら覚えないような人と専属契約結んで意味は有るんだろうか？

53日目　朝　宿屋　白い変人

「縞《しま》ニーソが無いなんて、ニーソへの冒瀆《ぼうとく》行為ですよ！」（ボクッ！）
「そして縞パンまでセットになってこそのニーソ!?」（バキッ！）
「いや、ニーソにはケモミミこそが正義！」（ドスッ！）
「お前らは何を言ってるんだ――ニーソは幼女!!」（ドッガーン！＆通報！）

あ――……朝からオタ達《たち》がウザい。それはもうオタオタと纏《まと》わりついて来て、延々とニーソ論を語りだすんだよ？　うん、こいつら焼いちゃっても良いよね？　もう蹴ってるけど、朝起きてからずっと蹴り続けてるんだけど駄目みたいなんだよ？
「何でお前等にニーソが必要なんだよ？　穿くの？　穿いたら通報する前に実刑を執行し

ちゃうよ？」「「「穿きませんよ！　でも縞ニーソこそが至宝!!」」」

朝から女子達がニーソだらけで刺激が強すぎたのだろうか？

うん、昨晩は俺も甲冑《かっちゅう》委員長さんのニーソ姿の刺激が強すぎて、それはもう刺激的に甲冑委員長さんに激しく劇的に感動のままに刺激し返したら……朝から怒られた！

「うん、でも素晴らしきかな我が人生みたいな刺激さだったから、しょうがなくない？　だって男子高校生なんだし？　まあ、卒業できそうにないし？」（ポヨポヨ）

そして今は女子さん達からお説教を受けながら、オタ達からは纏わりつかれつつ、莫迦《ばか》達からはジャージの催促だ。

なんで、俺のスッキリ爽やかな朝は、どうしてこうも毎日毎日騒々しいのだろう？　いや、スッキリはしたよ？　それはもう一晩中スッキリと刺激的な狭間《はざま》を突き進んだよ！　何故ならそれこそが絶対領域だからなんだよ。そして甲冑委員長さんの絶対領域は凄《すご》いエロスなる領域だったんだよ！

「遥《はるか》、豹《ひょう》のマークのジャージ作ってくれ。豹派なんだよ俺は」

「いや、豹のマークだったら偽物で、パチ物だよ！　豹派ってそれ違法だから……って、お前が着てたのはピューマさんのマークで、豹のマークだったらヒョウ柄だよ！　何処のDQNなんだよ？　なんで異世界で豹のマークのヒョウ柄のジャージ着てうろついちゃうの？　夜中にコンビニでたむろっちゃうの？　一晩中探しても多分異世界にコンビニ無いよ？　大体何でスポンサー契約までして貰《もら》ったメーカーさんがピューマさんなのかパンサーさんなのかレパードさんなのか理解してないの？　もうその莫迦な頭は豹さんに齧《かじ》られちゃいなよ？　豹さんも嫌がるだろうけど、俺からもお願いしてみるよ？　まじで!!」

何で莫迦たちはこんなにジャージが大好きなのだろう？　そのくせ、「俺の愛用は四本線だ」とか莫迦で、何でこだわりが有るのにラインの数を覚えてないの？　1以上が数えられないの？

挙げ句、「俺はシュッてなった奴《やつ》」って、スラッシュの意味も名前も知らない莫迦だし、「菱形《ひしがた》の家紋みたいなの」って――

「なんで、イタリアのフットボール会社が武田菱《たけだびし》なんだよ!?　なんで信玄《しんげん》さんご用達《ようたし》になってるの？　誰だよこんな莫迦な奴らとスポンサー契約結んだのって？

だいたい『鳩《はと》のマーク』とか無いよ！　なんで鶏冠《とさか》が付いてるのに鳩だと思ったの!?　何で誰一人自分の契約してたメーカー名を覚えてないの？　そもそも拘《こだわ》りも愛用も俺が作ったらそれ偽物なんだから欠片《かけら》もこだわってないよね!?」

うん、もうあまりにしつこいので胸と背中に「まじ莫迦です」って書いたジャージの上下を作ってやったら……喜んで着ちゃってるんだよ？　そう言えばパーティー分けのグループ名を決める時も、こいつ等《ら》は自分で莫迦グループって名乗ってたんだった！

「うん、俺の頑張った嫌がらせが気に入られちゃってるよ、もうまじ莫迦だよ!!」

(プルプル)

そして勿論《もちろん》オタ達にはニーソは作らない。でも、蹴っても蹴っても蹴散らしても、「縞ニーソー！」って言いながら群がって来るんだよ……オタク・ハザード状態だよ！

「もう、やっぱこいつ等は焼くしかないらしい。だってクリーチャーさんだってもう少し物わかり良いと思うんだよ？　マジで！」「「「だって、縞ニーソですよ！」」」

そして、お説教からは逃げられない。お休みになったのに、何故だかお説教さんはお休みしてくれない年中無休で24時間体制の働き者のお説教さんのようだ。うん、内職さんの友達なのだろうか？

「だから、ちゃんと街の女の子達への影響も考えてお洋服を作らないと駄目なの！」「そうだよ、みんな一生懸命に働いて、お金を貯《た》めてお買い物するんだからね!?」「健全な可愛《かわい》い服しか駄目なんだからね!!」「「「縞ニーソ……いえ、何でもないです！」」」

販売許可が難航中で、在庫は全部買い取られたから良いんだけど、網タイツが駄目らしい？

「まったく、街の女の子達がみんな網タイツにデニムの短パン穿いてる街になったらどうするの!?」「そうだそうだ、なんだか妖しくて如何《いかが》わしい街になっちゃうでしょ！」「「「うん、エロすぎ禁止！」」」

影響って言われても、街の女の子達がみんな網タイツだったら……嬉《うれ》しいんだよ？　うん、怖いから言えないけど！

そしてお説教してるけど、甲冑委員長さんは20人分の網タイツの注文票を持って帰って来ていた。エロ柄ストッキングの注文なんて、軽く100枚超えてたんだよ？

勿論、ニーソも完売だったのに俺はお説教らしい。うん、やっぱり俺の好感度さんはもう微レ存すらしてないようで、素粒子レベルの素レ存さんでも駄目だったのだろうか？

だが、われに秘策あり、死中に活あり、切り抜ける秘策は用意してある！　無策でお説教に挑むなんて愚かな事はしない。伊達《だて》に毎日欠かさず勤勉にコツコツと日々お説教されてはいないのだよっ！

「いや、別にエロい物作ってた訳ないじゃん？　うん、健全な男子高校生がそんな事ばかりしてると思われるなんて全く心外で、健全な男子高校生侵害問題なんだよ？　だって証拠品が有るんだよ？　あくまでもあれは序《つい》でで、きっと魔手さんの手が滑ったんだけど、もしかしたら魔手さんだから魔が差したのかも知れないんだよ？　だから俺は悪くないんだよ？　うん、毎日60回くらい言ってると思うけど俺は悪くないんだよ？　何時《いつ》も無実な罪なき男子高校生さんなんだよ？」

そう言って証拠品の新製品を並べる。言い訳用に開発されたジャージー素材のお洋服シリーズだ。エロいのは隠してあるから大丈夫だ！

そう、エロいのは今晩甲冑委員長さんに超ストレッチなミニのワンピースをプレゼントしてお願いするんだ！　勿論セクシー柄のストッキングも準備済みだ！　ばっちりだ!!

「「「ジャージー素材！」」」「あっ、可愛い！」「っていうかお洒落《しゃれ》だ!?」「うん、新製品のストレッチ素材で、スカートさんもワンピさんも新製品だから、予約は1人3個まで。サンプルは1人2枚なんだよ？　だから俺は悪くないんだよー？　早い物順で争いは何も生まないけど俺の無実は証明されるから争って良いよ～？　みたいな～？　だよー？」

損して元をぼったくれ。このサンプルに食い付いて思考を狂乱させてお得だと錯覚させる商売戦術。うん、最初から5枚分の料金計算なんだよ！

「「「きゃあああっ、私のーっ！」」」「ダメ、そのフレアスカートは私のなの、運命で定められててディスティニーなの！　あっ！　これもディスティニーだ！」「お願いこれだけは譲って。パーカーさんは私のトレードマークなの！　今日から‼」「ミニは無いの？」「あれ、誰が持って逃げたの？」「さてはスキル！」「私のミニスカートは決して逃さないんだよっ！」「「「きゃあああ――――！」」」（プルプル⁉）

よし、今日も俺の無実がQED《証明終了》だった。

「でも、ジャージーさんはニットなんだからあんまり引っ張り合うと伸びちゃうんだよ？　あとスキルは禁止だよ？　皆さんで殺し合いが始めてもらわれちゃうんだよ？　うん、特に図書委員さん、さり気なく幻惑使ってるけど気配探知されてるし、誰かさんが縮地でそのスカートを奪おうと狙ってるんだよ？」「「「きゃあああああ――――‼」」」

うん、実はみんなサンド・ジャイアントとか倒せるんだよね？　だってこの場にサンド・ジャイアントさんがいたら、砂塵《さじん》も残さず圧死してると思うんだよ。みんな壮絶すぎるっていうか……ってバーゲンの為《ため》にみんな新技隠してたの！

「ちょ、今、誰か分身したよね！　何でダンジョンで隠してここで使うの!!」「「「追加注文だー！」」」「そうだ、1人3枚は不当だよ、選べないよ！」「うん、乙女に対する虐待だよね！」（ポヨポヨ？）

うん、何故《なぜ》に宿の食堂でデモを始めちゃうの？　いつの間にプラカード作ったの？　ニーソでクレーマーなデモ隊が「ミニスカートは乙女の権利！」ってプラカード持って行進して、「縞ニーソこそが正義！」ってプラカードを持ってたクリーチャー達は踏み躙《にじ》られてしまったようだ！　うん、良いんだけど。

「申し訳ありませーん！って、お願いだからお話を聞いてくださーい！　泣いちゃいますよー。実はもうかなり泣きそうですよーっ？って、なんでみんな私の話を聞いてくれないのー。ずーっと、ずーっと一人で叫んでるのってすごく悲しいんですよ!!　あと私もミニスカートが欲しいです！」

あれ？　お嬢様だ。うん、何か話していたみたいだ。でもデモ隊を突破できずに、半泣きしているようだが、そんな事ではバーゲン《乙女戦争》には勝ち残れないんだよ？　うんこれって多分サンド・ジャイアントでも2分で死ぬと思うよ？

「という訳で、鉱山の採掘の為の坑道の工事をお願いしたいとの事です、こちらが計画書です。料金は採掘権払いでお願いします、お暇な日程をお聞きできたら父である領主から正式な依頼としてお願いに参るそうです。いつが宜《よろ》しいでしょうか？　早い方が助かります、ミニスカートも早い方が良いです！　あと、あの長い靴下も欲しいです！」

やっぱり鉄が足りなくなったんだろう。正規の輸入が止まってるから大きい物や重い物が真っ先に不足しちゃうんだよ。

尾行っ娘《こ》一族の密輸部隊でも鉄と家畜は大量には無理だって言ってたし、急がないと産業の発展が遅れてしまう。そう、産業の発展が遅れると俺の内職が終わらない！

もう内職さんが喋《しゃべ》れたら、「ずっと俺のターン！」って言いだしそうなんだよ？　もう、毎晩内職カードを並べる前にシールドブレイクされてて、もう最近では部屋に入ったらトリガー発動されてるんだよ？　うん、異世界で内職さんが無双なんだよ？

「うーん。これだけだったら今日やっとくよ、ちょうど休みだから時間あるし。うん、金属は俺も欲しいし？って言うか、いちいちメリメリさんのお父さんのメリ父さんが来なくて良いよ、話長いし。うん、何かいっつも謝られるんだけど、何か悪い事でもしてるの？お説教代わってあげようか？　あげるよ、20人分くらい」

ざっと計画書を見た感じ、依頼分は大した量じゃないみたいだし、そんなに時間も掛からないだろう。それに、この辺は掘ってみたかった場所だ。深い所に何か反応が有るんだけど、どうもミスリルっぽい反応なんだよ……うん、料金が採掘権払いなら鉄よりミスリルの方がお得で大儲《おおもう》け。そう、ミスリルが出れば久々のお大尽様がやって来るんだよ！

「えっと、悪い事はしてないのでお説教はいらないと思います、それ多分お礼しているんです。あと、今日工事をして頂けるのなら有り難いのですが、準備とか間に合うんですか？　あと最近は絶対に覚えてないって確信を持ってしまいましたが、メリエールです。あと、きっと知らないと思いますがこの街はオムイです。だから私はメリエール・シム・オムイです。ついでですが、父はメリ父さんじゃなくてメロトーサムだったと思いますが、とにかく私は私はメリエールです。何でメリメリさんだけ忘れないいんですか。泣きますよ！　まじ泣きですよ!!」

まあ、今日で良いらしい。お昼過ぎくらいには帰れそうだから甲冑委員長さんは女子さん達と一緒で良いだろう。しかし、まだお買い物するの？　迷宮を全て潰したら女子達も一緒に潰れちゃうんだろうか、財政的に。

だって一日で軽く5万エレ以上、日本円なら最低10万円は稼いでて借金だらけって……最初の頃は1月に25万エレ稼ぐのが目標だとか言ってなかった？　うん、昨日今日のニーソ騒ぎと新規注文で25万エレくらい軽く使っちゃってるよね？

あれって全部マルチカラーだから結構良いお値段なんだよ？　そろそろ俺とお揃《そろ》いで没収されてお小遣い制になっちゃうよ？

異世界の採掘用の坑道がウォータースライダーだと採掘しにくいみたいだ。

53日目　朝　宿屋　白い変人

甲冑《かっちゅう》委員長さんは女子さん達とお買い物が決定して、頑張っておめかししてたし、お小遣いもたっぷり渡しておいたから今日一日は休日を満喫できるだろう。

スライムさんは看板娘と尾行っ娘とピクニックだそうだ。山のようにご飯を持たせたしお菓子もたっぷりだから楽しんでくるだろう。

そして、オタ達は武器屋のおっちゃんの所で鍛冶をするらしい。まあ期待はできないが、たっぷりと鉄を持たせたし、鍛冶の知識だけは異世界一だし、本職の鍛冶師のおっちゃんも付いているし……でもあいつら不器用なんだよ？　うん、プラモデルをプロ並みに作れるのに工作が下手だったり、漫画家さんなのっていうくらいの絵が描けるのに美術は駄目だったり、なんかあいつ等って蒸気船は作れるのに釘《くぎ》一本作れないとかやらかしそうなんだよ？　うん、マジなんだよ。

あと、どうでもいいが莫迦《ばか》達はジャージを着て走り去っていった。莫迦だから何をしているかは分からない。分かると莫迦になりそうなんだよ？

ただ、きっと今頃とっても莫迦な事をしているんだろう。それだけは間違いない事実で真実だ。だって、この前の休みはゴブ達とプロレスしていた。やっぱりゴブ達と同じレベルで、きっと気が合ったんだろう。うん、一緒にいても違和感が無さそうだし、きっとゴブがジャージ着ててもバレないんだよ……どっちでも変わりなさそうだな!?

「えっと、ここから掘って行って、その村まで繋《つな》いじゃう？　それとも村まで行ってから掘っちゃう？　うん、あんまり物件的には住むのはお勧めしないいんだよ？」

そして断崖絶壁。何故か辺境の山は全部絶壁。

「基本、すべて遥《はるか》さんにお任せしますが、ここで良いんですか？　あと、なんで坑道掘って住んじゃうんですか？　本当に坑道って何か知ってますか？」

街から一番近い岩山の岸壁の前でメリメリさんに聞いてみる。ここから坑道を繋ぐのが街に最も近いし、鉱山の村から繋がれば流通的にも便利だろう。そして、金属の反応も充分に感じられるし、多角的に視《み》てもここから繋ぐのがベストポジションだ。

「いや、必然的に鉄分が特別多い所を選んでるから、住んでも錆《さび》臭いだろうし、壁も赤黒いんだけど住んじゃうの？　うん、家出なの？　家出しちゃうとひきこもりになれないんだよ？」「だから何で採掘すると住んじゃうのが前提になってるんですか!?」

感知範囲を拡《ひろ》げ、魔力の反応を感じ取る——深いのかな？

「って言うか領主って貴族なんだけど、そのお嬢様が魔の森に入って、岩山まで来て良いの？　一応は令嬢だよね、岩山でメリメリしてて怒られない？」

そう、急遽《きゅうきょ》付き添いになったけど、ご令嬢って鉱山でメリメリしてて良いのだろうか？

「魔の森に入る前に魔の森が無くなっちゃいましたよね！　あの鎌は何処《どこ》から飛んで来たんですか!?　なんか急に大鎌が飛んで来て、あっという間に伐採されましたよね、魔物ごと？　あと、何で岩山でメリメリするんですか、岩山をメリメリ掘るんですか？　私は採掘用の工具だったんですか？　じゃなくて私メリエールですよ？　なんでメリメリ掘られちゃうんですか？　泣きますよ？　結構マジですよ!!」

デスサイズ達に伐採して貰《もら》ったから街までの道もできたし、やはりここから掘り進んだ方が早そうだ。計画書の第一段階だけ頼まれたんだけど、第五段階のここから繋げた方が早いし、離れた村まで行って途中まで掘るより、ここから掘って行った方が無駄が無い。うん、何で五段階に分けたんだろう？　一回で掘れるのに？

「さて」

魔力は回復したが、アイテム袋の魔力バッテリーは未《ま》だ満タンにはなっていない。だからちゃんとコツコツ真面目に掘り進もう、一気にトンネルごと造った方が早いし？　だけど全体一括形成だと距離が延びる分、魔力を大量に消費する。それに比べれば目の前の岩を掘り進み逐次形成なら回復分で充分足りるから省エネだ。

よし、迂遠《うえん》でもいざという時の為《ため》に、バッテリーの充電優先で行こう。暇だし？

「よっと？」

手を添えて流し、包み、造形する。トンネルの形になるように魔力で掌握して土魔法を発動させる。基本は壁自体の張力で支えるアーチ型で良いが、採掘用の掘って良い壁を造っておかないと崩落するから、石の柱と梁《はり》で補強しよう……うん、こんな感じ？

「えええっ！　なんで坑道が有るんですか、なんで突然岩が坑道なんですか？　何が起こったの？　あれっ？　岩山の壁だったのに？　これは何ですか？」

やはり貴族の御嬢様ともなると、トンネルを知らないらしい？

「いや、掘った？　みたいな？って、何って坑道を掘る依頼なのに、掘ったら驚かれてるんだろう……はっ、只《ただ》のトンネルが面白くないんだ！　うん、滑り台にするとか、楽しそうかも？　滑る採掘場？　儲かるかな？」

その考えはなかった、レクリエーションを兼ねた楽しい職場。さすがは貴族令嬢さん。だが、問題は落差をつけると登りが増える事と、鉱物が運びにくい事だ。そうか、どうせなら水でも引き込んで水圧でウォータースライダーな鉱山！

「お――――い、聞いて下さーい。何を考えているのか分かりませんが、お願いですからただのトンネルにして下さーい！　滑り台になってたら鉱夫さんが作業中に滑って大変な目にあっちゃいますから、楽しまないで下さーい！　流されちゃって鉱夫さんまで泣きますよー？　今は私が泣きそうですよー？」

おや？　お嬢様が何か話していたようだ。うん、滑っちゃいけないらしい？

ウォータースライダー計画は諦め、掘り進める。まあ、確かにウォータースライダーしながらの採掘作業は多分凄《すご》く難しいだろう。採掘中に水が流れて楽しそうに人が滑って来たら鉱夫さんの邪魔だし、鉱夫さんまで一緒に滑ってたら楽しそうではあるけど全く採掘が進まないだろうし？

思っていたよりも順調だ。だって面白くないただのトンネルで、雪国にも続かないんだよ。そして踊り子さんもいないが、メリメリさんは楽しそうで、ジャージー素材のミニスカニーソも気に入ったらしい。

でも貴族の令嬢ってミニスカニーソでトンネル掘ってて良いんだろうか？　異世界でミニスカ穿いている人は見た事無い。美人さんが多いのに楽しくない。だが、流通させると怒られる気がする！　うん、何故《なぜ》か何をしても大体最後は俺が怒られるんだよ？　これはもう一日75回くらいは俺は悪くない事を知らしめねばならないのだろうか？　うん、帰ったら俺もプラカード作ろう。

「しかし、退屈だ。だってただのトンネルって何も楽しくないんだよ？　うん、ずっと廊下だけ作ってる大工さんの気分だよ……って、ずっと続く廊下作ってる大工さんは結構楽しそうだ！　うん、代わって欲しいよ、街まで廊下で繋いじゃうとか？　んっ？」

理屈はわからないけど鉄のほうが岩より魔力を含んでいるし、通りも良い。だから淡く魔力を発し、反応も違う。

「あっ、ここの奥が鉄鉱石だから、ちゃんと地図に書き込んで、渡したチョークで壁にも書いといてね？　うん、そっちは多分銅だと思うんだけど、銅の塊とか見た事無いから何となく銅っぽいって書いといて？　うん、後から銀だったとか怒られたら嫌だから『的な感じ？』って書くといい感じ？　みたいな？って書いといて？」

うん、種類まではよくわからない。

「さっきから鉱脈が分かって凄く助かるんですが、鉄以外が『銀って感じの何かだけど銀じゃなくても知らないんだよ？　マジで。マジだよ？』とか『銅って言うか銅な感じな雰囲気を漂わせると見せかけて銅っぽい何か。みたいな感じ？って言うかフィーリング？』とか、説明が長くて書ききれません。間違ってても怒りませんから言い訳まで書かせないで下さい。トンネルの地図よりも言い訳が書いてある分の方が長いんです。何か地図が見にくくなってきちゃってますよ！」

　うん、トンネル中が落書きのようだ。治安が悪いんだろうか？

「えーと？」

　後はここから右に曲がりながら鉱山の村に向かって真っすぐで良いだろう。羅神眼で見て、地図スキルで確認し、空間把握で鉱脈を探しながら掘って行くっていうか、やってる事は改装作業と同じだったりする。

　鉱脈のある所は壁を薄くしてアーチ形状の補強を作っておき、ところどころに広めの作業場所も用意しつつ掘り進む。この坑道のコースなら鉱脈の中を突っきって行くから掘りやすいはずだ。

　あとは製鉄所だけど、設計図を渡してあるからメリ父さんが造ってるかも知れないし、俺は錬金で加工するからいらないし？　うん、問題はオタ達《たち》が何をしているかだ。刀を作ろうと思ったら溶鉱炉ができてても驚かないんだよ？　刀ができてたら驚くけど。あいつらの不器用さは超常現象並みだ。だって異世界に来てテントも張れて柵を作って拠点まで作れたのに、木のテーブルが作れない。何故か椅子ができたらしいんだよ？

そんなこんなでもうすぐ完成だ。ゴールは近いんだけど……反応が？

「ちょっと採掘権払い分で、ここ採掘しても良いかな？って言うか採掘権払いは50％で良いの？　何か聞いてる？」

多分、この下が俺のお目当てだ。地下に鉄の巨大鉱脈が有って更に下に何かの強い反応がある。多分今までに探知したものの中で最も魔力が綺麗《きれい》に流れる。つまりミスリルに近い反応はここだ。

同級生の装備は全てミスリル化しておきたいんだけど、そうすると在庫が足りない。だから探していた中でここが一番の有力候補だが、取り分10％とかだと足りなくなりそうで、その時は買取させて貰えないとミスリルが足りなくなる。そう、ここからは粘り強い交渉が必要で、強気で50％から押してみる。うん、30……いや、25％は欲しい。最低20、うん15％は譲れないんだよ！

「聞いております。採掘権払いの比率ですが、遥さんの案だと遥さんが採掘した鉱石の50％で半分ずつとの事でしたが、父が申しますに『全部やれ、掘りだしたものは遥君に全部渡せ。これ以上何も貰う必要はない！』との事でしたので、全て遥さんの物です。ついでに『好きな時に好きな所を好きなだけ掘って良い！』そうです。官僚も了解していましたので問題はありません」

粘り強い交渉は不必要だった。

「莫迦なの！　ちょ、俺の遠大な交渉計画が吹っ飛んだんだよ!?　って言うか、考えが甘すぎるから、ちょっと帰ってお父さんと官僚さん達を完了しちゃうまで感無量にボコったほうが良いよ？　うん、棍棒《こんぼう》いる？」

採掘権を50％で吹っ掛けて交渉を始めようと思ったら、もっと強気な１００％の取り放題だったプランだった！　一体全体全部残らず俺が採掘しちゃったらどうする気なんだろう？　うん、坑道まで作って何も残ってなかったら採掘権の与え損なんだよ？　今度側近の人に釘を刺しておこう、辺境には鉄が絶対に必要なのに領主の甘すぎる判断は辺境を滅ぼすんだよ？

「頂けるなら棍棒は頂きますけど。あと側近が『どうせオムイ様が全部渡しても、怒りながら押し付けてくださいますよ』って言ってましたから、必要なら全部譲って、余ったら貰う気は満々みたいです」

うん、あの側近さんがいれば大丈夫みたいだ。寧《むし》ろあの側近さん以外全員駄目みたいだ！　代々の側近らしいから、さぞや御苦労しすぎて優秀に進化したのだろう、うちの莫迦達は脳筋に退化してるのに羨ましいことだ。

「まあ、良いなら良いんだけどさ？　うん」

まあ実際に俺が欲しいのはミスリルで、鉄はそんなにいらないし、銅とか銀とか用がない。そして辺境に必要なのは大量の鉄だ。この下には大量の鉄と少量のミスリル……かも知れない物だから、どちらも損にはならない。

「あと、官僚たちが思ってるレベルの採掘の概念が今目の前で覆されていますから、多分また貰いすぎだとパニックを起こしますよ？　採掘ってもっとコツコツ細々ですからね？」

俺は欲しかったミスリルが手に入る、しかも全部だ。そして辺境は無料で坑道が造れて何もせずに大量の鉄が採掘されてくる。うん、もう側近さんに領地管理させた方が良くない？

まあ、平時に優秀な人と、乱世で優秀な人は較《くら》べようもない。いいコンビなのかも知れない――王国との事務的な交渉は側近さんの方が良いけど、脅し合いはメリ父さんしかできないだろう。

「いや、地道に地面をコツコツ叩《たた》いてみながら一気に拡張してる、地味で質素堅実な作業中だよね？　コツコツ？」

未だ王国との交渉は進んでいないみたいだ、お互いが自分の条件を言い募っている段階で、まだまともな落とし所を探す前の意地の張り合いの真っ最中。先に痺《しび》れを切らすのは魔石が手に入らない王国側だから、それまで自給自足できつつ、充分に発展し経済規模を上げなければ互角の交渉にならない。

「それ、叩いてみてるだけですよね！　しかも、叩いてるのと関係なく坑道広がって拡張されちゃってますよね!!」

唯一危険なのは暗殺だったが、あの尾行っ娘《こ》一族が味方になったから諜報《ちょうほう》戦でも対抗できる。おそらく圧倒できる。戦闘能力が無いと嘆いていたけど、情報収集能力と諜報能力が高ければそれは立派な戦闘能力だ、戦闘なんて脳筋だらけなんだから他に任せれば良いが、情報収集能力と諜報能力は得難い。

暗殺者が送られても発見されて報告されれば何もできないで捕まるだけだ。そう、美人暗殺者が来たときは俺の部屋に案内して貰おう！　うん、宿の部屋で美人と戦うのはライフワークだから任せて貰おう。毎晩鍛えてるんだよ？　ばっちりだよ？

遂《つい》に用意しておいた美人暗殺者用の案内広告の出番だ、５００枚刷ったんだけど足りるだろうか？

「あ――ん、また話聞いてないですよね、泣きますよ、坑道が涙で溢《あふ》れちゃってウォータースライダーですよ!!」

景気刺激策としての可愛い服は正義だが地盤は刺激しちゃ駄目なんだよ。

53日目　昼前　トンネル

ようやくやって来た、メリメリさんの付き添いの兵隊さん達から確認作業を始める。

うん、どうせなら文官さんも付けて欲しかった。メリメリさんは今回の計画の事は詳しく調べてるんだけど、先々の計画までは知らないみたいなんだよ？

「えっと、確か木箱一つの鉄で年間１００個だったから、一箱が６４０kgくらいだったから６万４０００kgで年間64トンだと……今採掘して袋に入れたのが多分箱で６００個分くらいで６年分で、まだ半分くらい鉄鉱脈残ってるんだけどどうする、採掘しちゃう？　置くとこある？　今の分だけで７００トン近くは有るけど残りもそれくらい？　みたいな？」

取《と》り敢《あ》えず鉄の鉱脈の半分くらいは採掘して、アイテム袋に収納した。その下のミスリルかも知れない鉱脈を掘る為にも、半分は取らないといけなかったんだよ？　後まだ半分は鉄が取れるんだけど、置くところが問題で、重量が有るから建物が歪《ゆが》んで崩壊する危険がある。まあ取るだけ取って預かってても良いんだけど？

「６年分って、６年間に使う予定の鉄ですか？　７００トンって70万kgの鉄を置く場所？　て、て、鉄が箱で６００個って……えええええぇ!?」

「計画で６年って言っても足りなくなるもんなんだよ？　今は想像できない単位でも、日に日に生産量が増えれば使用量だって増えていくもので、多分普通で３年とかだよ？　発展中だから需要が増える要件はいくらでもあるけど生産が間に合っていないだけだから、製鉄所が稼働すれば一年だって怪しそう？　うん、そんなもんだよ、計画って？」

なんか悩んでる？　うん、置き場がないの？　ちゃんと、単位翻訳されてる？

「いや、倉庫くらいおまけで建てるけど、地盤沈下しないかな？」

そう、経験者の俺が言うんだから間違いない。どれだけ充分すぎるほど用意しても全く足りた事が無い！　うん、もちろんサンプルは誰とは言えないんだけど某女子高生20人からランダムに全員選んでみたんだよ？　ちなみに計算方法は女子20人に充分な数の60足のストッキングを用意した場合、１００以上の追加注文が来るんだよ？　来たんだよ？　ニーソと網タイツは別で、魔力の通るマルチカラーだから丈夫で長持ちなのに、まだ消耗もしてないのに一人最低8足は必要だと言い張るんだよ？　多分新柄を作ったらまた買うんだよ！

どれほど余裕を持たせて余剰に計算してても内職が終わらない。今日はダンジョンの攻略はお休みだけど内職にお休みは無いんだよ？

「至急用地の確認をお願いします、何かもっと増えるかもと伝えてください！」

「はっ、ただちに」

兵隊さんが駆けていく。やはりウォータースライダーの方が便利かも？　まあ、取り敢えず充分すぎて置くところが無いみたいだから鉄はもういいだろう。俺も30トンくらい取ったし、足りなかったらまた来ればいい。街に近い鉱脈も手付かずだから、数百トン単位なら一日で採掘できる。うん、これだけ純度が高いなら錬成してみても目減り程度だから、後はミスリルっぽい金属だ。深い位置の金属に魔力を注ぎ、流し込んで掌握していく。それを重力魔法でゆっくりと変形させながら運び出す作業。危険な転移なんかは使わない。錬金で不純物を減らしながら必要なものだけを持ち上げて行く——

よし、出てきたし、ミスリルっぽい？　色はぽいけどくすんでる。けど精錬前だからなのか、鑑定でも「金属」。まだ不純物が多すぎて単一金属扱いにならないのだろう。

でも多分当たりだ。魔力の通りが違うし、いくらでも魔力を受け入れる。そして魔力が注ぎ込まれる度に輝きを増す灰色の銀、ミスリルだ。

「よし掘り尽くそう！」

きっといくら有っても足りない。装備を更新すればまた新たにミスリル化する必要があるし、おそらく本来はもっと高濃度に加工できる。ただ今は俺の技術が足りないし、これ以上装備の性能が上がると高性能すぎてＭＰが間に合わなくなる。

理想はミスリル化できないくらいの最上級品が揃《そろ》えばいいけど、あの人数に行き渡るまではミスリルが必須だ。そして相性もあるから、30人全員に最高級装備が全身に揃う日なんて来るかどうかも分からない。だから取り尽くしても、きっと足りる事は無い。うん、内職も終わらない!?

「うん、これで全部取れたのかな？　マジで取り残しないよね？　お腹空《なかす》いたしそろそろお昼だよ？　もう終わりにしちゃうよ？」

「お――い、何で私の話は聞かないで、鉱脈とお話ししているんでしょうか？　実はお友達とかですか？　そろそろお昼ですが、何でお昼までに数年分の工事が終わっちゃうんですか？」

ふっ、お友達がいれば、ぼっちなんて称号は持ってないんだよ？　ヤバい、涙が！

だが鉱脈さんは地下深く埋まっていた。ならば俺の好感度さんのお友達の可能性があるのかも？　そう、俺の好感度さんのお友達なら友達になれそうだが、俺は俺の好感度さんに会った事が無いんだよ？　うん、未《いま》だ初対面すらできていないのに、その友達と友達にはなれないだろう。きっと無理そうだ……だって取り尽くしたし？　まあ、それになんか友達は地下鉱脈っていう男子高校生って……悲しすぎない？　マジで？

「全く聞いてないですよね！　何で鉱脈さんと語り合って、悲しそうに微笑《ほほえ》んでるの!?」

後は採掘村まで繋《つな》げるだけだ。空間把握で採掘村の坑道は見付けてあるから、そこまで延長して繋げば終わり。そう、繋げば帰ってジャンバラヤなんだよ！

朝ごはんはお説教とデモ隊のせいで落ち着いて食べられなかった、あの状況でリラックスしてモーニングは不可能なんだよ？　だって、思っていたよりもニーソデモ隊は強力な破壊力で、その絶対なる領域は男子高校生的に危険領域だったのは言うまでもないだろう。うん、きっと網タイツだったら追加注文は避けられなかったな！

「えっと、もう直《す》ぐだね」

改装っていうか坑道作製の速度を緩める。向こう側の坑道の強度が分からないから、あまり地盤を刺激したくはない。あと何故《なぜ》だか地団駄踏んでるメリメリさんのせいで地盤が刺激されているが、坑道は頑丈に造ったし大丈夫だろう。ただ、メリメリさんがミニスカニーソで刺激しているのは地盤には問題ないけど……付き添いの兵隊さん達《たち》も目のやり場に困ってるんだよ？

「上手《うま》く繋げたみたい……みたいな？　ついでに補強しとくよ、崩れたらまた掘りに来なきゃいけなくなって、俺のお休みは絶滅危惧種だから取扱注意な儚《はかな》いお休みさんなんだよ。マジでだよ！」

「だから何で私の話聞かずに、坑道さんと語り合ってるんですか！　泣きますよ、ガン泣きですよ!!　そのままウォータースライダーしちゃいますよ!?」

うん、ウォータースライダーの説明したときから食い付いていたが、やはり欲しかったんだろうか？　うん、鉱夫さん怒らないかな、坑道がウォータースライダーって？

そして坑道を接続し、補強しながら鉱山の村に出ればお仕事終了。採掘権払いだったから現金にはならなかったが、ミスリルの方がはるかに有益だ、大儲《おおもう》けだ！

まあ、いるから売れないんだけどさー？

そして村長さんにメリメリさんが話をしに行ってる間に、村の小さな商店を覗《のぞ》いて見る。

「おっさん、おっさん、この村って特産品とか珍しい物とか、なんか余ってる物とかって無いの？　鉄だけ？　鉄食べてるの？　歯に悪いよ？　うん、良く噛《か》んでも余計に悪いと思うよ？」

「食べねーよ！っていうか噛まねーよ!!　うちの村は不足してる物は有っても、余ってるのは金属と石だけだ。余った珍しい鉱石の置物が特産品だな。見るか？」

食べないらしい。魔の森から離れてはいるが、岩山の傍《そば》で川からも距離があり農業には向かないだろう。しかし異世界に来てからいつも思っているんだけど、今回も敢えて言おう——また、おっさんだよ！

うん、俺の周りっておっさん率が高すぎない？　出会うと大体おっさんなんだよ？

もっと異世界らしく美少女との出会いは無いの!?

「普通こういう展開ってさー、店員が美少女とか、村長が美女とか、村の美少女に出会うとか色々有るじゃん？　全員おっさんだよ？　まだこの村でおっさんしか見てないよ？

特産品なの？　要らないから！」

「おっさんは売ってねえよ！　売ってもねえのに、要らないって全否定かよ!!」

そしてメリメリさんが戻り、村長さん達を案内しながら、坑道を通って街へ戻る。トンネルを抜けても雪国も、美しい景色も、目新しい発見も、珍しい物も何もない、おっさんとトンネル……出会いたくないよ!?

ただし村では発見は有った。って言うか山のようにあった置物を全部買い上げた。それはもう大人買いだ。

だってミスリルや何か分からない金属がゴロゴロ有ったが、どれも村の火炉で溶けなかったらしくて、珍しい置物扱いだったけど希少金属だ。まして火炉で溶けなかったのなら融点が高いはずだから、強度や耐久性に期待できる。

一応謎金属の定期買い付け契約を結んでおいたからまだまだ集まるはずだ。買い付けと手付金に小麦や食用油、なぜか作り置きしていた桶《おけ》や籠と交換し、残りは現金払いだった。

うん、貴重な金属が手に入り、また一文無しになったんだよ？

帰ったら委員長にお小遣いをお願いに行こう、もう宿代も食費も無いんだよ？

「こ、こんな坑道が一日で！」「いえ、実質朝お願いして、お昼ご飯までに帰るからとここまでなんだそうです。あと、全く話は聞いていませんから？」「「「はあ？」」」

朝街から出る前に冒険者ギルドと雑貨屋さんと武器屋から意気揚々と有り金を巻き上げ、お大尽様だったのに無くなったよ？　うん、お米の大量買い付け契約とお醬油《しょうゆ》と布や糸の買い付けと、あとなんかその場のノリで色々注文した覚えがあって、そして希少金属の購入と必然の物入りだった。

って言うか毎日が何かの物入りで常に入用《いりよう》なんだよ？　だが、委員長さんの没収貯金が無ければ毎日宿代が危ない。看板娘をお菓子で買収して前払いの宿代を使い込んでいるのがバレたら怒られそうな気がする。

そう、ちょっと毎日破産すると魔石代金を没収管理されて、毎朝俺と甲冑《かっちゅう》委員長さんとスライムさんが並んで委員長さんからお小遣いを貰《もら》ってるんだよ？

だけど雑貨屋のお姉さんと武器屋のおっちゃんから、納品代と分割払いを毎朝受け取っているから毎朝がお大尽様なんだけど、夜には宿代が無い？

うん、無いんだけど、一応みんな忘れてるかも知れないけど、俺って使役者だから甲冑委員長さんとか、スライムさんからお金を借りるのは避けたいんだよ？　そう、だからお小遣いの追加請求だ！

恐らく対案で追加注文が出されるだろう。そして強行採決で敗れる。そうしてお小遣いをもらう度に内職が増え、内職すると女子さん達の借金が増え、借金返済はまた没収され、またお小遣いを貰いに行くという謎のみんな貧乏スパイラルから脱却できないんだよ？

「「「みるみる新たな坑道が!?」」」「ええ、でも全く話は聞かないんです。これ以上坑道を増やされてもそんなに大量の鉱夫さんはいないって叫んでも聞いていないんです!!」

この間も卵の大量発注をかけたら、一文無しになって怒られた。だけど卵が無いと美味《おい》しいご飯に差し障る、しかも異世界の卵はマジで美味しい！

まあ異世界は置いといても、中世で現代社会並みの生活レベルはお金がかかる。更に投資していかないと、豊富に食料や物資が手に入らない。

これが貧乏スパイラルの原因で、辺境が発展して豊かになるまで投資が回収されない。でも投資しないと発展しない。

そして少しずつしか現金を増やせない理由は、偽迷宮を通って王国の商人に魔石や茸《きのこ》を売り現金を手にしているが、発展速度に貨幣の流入が全く追い付いていない事だ。かといって辺境貨とか発行すると為替レートが発生して、その煩雑さが商業活動の足枷《あしかせ》になる……そして、それは王国と決別した時に考える事だろう。

「やっぱ、王都に行って有り金を巻き上げるしかないか？」「なんか坑道を拡張しながら、物凄《ものすご》く物騒な独り言が聞こえてくるのですが？」「気にしたら負けなんだそうです。そしてツッコんでも、どうせ聞いてくれないんです!!」「「「はあ？」」」

メリメリさんも、今では辺境は王都以上のレベルだと言っていた。つまり王都の商業活動レベルは俺の内職製造レベルよりも低い。そう、品質と料金で勝てるなら毟《むし》り取り放題で、王都の有り金を巻き上げれば貨幣不足も解決するはずだ。だが、王都に現金を増量なんてされたら王国ごと滅びる、うん、男子高校生に貨幣経済のコントロールとかできないよ……そう、普通の男子高校生には無理なんだよ？

あの何とか君が生きていればできたのだけれど。あの何とか君が仲間になる道を選べば武力と生産と経済でどうとでもできたのだけれど。

だけれど、あの何とか君は仲間を殺し最強になる道を選んだ。そして——あの何とか君は、俺が殺したからもういない。

だから俺達30人では高度な貨幣経済はできない。だって5人莫迦《ばか》で4人オタだし？　うん、あの莫迦達は物々交換すらも理解できていないかも知れないんだよ？

「到着的な感じだけど、ここで解散でいい？　メリ父さんは話が長くて、いつも悪い事してては頭を下げて来るから面倒なんだよ？　うん、鉄だけ倉庫に置いとけば良い？」

「倉庫に入れて頂けると助かります、９００トンも運ぶの嫌ですから。あと、別に父に会う必要はありませんけど、悪い事してませんからね？　あれ謝ってるんじゃなくて、感謝してるんですからね？　あれは感謝のお礼なんですからね！」

さて、お仕事も終わったし街に行こう。お金無いけど。よし、委員長にお小遣い交渉だ！

「やっぱり全然聞いてくれないよ——!?」

?日　ディオレール王国　王城

王都と王城を守護せし近衛《このえ》師団が王都から離され、挙げ句……辺境を、オムイ領を制圧など有り得ん命令が届く。

「なれば、せめて王からの勅命を頂きたい」

本来ならば王宮どころか王都から近衛が離れるなど有り得ぬ事態。それを王の勅命もなく命令だけが……けれど、この件は他の師団には任せられぬか……いかなる形であれ、辺境伯様にお会いするしかない。

「今は窮地、一刻も早い辺境の平定こそが急務ですぞ」

「第1師団が動けぬ以上、近衛であれ最精鋭こそが向かうべきです。これは国からの勅命です」

第1師団は国境へ釣り出されて動けぬ。救いは第2師団が王都防衛に当たる事だ。それならば無闇に王宮を危機に晒《さら》すことはない。だが、きな臭いのは貴族の息の掛かった第3師団と貴族直轄の軍達。そして……教会か。

「勅命なれば謹んで拝命いたしますが、せめて王への謁見を願いたい」

「国王陛下は体調を崩されておりまする。緊急の件が落ち着かねばご心労が増すばかりで

「だからこそ、見舞う為に」

何もかもがおかしく、そして急すぎる。何故にまともな情報もなく連絡すら滞っているのか。


「危急ゆえの勅命、従えぬとあらば近衛を解体し再編成する他ありませんぞ」

「事が特殊ゆえ編成及び行動の自由は保証して頂かねば……」

「それは一任致します。とにかく一刻も早い出征を、国家の命運が掛かっておるのですぞ」

王宮から、王都から切り離されたままで、情報すらも儘《まま》ならぬとは……だが、いま魔石の供給が滞れば王国は破滅する。他国への債務が大きすぎる。そして何より教会との軋轢《あつれき》が致命的になれば周辺国に味方はいない。

「勅命承りました」

おそらく王国は保《も》たない、だが事が王家だけで済むかすら怪しい。征《ゆ》くも地獄、それでも他にもう道がないか。ただ一方的に捲《まく》し立ててるだけの使者達《たち》は安堵《あんど》して出ていった……その意味も無謀さすらも理解せずに。だからなのだろうな、貴族共《やつら》は辺境を理解していないのだろう。

「いかがなされますか」

「先《ま》ずは冒険者ギルドだ。情報が真実なればナローギから先の辺境へ通じる唯一の道は

――迷宮《ダンジョン》だ」

争いは起こっていない、少なくとも軍事衝突はない。ただ閉ざされた路《みち》を征かねば真実に辿《たど》り着けないのならば、迷宮攻略に精通した冒険者の力が必要になる。

「ですが……辺境に」

「言うな。そのことは誰よりもよく理解しているつもりだ」

「失礼致しました」

王国と辺境――それは領地云々《うんぬん》の形式ではなく、本来は同じ志を持つ共同体でなければならないというのに……だが、それを言うには我等《ら》はあまりに辺境を裏切りすぎた。

そう、もはや血を流さずに事を抑えられないほどに、事態は最悪なのであろう。

もしも鉄の棒を加熱して叩いたら蒸気機関になってたって言うのなら、明日からはオタさんって呼ぶよ。

53日目　昼　オムイの街

其処《そこ》で見たのは恐ろしい光景だった、最早《もはや》何の言葉も出ないほどの驚愕《きょうがく》だった。うん、もういやだ!?

「「「あっ、遥《はるか》君だ！」」」「良いところに。鍛冶場から出せないんですよ？」「うん、大きすぎた？」「重いし？」「そうそう、ちょっとこれアイテム袋に入れてくれませんか。川で出して欲しいんですよ」

大きすぎて重いらしい。鍛冶場の搬出口より大きくて出せないと困っていたようだ。

「うん、お前ら何で刀作りに来て蒸気船造っちゃったの？　うん、この前のテーブル作ったら、椅子だったはまあ良いよ？　何でどうして刀に蒸気機関が必要だったんだよ。どんなに手順を間違えたら刀が蒸気船になるの!?　ならないよ!!　鉄をハンマーで打ってて蒸気船になったら、寧《むし》ろ凄いよ！　絶対にワザとだよな？　しかも、蒸気機関って魔力式動力で良いのに何で蒸気機関を造るんだよ！」

鍛冶場の地下室いっぱいに蒸気船。それは普通に地下の部屋から出せないよ……うん、置いて行こう！

「待て、置いてかれたら迷惑だって！　オムイ様から生産依頼来てるんだ。鍛冶場使うんだから置いてくな！」

中型の木造外輪船——何でどうしてテーブルが作れないのに船はできたんだろう？　うん、椅子でも作ってたら船になったのだろうか。そして木造だけど、外殻と外輪の要所は鉄工化された鉄甲船で、中の蒸気機関も鉄だろう。うん、木造の蒸気機関だったら、もう尊敬しよう！

「いや、おっちゃんも何で止めないの？　これ絶対手伝ったよね？」

だって仕上げが綺麗《きれい》なんだよ。船って曲面構造体だから、熟練してないとデコボコの船体になっちゃうんだよ……これ、絶対手伝ったんだよね？　あっち向いて関係ない顔してるけど共犯者だよね？

それから川に浮かべた蒸気船にオタ達を乗せて放流し、上空から大量のメテオを降り注がせたのは言うまでもないだろう。うん、せっかく魔力を節約してたのに一気に使っちゃったよ！　なのに、沈まなかったんだよ？　くっ、結界装置使いやがったな!!

安全策の為《ため》に結界師の結界魔法を魔石化して、簡易結界装置の製造を試してたんだけど、重くて大きすぎて未《いま》だ実用化もできてないのに……蒸気船に積みやがった、つまりメテオに撃たれる気満々だったんだよ!?　もう、原子崩壊させてやろうか？

そして上空に駆け上がった時に、森の中でコボたちと追いかけっこしている莫迦達の姿が見えたんだが——見なかった事にしよう。うん、どうもあいつ等《ら》は異世界に適合せずに魔の森に適合したのだろう。きっと、もうおそらくジョブも野人Aとかになっているんだろう。莫迦だな!?

「しかし、まあ有りっちゃ有り？」

鉄や木材の運搬船は俺も考えていたんだけど、鉄甲船って何と戦う気なんだよ？　何気に焼かれないように対策しているところが余計にムカつくんだよ？　しかし、未だ大きすぎて使用できない簡易結界装置を船に積むのはいい考えだ。でも、そうやって対策していたところが余計にムカつく！　まじムカなんだよ!!

「なんか休日なのに精神的に普段より疲れたよ、お休みって精神を休める為に有るんじゃないの？」

甲冑委員長さん達は雑貨屋さんかな……きっと女子さん達はお金も無いのに新製品の鞄《かばん》に群がってそうな気がするんだよ。うん、何で俺が宿で内職して雑貨屋に納品してるのに、次々と買って宿屋に持って帰って来るの？　俺が毎朝納品してる意味は何なの？

「「「きゃあああああああああああ――――――――――!!!!!」」」

もう完全にお買い物中毒《ジャンキー》さん達です。

それは、元の世界の懐かしい生活を追いかけるかのように奪い合い、元の世界より幸せになる事に焦るように引ったくり、この世界に来た為に失った物を取り戻すかのように……大暴れ？

「「「それ私の！」」」「だが断る！」「取っちゃダメぇ！」「「「きゃあー！」」」

きっとこれくらいしかできなくて、服とご飯くらいしか無理なんだよ。うん、今は無理矢理必死に楽しむしかできないから、美味しい物を強請《ねだ》って、可愛《かわい》い服を買いまくる。もう2か月近くも経《た》ってしまったんだよ、元の世界で暮らしていた日々から――なんか馴染《なじ》んでるけど!!

それでも、寧ろ必死に笑い合っている姿は悲壮な時がある。精神的に限界に近かった時なら、生き延びる事しか考えられない。でも……余裕ができてしまったら思い出す。俺達と違って失ったものが多すぎるから。

うん、男子は良いんだよ？　だってオタ達はずっと異世界を夢見て元の世界にいた、寧ろ元の世界で夢現《ゆめうつつ》に暮らしていたんだから問題ない。どっちかと言うと元の世界が問題で、異世界に来てやっと本気出すんだから。

そして莫迦達はもっと問題ない。あいつ等はここの住人だ、森の中でちょうど良いんだよ。

あれは元の世界なんかにいたらスポーツして、優秀な選手なんてしていたんだ。それだけだった。きっとあのまま元の世界にいればプロのスポーツ選手にでもなって、有名になって金持ちになっていたんだろう。

だが、きっと帰りたいなんて思っていない。やっと異世界に帰って来たのだから。もうルールを守って安全に争う戦いなんてしなくて良くなった、思うがまま本能の命じるままに、本気で生き死にを賭け、全力であらゆる手段を用いて戦える。ずっと、元の世界で退屈を持て余していた戦闘民族が、やっと真剣に戦えるようになったんだから——莫迦は治らなかったけど、寧ろ悪化の一途だけど。うん、莫迦だな？

そして、俺は向こうに何もない。未練があるのは本屋さんくらいのものだ。それは、それだけは未練も愛惜も愛着も執着もあるし物惜しむ気持ちでいっぱいだ。

でも、こっちには甲冑委員長さんがいる。俺が連れ出したのだから、楽しく暮らせて、嬉《うれ》しい事がいっぱいあって、幸せになれるようにしてあげたい。

元の世界には大事なものも、幸せであって欲しい者も、笑っていて欲しい人も、無くしたくない物も、もう何も無い。

うん、こっちで良い。スライムさんも付いて来てくれたんだし、今はこっちに未練たらたらだよ。

でも女子さん達は違う。この世界にいる事に何の喜びも無い。失ったものだけが大きすぎて、何も求める物も無く連れて来られた。

「「「きゃあああああああああ――――！」」」「「「いや――――――――ん！」」」「「「ああああ――ん！」」」「「「うりゃああああああ――――！」」」

――はずだ？　多分？

だったら、お買い物中毒で我儘《わがまま》娘で駄々っ子の無い物強請りで充分で、充分過ぎるほど頑張っているんだよ。寧ろ良く精神的均衡が保てているよ？

発狂したって、暴れ出したって、泣き喚《わめ》いて当たり散らしたって何もおかしくない。現実逃避しても当然だ。それでも、あの何とか君みたいに狂わなかったから、30人も生き延びられた。いっそ狂った方が楽だったのに耐え抜いてる。女子会の友情力は超人級なのだろう……うん、買い物にも超人が現れてるのは気のせいだろう！

「「「うん、話し合おう！」」」「そうだね、だからその手を離して！」「私のなの！」「「「よし、トレードだ！」」「いや、まだ買ってないんだけどね？」

だから今晩も内職だ。もう食べられないと思っている物や、もう着られないと思っている服、16年間の大事な物がたった2か月で埋められる訳はないけれど。きっと絶望したまま森の中で消えていた方が、今ほど苦しまなくて良かったのかも知れないけど……俺が嫌だから助けたんだから、苦しみをほんのちょっと減らすことくらい、そんなことくらいしかできないんだよ？　うん、だからこうして笑っていてくれるなら、内職だって……もう少し何とかならないものでしょうか？

「きゃああ！　この鞄ってショップで見た事が有る！　欲しかったのー！」

うん、パクリだからダニエルさんとボブさんにはバレたら謝ろう。だって俺も欲しかったんだよ！　でも、それ装備品なんだよ？

そう、作ってからよくよく考えてみたら、お洒落《しゃれ》なものを作っても黒マントには似合わない！　しかも布袋も、木の棒も手放せない！　つまり俺が持っても全くお洒落じゃない――だと!?

「うーん、ちょっと大きすぎる？」「うん、ちょうどいい大きさが無いよ！」「そうだそうだ、製作者を呼べー！」「「謝罪と割引だー!!」」「うん、呼ばないでね、面倒だからいちいち呼ばないで宿で言ってね？」「「あ、おかえり」」

あと、鞄が大きいんじゃなくて自分がちっこいんだよ。うん、小動物なんだよ……何でちっこいのが大人のコーナーにいるの？

「ううぅ、スポーティーな収納量か、可愛くパーティー向けのプチバッグか？」「でもパーティーに呼ばれた事無いよね？」「「「うん、組んでるけどね？」」」

うん、俺も呼ばれた事はないんだけど、組んだことも無いんだよ？　でも、ゴブ達《たち》と一緒に仲良く「れっつ、ぱーりー！」とかも、したくないんだよ……うん、莫迦はしてそうだけど、今まさに？

「「「ううぅ、全部欲しい！」」」「だよね、ちょっと……魔物ボコっちゃう？」「「「良いねー！」」」

楽しめていると言うか買い占めていると言うか？　うん、実はお休みが少ない理由はお金稼ぎが追い付かないからなの？　洋服の為なら魔物さん達を狩り尽くしてしまいそうな勢いなんだけど、実は異世界向きの人材だったの？　うん、もしかして適応してる？　あれ？　実は精神的均衡とか関係なく、ただの強欲さんとその仲間達なだけだったのだろうか？　うん、お買い物に関しては、別の問題発生で精神的に大丈夫じゃないらしい。

「「「きゃあああああ――、こっちも新製品！」」」「マジで！　いる、買う!!」

うん、マジで。

街ではピクニックがブームらしいが、森の中の洞窟暮らしのブームは来ないんだろうか？

53日目　昼　オムイの街

雑貨屋さんで、女子さん達に囲まれながら甲冑《かっちゅう》委員長さんも楽しそうにお買い物中で、おずおずとハンカチを手に取っては悩んでいるみたいだ？　うん、甲冑を拭くんだろうか？

「おーい、甲冑委員長さん、帰ったよ。うん、お腹空《なかす》いたならジャンバラヤだよ。海老《えび》は無いから謎鳥肉さんだけど、多分卵が有ったらオムライスと違いが分からないんだよ？うん、作る人が分かってないいんだけど、チキンライスと違う物なのかな？」

まあ、ジャンバラヤだと言い張れば、きっとみんな分からないだろう。

「「「あ、おかえりー」」」

そして、スライムさん達がピクニックしている所まで移動して、野原で遅めのお昼にして、時間があるから偽迷宮の改装にでも行こうかな？　それとも、スライムさんを森の洞窟《我が家》に連れて行くべきか……うーん、逆方向だから困る。

きっと本気で高速移動すれば廻《まわ》れそうではあるが、何が悲しくてお休みの日に高速移動で駆け回らなきゃいけないの？　まあ、どっかにコボと駆け回ってる悲しい脳味噌《のうみそ》の持ち主たちがいるが、気にしない。気にしないったら気にしない。

「「「いただきまーす（ポヨポヨー）！」」」

いい天気だし見晴らしも良い。ピクニックって感じだよ……ジャンバラヤだけど？

「お外でご飯も良いね」「だね、美味《おい》しさアップ？」（プルプル！）

看板娘の話によると、街の周りが安全になったのでピクニックがブームらしい。よし、ピクニックグッズの開発だ。大儲《おおもう》けの予感だ！

「おいひい、美味美味！」「うん、オムライスが恋しくなるけどね」（ポヨポヨ）

確かに今までは魔の森が近く、魔物も多くてピクニックなんて危険でできなかっただろう。でも、今なら魔の森の伐採も進み、ついでに魔物も伐採中なので安心安全で、ましてや今では街人が棍棒《こんぼう》装備。うん、ゴブ達とガチで殴り合う修羅の街って、きっと安全というかゴブさんこそが危険を感じていることだろう！


さすがに女の子（ＪＫは除く！）だけでピクニックは危険だが、スライムさんがいれば問題ないし、逆にスライムさんがいて危ない状況なら、それってもう城壁の中でも危険だ。だって限り無く迷宮皇に近いだろう迷宮王さんに倒せない魔物が出るなら、そこって迷宮最下層並みの危険度なんだから……街造って住んでる場合じゃないんだよ。そう、俺だって迷宮の最下層の大混浴温泉場計画は諦めた。ちょっと未練は有るけど、地下１００Ｆは湯冷めする気しかしないんだよ？

今もデスサイズ部隊は近くで巡回してくれているはずだし、尾行っ娘《こ》は戦闘力こそ無いが高レベルの気配察知を持っているし、看板娘だって地味にＬｖは高い。

まあ、スライムさんがいたらオーク・キングでもピクニックへの襲撃は不可能だし、デモン・サイズ達も魔の森の伐採を頼んだのにグングンとレベルを上げている？　うん、絶対ゴブ達を伐採して遊んでいるんだよ？　うん、あんまりゴブとかコボと遊んでいると莫《ば》迦《か》になっちゃわないかが心配だけど、きっと莫迦達は今もゴブとかコボと遊んでいるんだろう。オタ達は船で逃げたし？　ちっ、奇襲は失敗だった！

「お休みも良いねー」「「「そうだね、のんびりなんて……あれ、最近迷宮で？」」」「「「言わないで！　なんとなく悪影響が深刻なのに皆気付いてるから!!」」」

偽迷宮で『魔核の宝具　魔核作成操作』で魔物を作る実験もしてみたかったが、未《いま》だ全く解析が終わらないのと、珍しく強欲の化身さんではなく、食欲の化身のスライムさんが『魔核の宝具』を欲しがったので……あげてしまった。うん、美味しいのかな？

女子さん達はこのままピクニックに参加するそうなので、おやつにお菓子を配っておいた。３時まで我慢できるかどうかは知らない、今既に我慢できてないような気がするけど見なかったことにしよう！　そして、看板娘と尾行っ娘はお菓子と睨《にら》み合っているから、こっちも時間の問題なのだろう。

「行くよ？」（ポヨポヨ）（ウンウン）

そして甲冑委員長さんとスライムさんは付いて来てくれるのだそうだ。お休みだから好きにして良いよと言ったんだけど、フルフルプヨプヨしていた？

「うん、最近甲冑委員長さんがスライムさんに似て来ている!?　って、ちゃんと喋《しゃべ》らないと上手《うま》くならないよ?」「はい」（プルプル）
そう、朝のお説教だけは凄《すさ》まじい勢いで上達してる。どうも、毎日の女子さん達の語彙豊富で怒濤《どとう》のような滑舌のお説教で学習しているようで、女子会では結構お話が上手くなったそうなんだが、何をお話ししているのかは何度聞いても乙女の極秘事項に触れるらしい?

そして偽迷宮を改装しながら、一度通り抜けて隣街に侵入する。壁くらいこっそりと飛び越えられるんだけど、ちょうど尾行っ娘一族の人がいたから手引きして貰《もら》えた。

そして、隣街の冒険者ギルドに寄って情報収集したところ、かなりの数の冒険者が偽迷宮に挑戦して酷《ひど》い目に遭い、今では誰も偽迷宮の依頼は受けないらしい。

「ちょ、せっかく真心込めて新しい仕掛けを作ったばかりなのに、なんてやる気と冒険心の無い冒険者達なの!」（ウンウン）（ポヨポヨ!）

まあ、武器とか装備が壊れたり溶けたりだから大赤字だろうし、ついでにカップルで行くと別れると噂《うわさ》らしいけど……そのカップルは服が溶けた後に一体何があったの?　見たいな!

「っていうかカップルがデートで迷宮に行くなよ?　うん、そんな奴《やつ》は振られるよ!　それって迷宮無罪だよね!」（プルプル）

ちなみに現在の最高記録保持者は、溶解液の沼の上の岩を三段跳びで越える所まで行けたらしいが、三段目に塗ってある油で滑って落ちたらしい。

「どうも、異世界人はフリが分かってないんだよ？　三段跳びだったら、三段目に絶対何かあるよね？　何で全部に引っ掛かっちゃうんだろう？」（ポヨポヨ）

そして兵隊さん達も武器と装備が殆《ほとん》ど無くなり、諦めているみたいだ。まあ、武器と装備が無いおっさんって兵隊なのかという疑問はある。うん、だって布の服に木の棒で兵士って……俺とお揃《そろ》いだった！　うん、全然嬉しくはないよ、ペアルックの相手がおっさんとか嫌だよ!!

「しかし……過疎化？」

まあ、住人がごっそりと辺境にお引越ししたせいで、何かゴーストタウンみたいになって、何処《どこ》も彼処《かしこ》も空き家だらけで、人通りも殆どない。

実際、今も尾行っ娘一族が辺境へお引越ししたい人達を次々と送り込んでいるから、人口減少が止まらないのだろう。

「まあ、辺境は人手不足の好景気だから、みんなそっちに行っちゃうよね？　不人気で当然だよ。だってここって領主がオークだったし？」（ウンウン！）（ポヨポヨ!?）

だから、お店も殆ど閉店だし、開いてる店も商品は少ない。ちょっとお高かったが、目ぼしい物は買い占めた。うん、さっきお小遣いを貰ったのにまたまた無一文だよ？

帰ったら怒られそうだが、まあ帰ってから考えよう。うん、宿代に貰ったのに、宿まで保《も》たないんだから俺は悪くないんだよ？

　そして、念の為《ため》に小さくなってマントの中に隠れているスライムさんが退屈みたいでゴソゴソしている。うん、さっきは急に下半身が膨らんで吃驚《びっくり》したよ！　そして何故《なぜ》か甲冑委員長さんが滅茶苦《めちゃおび》えていたんだよ……迷宮皇さんだったよね？

「なんか、せっかく新たに作ったトリモチトラップとか出番が無さそうなんだよ？」

　そう、落とし穴を颯爽《さっそう》と回避して、壁のでっぱりに飛び乗ったらトリモチっていう素敵アイデアだったから採用したのに挑戦者がいないみたいだ。

　あと、天井に魔物の絵をかいて攻撃したら崩落、っていうのも造ってみたんだけど、個人的にはトリモチと比べるとインパクトが今一つだ。うん、ドヤ顔でトリモチだよね、やっぱり？

（ポヨポヨ）

　スライムさん的にも御不満なようだ？　やはり触手魔物が必要なのかも知れないが、今のところ触手さんは俺だけなんだよ？　服と装備の溶けた女冒険者さんを、俺が触手で襲うとただの事案発生になっちゃうんだよ？　うん、あと俺魔物じゃないんだよ？

「やっぱり騙《だま》し絵《え》の穴を飛び越えたら、本当の落とし穴が冒険者さんに大人気っぽいな？」

　点検を兼ねて一通り偽迷宮の確認もしてみたが、補修も充分にできているし、罠《わな》も全部ちゃんと稼働していた。うん、管理ゴーレムさんは真面目に働いていたようだ。ご褒美に魔力を多めに充填しといてあげよう。

隣領の街まで王国の使者団が来ているらしいが、わざわざ見に行かなくても良いだろう。だって団長が女騎士っていうから見に行こうかなーって考えただけで……物理的にチクチクとジト目に突き刺さるんだよ！　うん、甲冑委員長さんも日々ジト目が上達しているようだ!!

「やっぱり、女騎士っていうのが被《かぶ》ってていけなかったのかな？」（ポヨポヨ）

だが、やはり貴重なクッコロさんなのだろうか？　そう、俺の周りって「くっ、殺す！」っていう女子しかいないから、超貴重なんだよ？

「うん、殺しちゃうなら『くっ！』は、いらないよね？　あと追加注文受けないくらいで殺さないよね？　うん、あの女子高生さん達は一体何処の信長《のぶなが》さんなの！　なんで家康《いえやす》さんになれないの？　あと委員長も秀吉《ひでよし》さん作戦は止《や》めてね？　鳴かずに泣きそうなんだよ、俺？」

後ろ髪を引かれているが、視線がチクチクして鳴かされそうだから帰ろう。

「いや、だって女騎士って言われたら気になるじゃん？　うん、俺って今日って坑道の村でも、隣街まで来てもおっさんとしか出会ってないんだよ？　うん、何のフラグも立たないんだよ？っていうか、おっさんがフラグ立てたら焼いちゃうよ！　立ったら俺が泣いちゃうよ？」（ポヨポヨ）（ポンポン）

なんか背中を優しくポンポンされている。これも偽迷宮の罠なんだろうか……どうやらこの異世界は涙で満ち溢《あふ》れているようだ。さて、チクチクが痛いから帰ろう。

「今日は、もう帰るだけだし遠回りして帰ろうか。村とか有ったら食材が有るかも知れないし、まあお金無いから物々交換だけど、結構小麦か茸《きのこ》で通用するんだよ……もう貨幣って茸で良いんじゃない？　うん、取り放題だし？」（ウンウン）（プルプル）

ウンウンとプルプルなので、遠回りで帰ろう。しかし一人で喋ってるみたいで可哀想《かわいそう》だからちゃんとお返事してね？　今、兜被《かぶと》ってないよね？　うん、何かスライムさんの影響受けすぎだけど、先輩だよ、元上司さんだよね？

しかし――スライムさんの高速移動が速くなっている。レベルが上がるようなことはしていないのに成長期が来たのだろうか？　はっ、食べ盛りでまだ食べるようになっちゃうの!!

うん、内職はやはり必要なようだ。強欲さんもお小遣いは使い果たしたみたいだし。きっとハンカチは雑貨屋で買うよりも俺が作った方が安いのは内緒だ、きっとみんなお買い物を楽しみたいんだから。稼がないと……って、お休み短いよ！

やはり異世界にはハロウィンは合わないみたいだ。

53日目　昼　ピクニック

みんな、遥君《はるか》がいるときは元気いっぱいで、だけど、いなくなると寂しそう。

今はみんな仲良しで、そして友達といるから大丈夫だけど……全員が精一杯で余裕が無い。甘えられる相手は遥君だけだ。甘えてしまっているの、たった一人で生き抜いて、たった一人で戦い抜いて、たった一人で助けてくれた遥君に。あの強さに、甘え、焦がれている。

それは、子供の頃から守って甘やかしてくれた家族と離れ離れの寂しさ、そして孤独。その思いを遥君に重ね合わせてしまっている……無条件で護《まも》って、甘やかしてくれる、その背中に。

「行っちゃったね、お休みなのに?」「うん、もう採掘も済ませたって言ってたし?」「朝からストッキングも渡されたから、内職もしてたんだよね?」「って言うか、私達《たち》の装備のミスリル化を進めてるから、掘りに行ってたみたいだし?」「あ～、今日は、私のローブがミスリル化の番だ～?　う～ん、胸が窮屈だったからお直しも頼んじゃおうかな～」

「「「ソウデスカ、タイヘンデスネー」」」

遥君は偽迷宮に新しい罠を設置しに行った。お休みさせても働いてしまう。気遣おうにも気遣われている。そしてずっと眠らない――もうずっと。

本人は称号の効果みたいって言っていたけど、きっと効果は有るのだろうけれど……でも眠らなくなったのは、休まなくなったのはずっと前だ。

きっと今晩も忙しいとか、眠たいとかぼやきながら、一晩中内職するんだろう。そして私達が泣きそうな時は「新製品だよ？　ぼろ儲《もう》けだー！」とか言って励ましてくれている。そうして殆ど寝ないらしい……田中《たなか》君を殺した時からずっと。

そして、二つの村が滅んでからずっと。

みんなが笑っていれば嬉《うれ》しそうにしている。小田《おだ》君達や柿崎《かきざき》君達と莫迦してる時は楽しそうだ。アンジェリカさんやスライムさんがいつも傍《そば》にいてくれる。だから、時間が解決してくれるのかも知れない。

だけど、遥君は時間と共に守りたいものが増えて行き、今は辺境まで守ろうとしている。幼い頃から次々と家族を失い続けた遥君は、誰かが死ぬのが我慢できない。

だから、誰もが笑っていないと苦痛を感じる。だから友達を作ろうとしていなかった。それが今ではみんなに囲まれ幸せそうだけれど、みんなが笑うまで身を削ってでも喜ばせようとしてしまう。

人の死に耐えられないから人を殺してしまった遥君は、家族を全て亡くした頃の遥君に戻ってしまっている。笑いながら脅迫的なまでに自分を責め苛《さいな》み、何もかもを助けようとする、あの頃に戻ってしまっている。

たった一人だった遥君に守りたいものができて良かった。だけど守るために手段を選ばないの。だから自分の身も命も気楽に簡単に放り出す。

時間が解決してくれるのだとしても、その時間が足りない。だって、この世界では命が懸かる事が多すぎるから。

家族を思って遥君に甘えてしまう女子と、失った家族に重ね合わせて、守ろうとしすぎる遥君。強くなって遥君を守る他に解決策なんて無いのだけれど、時間が足りなさ過ぎる。だって、まだたった二か月足らずで色んな事が起こりすぎているの。

きっと宿に戻れば、面倒だって振りをしながら、「晩ご飯だよー」とか言って、またみんなを喜ばせようとする。

そして「ありがとう」って感謝されない為に、「大儲けだー」とか言って悪ぶる。

絶対に感謝されようとしない。遥君は自分が感謝されることが許せない。自分は感謝なんかされてはいけないと戒めている。きっとまだ自分の無力さを許せないでいる。

だからなんだろう。スキルもステータスも弱いままで勝ち続ける。守る為にどんな手を使ってでも、あらん限りの方法で足掻《あが》き続ける。決して自分の無力さを許さない。

もう、これ以上戦わせてはいけないのかも知れないけれど、もしそれで誰かが命を失えば遥君は壊れてしまう。

だけど、それで遥君が命を落としたなら……みんなが壊れるだろう。私は壊れてしまうだろう。

「帰って来たら、お菓子増量決議案だね」「晩ご飯は何かなー?」「次の新製品は何なんだろう? アンジェリカさんに調べて貰おう!」「「何でストッキング作って下着は駄目なのかな？」」」

守りきらないといけない。その為に強くなる。遥君はやってみせた。誰よりも弱いままで何もかもを助けてみせた。だから、だから私達だって。

「残念ながら暫《しばら》くは装備優先だよ。全員の装備のミスリル化が最優先なんだからね？」

「「「えええぇ～っ？」」」「「「酷い、横暴だー！」」」

ほんの少しずつだけど、みんな立ち直っている。諦めたんじゃない、覚悟ができ始めている。

今はまだ少しずつ、ほんの僅かずつだけど——甘えながら。それでも、ちゃんとこの世界で生きて行く覚悟ができている。遥君に守られたから、今度こそ遥君を守ろうと。

「まだ、帰ってこないのかな？」「まあ、結構な距離だもんね。疾《はや》いけど」

うん、でも甘えん坊は当分直りそうにもないの？　だって、キャラ変わってるよね、わりとみんなクールな感じだったのに……幼児返りしちゃってない？　でも……それでも、あのお洋服とお菓子は魅惑的すぎるの、乙女の心が蕩《とろ》けちゃうの！

「ただいまー、みたいな？って言うか晩ご飯は、途中の村で南瓜《かぼちゃ》を見つけたからパンプキン祭りなんだよ？　トリック・オア・トライデント！」

「「「おかえりー。南瓜って晩ご飯はなにー？」」」

うん、なんで悪戯《いたずら》したら駄目だと、三叉鉾《トライデント》で突いちゃうの？　普通、三叉鉾《トライデント》で突いた時点で、それただの戦闘だよね？　あと、お菓子配って悪戯して良いかとか聞くと通報されちゃうからね？

相変わらず何もかもが間違っていて、ツッコミどころが……だって、どうして「ただいま」に「みたいな？」の疑問が付く余地があったの？　どうしてその疑問が「トライデント！」に向けられないの！　だって、感嘆符付きの「トライデント！」って突く気満々で、悪戯どころの騒ぎじゃないよね!!

まあ、帰ってきた。みんな今日も大騒ぎで、遥君は女子にじゃれられて逃げ回っている。うん、やっぱり今日も遥君だ。

ピクニックも終わりみんなで宿に帰る。わいわいがやがやぽよぽよと騒ぎながらみんなで歩く。

そして、宿に戻ると南瓜祭りが開催され、茸払いで大量買い付けして来たって自白してるから、またお小遣いを使い果たしたという自白だ。うん、宿代だって言ったよね、お説教だね！

「「「パンプキンパイだー！」」」「「「おおー！」」」「「「南瓜《かぼちゃ》祭りだ！」」」「煮付け、煮付け！」

「スープもパンプキンスープの南瓜尽くし!!」

満面の笑み。きっとアンジェリカさんに聞いてしまって、元気づけようとしてくれている南瓜祭。だって、南瓜は副委員長Cさんの大好物だから。

今日は楽しくお買い物だった。みんなが笑い、副委員長Cさんも楽しくて鼻歌交じりでお洋服を見ていた――そう口ずさんでしまった。

それは、遠く離れた人を想《おも》う歌。不意に口ずさんでしまい、だから想ってしまった――思い出が止められなかった。

そして聞こえてしまったみんなが、嗚咽《おえつ》を漏らし耐えていた。一生懸命に笑顔を作りながら。


だから、南瓜祭りが開催中。さも偶然みたいに知らん顔して、「一切れ500エレで大儲けだー！」とか言ってるけれど……きっとアンジェリカさんに聞いてしまったから、南瓜を探し回っていたんだ。きっと大嘘《おおうそ》つきの意地っ張りのホラ吹きな偽悪主義者さんは認めないんだろう。だけど、絶対なの。だって、いつもいつも犯人なんだから。

「うん、ちゃんと南瓜の煮つけも有るんだけど。何でだかパンプキンパイさんと仲が悪そうな気がするけど有るんだよ？　いや、俺が作ったんだけど、俺は悪くないんだよ？　南瓜の煮つけとパンプキンパイの複雑な対立関係とか俺は知らないんだよ？　だから俺は悪くないんだよ」

美味《おい》しかったけど、南瓜の煮つけとパンプキンパイさんの複雑で微妙な敵対関係は解決できなかった。ただし南瓜チップスは大ヒット作品で、南瓜《パンプキン》スープも南瓜ケーキも好評売り切れ中だった。でも、遥君的にはチーズとクリームか味醂《みりん》か赤酒が無いとメニューに困るらしいの。美味しいのに？

そして副委員長Cさんは、こっそり涙を浮かべて南瓜の煮付けを食べていた。

試験目的で学術的な技術試験だけど、動物実験は可哀想だから魔物実験なのに魔物がいない。

54日目　朝　宿屋　白い変人

今日も清々《すがすが》しく目覚めて、爽やかなる凄絶なジト目でお説教されている。うん、5回戦目が不味《まず》かったのだろうか、それとも朝のリターンマッチを頑張りすぎたのだろうか？　そして食堂では女子さん達からお説教だった。そう、宿代が無くてツケていたのがバレたようだ！

次回の冒険者ギルドの分割払い分は没収されるらしい。今回は2日だけなのに横暴だ、またお大尽様ができなくなるんだよ！　まあ、宿代のツケも全部払って貰《もら》ったし、みんなのお金の管理を任せちゃってるから文句も言えないんだけど、美味しいご飯は大事なんだよ？　うん、いっぱい食べてたよね？っていうかあんなにパンプキンパイを食べて重量問題は大丈夫なんだろうか……怖くて絶対言わないけど。いや、何も考えてないんだよ？　うん、お腹《なか》なんか見てないよ？　ホントウダヨ？

逃亡中だったりする。いや違う、これはダンジョンへ向かっているのだ！　そうだ、そうに違いない、そう決めた！

だって実際30人分の支出を管理してるから頭が上がらない大蔵委員長さんで、食費や材料費の使いすぎでも怒られるんだよ？　ウン、オナカナンテミテナインダヨ。

「まあ、予算オーバーは確かにそうなんだけど、そう言いながら予算外の割増料金分から、別料金分まで全部喜んで食べておいて怒るのは横暴だよね？」（ポヨポヨ？）

多分、村の余っている南瓜《かぼちゃ》を全部買い占めたのがバレたのだろう。だって大人買いしたい年頃なんだよ？

「アイテム袋に入れておけば安心長持ちで、南瓜チップスの追加注文出してのに……でも、あれってカロリー高いんだよ？」（プルプル!?）

だがしかし委員長がお金管理してなかったら破産してたのって、女子も殆《ほとん》どそうだよ、絶対お買い物しすぎだよね？　うん、仲間だよね？

「ま、まさか委員長さんの出納帳簿からマルチカラーシリーズのぼったくり価格がバレてしまったのか？　ヤバい、値下げしよう!!」

でも、人件費がかかってるんだよ？　うん、その内職している人はきっとお給料が沢山必要なんだよ？　うん、滅茶《めちゃ》必要だよ？　だって、ぼったくったのに――一文無しさんなんだよ？　いや、麻素材も有りだよね？

「あっ、こっそり武器屋から有り金を巻き上げてこよう」

だから強制臨時収入だ、泣いても毟《むし》ろう！　うん、実は伐採に行ってるデモン・サイズさん達《たち》の稼ぎは未《ま》だバレていないし、偽迷宮もちょっとだけ収入が有ったりするのは内緒なんだよ？

「さて、今日は予定は確か48階層の途中で部活っ娘《こ》達が逃げ出したダンジョンで、逃げた理由は殴っても死なないからだっけ？」（ウンウン）（プルプル）

やっぱり体育会系は女子も脳筋だったようだ！

まあ、今日は試験目的もある。空間魔法が出て来たが、全く使い方が分からないから取《と》り敢《あ》えず纏《まと》って殴ってみようという学術的な技術試験だ。転移とは違うものなのだから、違う効果が有るはずで、だけど違いがわからないから自分に纏うのは怖い。だから『樹《き》の杖《つえ》？』にだけ纏わせて殴る。動物実験は動物さんが可哀想《かわいそう》だから魔物実験だ。ぶっつけ本番はこの前の原子振動で懲りたんだよ。

低階層で殴り回ったが変化は見られない。上手《うま》く纏えていないのか、効果が無いのかが分からない。

「実験するからね？」（ウンウン）（プルプル）

お返事はとても良い。でも、実験を始める前に虐殺しちゃうんだよ？　あれっ？　実は意思の疎通が取れていないの？

でも、ご飯もおやつも一声で走って来る。っていうか、そもそも甲冑《かっちゅう》委員長さんは言葉が分かってるから絶対に分かってやってるんだよね!?　これは朝の仕返しだろうか、それとも深夜の復讐《ふくしゅう》だろうか？　まさかお風呂上がりの報復なのか!?

そんなわけで魔物に突っ込んで行く——だって、急がないと一発も殴れない！　殴打。下手に斬ると次元斬みたいになると困るから殴る。初心に帰ったようだ。初心忘れるべからずだ。さっきは「ひゃっはー！」と叫んじゃったけど、あれが初心だったのだろうか？　うん、嫌な初心だ、忘れよう。

「ちょ、なんか幽霊っぽいものが見えたような見えないような気がしてたら全滅！　やっぱり幽霊なんていなかったんだー……って、見る前に惨殺だった!?」（ポヨポヨ♪）

一気に中層まで突破して行く。何かスライムさんが強くなってるっていうか、戦い方がなんか違うというか、なんかスラってる？

甲冑委員長さんは今までも全く本気を出していない、おそらく俺は本気を見た事が無い。だから真の強さも限界も分からないけど、今はスライムさんも分からない。まあ、それ以前に戦い方や動きの変則さで分からないのではないんだろう？　うん、多分違うものになっていて、底が全く見えなくて、それでも本気ではない。だって、これって迷宮皇クラスにしか見えない？　だから——

「全く試験が進まない!?　うん、一匹殴るのがやっとだったよ！」

なんか甲冑委員長さんまでスライムさんに対抗しちゃって、なんか強すぎるんだよ。二人ともが？

そしてもう地下48階層。ここからは間引かれていないから本物の中層だ。試験とか実験とか言っている場合じゃない。戦闘だ。

「戦闘じゃなかった!?」

うん、淡い輝きと共に、現れられなかった何か！　うん、目撃前に怪奇現象が壊滅していた！

「お疲れー、って俺の出番何処《どこ》？　今、格好良く構えたのに敵がいなくなっちゃったよ？全滅してるよ？　この構えどうしたら良い？　うん、結構格好良くない？　マジで？」

（プルプル）（フルフル）

駄目出しされた！　どうやら異世界では、まだまだ厨《ちゆう》二的な美学は理解できないらしい。うん、この構えの無駄さが素敵なんだよ？　マジだよ？

そして辛うじてその残滓《ざんし》から鑑定されたものは、部活っ娘達が逃げ出した「グラトニー・レイス　Ｌｖ48」。その、大食亡霊は大食いする間もなく消えた。本当に消えた。甲冑委員長さんの何でもない一閃《いつせん》で消え去り、あとは大食いされた。どうやらスライムさんはグラトニーさんより大食いだったみたいだ。美味しいのだろうか？

「えっと、何かやる気出す。って感じ？」

どうしたの二人とも？　心配をかけたのかな？　あのサンド・ジャイアント戦の後は鼻血は出るわ、眩暈《めまい》はするわ、ハンバーグ捏《こ》ねなきゃいけないわでフラフラの混ぜ混ぜだった。だから頑張ってるのかな……大丈夫だよ？　今日はハンバーグじゃないから。

うん、晩ご飯何にしよう？　朝は入ってなかったけど卵は入荷されたのだろうか。帰りに寄ってみよう。

今の所44階層で『デュアルローブ　InT50％アップ　二重魔法』と、それなりの出物が出ているし、この階では『魔防のアンクレット　魔法耐性増加（中）』が隠し部屋に有った。割と良い。

うん、大当たりは『デュアルローブ　InT50％アップ　二重魔法』だろう。この50％アップは大当たりだが、それよりも『二重魔法』だ。おそらく俺が使っていた並列魔法と同じ効果だろう。単発で打っていた魔法が2発になるのだから魔法職なら絶対欲しいはずだ。MPの減りは速くなるけど、2方向に同時に撃てたり、単純に火力が2倍でも凄《すご》い強化になったりする。

嫌な予感がする――迷宮。は、どうでもいいけど、昨日は夜なべして副委員長Bさんのローブをミスリル化した。それはもう胸がキツイって言うから、お直しもしたんだけど、装備のお直しは難しいんだよ。うん、ちゃんと採寸もしてみたんだよ？

そう、大変だったんだよ？　それはもうあの採寸の揺れはすっごく大変なもので、成長も恐るべき大事態だったけど、男子高校生的にもとても大変だったんだよ。うん、勿論《もちろん》あとでお説教もされた。

「マジかー、タイミングが……うん？」

でもこの『デュアルローブ』ってMP消費が恐らく相当激しい。何故《なぜ》なら並列魔法は破壊力も連射性も高いが燃費が悪く、一斉砲撃とかすると凄《すさ》まじいMPの減りだった。そして不思議な事にMPが一番豊富なのは副委員長Bさんらしい。魔法を使ってるところを見た事無いのにずば抜けて豊富らしい。うん、お胸にしまってるんだろうか？　凄まじく豊富そうだあああああ――っ！（ゲフンゲフン）

あーっ、なんかやっぱりこのジト目が落ち着くよ。

「これって、やっぱ副B装備かな？」（ウンウン）（プルプル）

また、あの悪夢の再来で、深夜に暴走して被害を受けるのは甲冑委員長さんなんだよ？まあ、朝ボコられるけど？

そして、『魔防のアンクレット　魔法耐性増加（中）』は効果はまあまあ、悪くはない。でも大発見だ！

「脚にも着けられるんだ……今まで、一回もアンクレット装備なんて無かったから、想定外だったんだよ！」（ポヨポヨ!?）

そう、知らなかったから誰も脚首に装備なんかしていない。誰も知らなかった装備枠が今発見されたんだから。そう、しょぼい装備だけど、その存在こそが大発見だよ？

まあ、あえて強く説明しておくけど、別に俺の趣味とかじゃないんだよ？　いや、作るよ？　うん、俺の趣味とかで大騒ぎしている訳じゃないけど、ストッキングにアンクレットって超御趣味ストライクだよ！　それはもう、とてもかなり御趣味で、今も甲冑委員長さんの甲冑を剝がして、直《す》ぐにでもあの美しい脚首に着けたい気持ちでいっぱいなんだけど、多分着けるだけじゃ済まなくなるからしない。うん、睨《にら》まれてるし!?

「まあ、それは置いといて、装備品が一個多く装備できるのは凄い強みだよ？　脚なら2個着けられるかも？」（プルプル？）

　ごく個人的見解から注釈を入れるならば、片脚だけの方が好みだけど……2連とか3連で着けられちゃうんだろうか！

「これは本当に大発見なんだよ！　これは内職する価値がある、全員の安全性に関わる。そして戦闘能力の底上げにもなるし、何よりも甲冑委員長さんに着けねばならないのだ！　男子高校生の名にかけて絶対に着けるんだーっ！　だーっ！　だあああーっ！…（狂乱中）」（ポヨポヨ……）

　怒られた。

「でも、オタ達のと莫迦《ばか》達のを作るのがなんかすごく嫌なんだよ。うん、アンクレットに鉄球付きの鎖とか付けてやろう。それなら似合いそうだ！」

　よし、オタ達が大好きな縞《しま》服も付けてやろう。

　まあ、なんだか迷宮で浴びるこのジト目が感慨深く、心安らぐんだけど、思わぬ事で時間を滅茶《オコ》取られてしまったが当然悔いはない。さあ49階層だ。

　未《いま》だに俺のLvは21。49階層は既に危険領域だ。だから、慎重に向かわねばならない
——と、見せかけて駆け込む！

「って、ちょっ！　スライムさんそれフライングだよ！　早すぎだよっ！　甲冑委員長さんも俺がじっくりと行こうって言ってるのに何で高速移動してるの？」（プルプル）
何で使役されてるのに、信じないし、言う事聞いてくれないのだろう!?　そう言えば「デモン・サイズ」達も森を伐採して来てって言ったのに、なんだかかなりレベルが上がっていた。あれって絶対魔物狩ってたよね？
「うん、何で誰も言う事聞かないのかな？　使役主さんが無視されてぽつんと置いてけぼりなんだよ？　はっ、ご飯代払う時だけ使役主!?」（ポヨポヨ♪）
魔纏《まてん》までして駆け付けたのに、「ダーク・パンサー　Lv49」さんは闇に消えていた。いや、闇に消えるスキル持ちなんだけど、二度と出て来られない方の闇に消えちゃったんだよ？　うん、1匹くらい闇から出て来ないかなーって、ずっと構えて待ってたけど闇に消えたままなんだよ？
「何で影に潜る能力を持ってる豹《ひょう》さんを影ごと斬ったり食べちゃったりするの？　俺二階層続けて格好良い構え取ってただけだよ？　この構え何時《いつ》までやってればいいの？　ちょっと無理なポーズだからキツイんだよっ？　脚攣《つ》りそう……イテテテッ！」（プルプル）
ぷるぷると甲冑委員長さんとスライムさんに脚を揉《も》んでもらってから、50階層を目指す。
俺だけだと悪いから俺も揉みたかったけど、甲冑なんだよ？　うん、空間魔法で揉めないだろうか……そ、その手が有ったかっ！　やはり俺は天分の空間魔法の才を持っていたようだ、帰ったら練習しよう！　必ずや、あの甲冑を空間ごと超えてみせる！

——怒られた!?

そして階層主のいる地下50階層に至る。少し気が緩んでいる気がする。ここからは厳しい戦闘だ。きっと今度こそそうに違いない！

「地下50階層の階層主戦だから気を引き締めてね。マジ引き締めるんだよ。もうこの引き締め感が堪《たま》らないぜっていうくらいに引き締めちゃってね？　的な？　感じまで締めちゃっていいよ？　みたいな？」

使役主としてちゃんと指示を出さないとね。うん、どうせ誰も聞いてないんだけど言っとかないとね？って言うか置いていかないでね？

「だから待ってよ、何で話してるのに先に行っちゃうの？　いや、マジ大事な話なんだよ？　勝って兜《かぶと》の緒を締めたらこの引き締め感が堪らないよねっていう話なんだよ？　聞いてる？　聞いてないね？」

うん、もう行こう。待ってくれないし。

魔物さんはプリクラを持って来る前に全滅しちゃったようだ。

54日目　昼前　ダンジョン　地下50階層

これは、もう駄目なパターンだ。もう絶望的だ。だって、馬しか残っていないよ。

地下50階層の階層主の「デュラハン　Lv50」さんは、既に身体《からだ》は斬り刻まれて、その斬り刻まれた破片が更に丁寧に刻まれているところだ。うん、落とした頭はスライムさんが食べた。（ポヨポヨ）

そう、俺と馬だけがドン引きして見つめ合っている——あっ！　馬も食べられた！

「しまった、馬だけはくれるのかと思って油断してた！　そうだったよ、強欲と暴食のコンビさんは容赦なんてしてくれないんだよ？　だって、今のって俺が構えた瞬間に食べたんだよね？　あれって絶対にワザとやってるよね!!」（プルプル～♪）

迷宮内で深刻な使役主さん苛《いじ》め問題が勃発しているようだ。きっと苛め相談所に行っても苛め相談所が食べられちゃうんだよ？　うん、もう苛め相談所苛めだよ。

「お疲れって言うか、俺も疲れたいって言うか、疲れようとしているのに疲れられないこの気持ちを歌にして歌い出しちゃうくらいにいじけてるんだよ？　もう、退屈で迷宮オンステージとか始まっちゃうよ？　でも、俺が歌って魔物が倒れると俺の心と好感度さんの方が深い傷を負っちゃいそうだから歌わないんだよ？　だよー♪　みたいなー♪（オペラ風？）」

歌ってみた。みたいな？

魔石とドロップ品をスライムさんが持って来てくれた。そう、持って来てくれたって言うと聞こえが良いけど吐き出した。うん、食べ残しなのだろうか？　好き嫌いが有るの？　まあ、食べられても困るんだけど、そんな感じで持って来てくれた。うん、勿論歌は無視されている！

ドロップ品は鎧《よろい》みたいだが、甲冑《かっちゅう》委員長さんは興味なさそうだ。強欲さんはたかが地下50階層のドロップ装備如《ごと》きではご不満みたいだ。

でも甲冑委員長さんも昔はデュラハンしてたよね？　兼業で3種掛け持ちだったけど。デュラハンに愛着は無かったようだ。容赦もなかったようだ。歌も聞かなかった事にしたようだ。泣いて良い？

「ここも結構深そうだね？　まあ、深いほど迷宮アイテムもドロップも期待できるんだけど、ダンジョン巡りって結構時間が掛かりそうだねー？」（ポヨポヨ）

その割に良い物件が無いんだよ？　うん、昨日も結局宿代が借金だった。そして、朝からギルドの分割払い分を没収され、悲しみに打ち拉《ひし》がれながら雑貨屋さんと武器屋さんから有り金強奪したけれど、小金持ちさんにしかなれなかった……うん、お大尽様への道は厳しく遠いんだよ。（プルプル）

スライムさんに人生相談し、慰められながら51階層に向かう。

甲冑委員長さんは相手をしてくれない。オコなの？　何にオコなのだろう？　心当たりは盛り沢山の山盛りいっぱいで、もう怒られる原因を探すなんて砂の惑星で一粒の砂を探す前に、その惑星から探し始めるくらい困難そうだが、やはり全身網タイツが恥ずかしかったのだろうか……って、うをおおおっ！

「いや！　何も思い出してないよ！　うん、剣をしまって……って、いやダンジョンだからしまっちゃ駄目なんだけど、急に斬らないでね？　俺の転移のレベルが上がった原因ってこれだからね？」

もう瞬間移動以外で回避できないから斬る時は一声かけて欲しいけど、でも「斬るよー」って言われて斬られるのも何か嫌だった！

うん、ジト目で見ても俺の潔白は変わらない。だって目に焼き付いてて一時も忘れてないから、思い出したりしてないんだよ！　うん、無実だ！　いやー羅神眼マジ便利だよ……永久保存したんだよ！

やはり昨日の全身網タイツからの5回戦からのリターンマッチが不味《まず》かったらしいが、考えてもみて欲しいものだ。だって、甲冑委員長さんがダウンしたから、深夜に独り寂しく内職してたんだよ？　でもベッドから全身網タイツの背中が俺を誘うんだよ？　それでも朝方まで我慢で頑張って欲望渦巻く煩悩さんと戦っていたんだけど、布団がずれて全身網タイツの背中からお尻まで出て来たんだよ！　うん、男子高校生的に不可能という文字は誤字なんだよ！　脱字も有るよ！　もう、戦っていた煩悩さんと和解し、意気投合しお互いを励まし、高めながら切磋《せっさ》琢磨《たくま》して煩悩さんと一緒に突撃したんだよ！

そう、だってそれは素晴らしいものだった。その柔らかで豊満な丸いふくらみが網に捕らわれてふるふると揺れて……どわあああっ！

「だから一声かけてよ！　今、めっちゃ集中してたから危なかったよ！」

危うく刺されるところだった……今晩刺し返そう。だって、毎晩欲望と復讐《ふくしゅう》の連鎖なんだよ。

「違うって、本当に思い出したりしてないただのリプレイ映像で、ちゃんと集中してガン見してたから大丈夫……って、ぎゃあああああー！」

怒《ボコ》られた！

でも、結構恥ずかしそうにしながらノリノリだったけど、それを言ったらきっと回避不能な斬撃が飛んで来るから黙っていよう。うん、既に背後から狙われている気がするんだよ！　そう、迷宮の真の恐ろしさは味方に有るんだよ！

そして、相変わらず空間把握と地図さんのおかげで、全くダンジョン探索って気分ではない順調さ。うん、何か宿でみんなの話聞いてるとちょっぴり楽しそうなんだよ？

道に迷って、「行き止まりだった」とか、「三叉路《さんさろ》多くて混乱した」とか。それで、ふと気付いたんだけど、甲冑委員長さんもスライムさんも迷わない。まるで地図を知っているように行動している？　いやこの2人ならスキル持っていてもおかしくないんだけど、「デモン・サイズ」達《たち》も魔の森を、まるで洞窟の場所を知っているかのように飛び回っていた……地図スキルが共有されている？

元々の疑惑は『剣豪』が取れた事だった。剣術スキルなんて持っていないのに称号が剣豪っておかしくない？　いや、斬ってるけどさー……棒だよ？　そして使役しているとある白銀の人は『剣神』持ちだ。おそらく最上位の称号『天剣』を持っている。それが、俺に逆分配されている？

今までは俺の経験値だけが使役してる相手と分配されている、パーティーと同じ状態だと思っていたけど、地図が見えるなら情報が共有されているんだろうか？　そしてスキルも分配され共有されている？

「う――ん？」（プルプル？）

考えても調べる方法が無い。だが最も早く気配察知や索敵を覚えたのもビッチ達だった。

「まあ、振動魔法はみんな早かったけど、やっぱり女子さんは肩凝りさんが多いのかな？でも、何人か全く肩が凝りそうにない人達まで、凄《すご》い勢いで上がっていたのは何故《なぜ》なんだろうね？」（ポヨポヨ）

うん、何度聞いても怒られるんだよ？

分からない事が多すぎる。だが分かっていない事が分かっていないと、俺のスキルは騙《だま》したり隠れてたりこっそり出てきたりした前科がある。そう、気付かなければ、疑わなければ、謎を解かなければ発現しない可能性がある。

「まさかの異世界推理展開で自分のスキル探しの旅って、なんなんだろうね？」（プルプル？）

疑うと全員怪しい。だって、まともなスキルが全く無いから全部が怪しそうだ！　身体制御系の上位亜種なのだろう『操身』は最初は『体操』だった。そう、騙された俺は毎日毎朝ラジオ体操をしていたんだよ！　うん、健康に良かったよ？

でも、そのＬｖ９で止まってる『健康』だって、かなり怪しい。大迷宮の最下層まで落ちて下層の魔物と何度も激しく戦い……まあ、戦った記憶はあまりないけど遭遇して、ずっと健康だった。Ｌｖ10程度では絶対にＬｖの壁でレジストできない状態異常攻撃持ちの魔物たちと遭遇して、ずっと健康だった。

そう、思い返せば何とか君が完全に確率計算して使った『即死』攻撃の嵌《は》め殺しを全部受けても健康だったし、異世界で俺だけ毒すら受けた事が無い。

まあ、弱いから受けると死んじゃうんだけど、Ｌｖ97のヴェノムム・モスやＬｖ96のヴェノム・クロウラーの鱗粉《りんぷん》や毒液の中を健康的に歩いて通り抜けている。それって、あまりに健康すぎない？　まさかラジオ体操の効果なの？　あれって毒にも効くものだったの？

「暇だ！」

ダンジョンで謎解きできるくらい暇ってなに!?

しかしみんな怪しいってクリスティーさんなのか、エラリーさんなのかっていうくらいみんな怪しい。そして、確かに聞いた――爺《かみ》がスキルは理解しないと使いこなせないと言っていたのを。その意味と生き様を理解し、この謎スキルになった魂の意味を――でも、崖っぷちな人の魂はいらないよ？　うん、穴から落ちたから充分です？　もう、熱くなると原子崩壊の危険があるから充分なんです。

「て言うかなんでダンジョンで魔物に出会えないの？　出会いを求めるのは間違ってるの!?　って、出会うとみんな魔石な出会いを求めるのも何かが間違って無いかな？」

うん、魔物に出会えないダンジョンが間違っていると思うんだよ。だって、それただの洞窟だよね？

「どんなに考え事をしながら歩き続けても、ゆっくりと歩けてしまう。そんな安らぎのダンジョン――って何処《どこ》の分譲広告なの？　一体、何処が分譲してるの？　何で俺にだけ案内が来ないの？　見学会拒否なの？　前に勝手に改装したのが駄目だったのかな!?」


出会いの無いまま地下55階層に来たが、階層主はいない。大迷宮の時は75階層から下に5階層ずつ階層主がいた。何となく一匹しかいない階層主の方が楽だった記憶が有るんだけど……サービスだったんだろうか？

まあここは地下100階層は無いはずだ。大迷宮のような重みが無い。きっと最下層にも美女はいないのだろう。予備の網タイツは無駄だったようだ！

「でも、甲冑委員長さんも骸骨だったんだよね……あれっ？　スケルトンさんとか殺す前に美人さんかどうか調べた方が良いの？　でも、あれって自己申告だとあてにならないような気がするし、あと周りのスケルトンが可愛《かわい》い可愛いって言っても騙されたら駄目なんだよ。あれって誰でも可愛いって言うんだよ！　そう、プリクラも信じちゃ駄目なんだよ！　あれは映像マジック以上の危険な罠《わな》なんだよ!!」（プルプル!!）

　まあ、スケルトンさんがプリクラ持ってきても、騙されないんだけど……だって、みんな骨だし？って言うかプリクラ持って来る前に全滅しちゃったし。やっぱりダンジョンに出会いはないみたいだ？　ぼっち決定!?

スライムさんのプルプルは可愛いが、甲冑委員長さんのプリンプリンは凄そうだ。

54日目　昼前　ダンジョン　地下59階層

　思っていたより深かった。お昼で終わったらスライムさんに森の洞窟《我が家》をお披露目しようと思っていたんだけど、どうも探索が長引きそうな気配だ。うん、中々森の洞窟《我が家》に帰れないんだよ？　だが、ジャグジー用に泡風呂用の液体石鹸《せっけん》も試作済みなのは秘密だ。あの曲線美で形作られた肌理細《きめこま》やかで艶めらかな肌が泡に塗《まみ》れ……ヤバい！　殺気を感じる。魔物いないのに！

「ここだったら委員長さん達のＬｖ上げに最適だったんじゃないかな。高レベルなのに強すぎず正統派が多くて？」

失敗だったか……やっぱり、スライムさんとサンド・ジャイアントが特殊個体？

（ウンウン、プルプル）

やっぱりここは戦い易いようで、甲冑委員長さんとスライムさんもそう思うらしい？

でも、甲冑委員長さんのお返事がスライムさん化してたよね！　なんか、もうお返事が一緒の扱いだったよ!?

うん、そのうちプルプルとか言い出すのだろうか？　毎晩プルプルはしてるけど、それはもうプルンプルンに……うん、剣を構えてるから先に行こう。きっと魔物と戦いたいのだろう。切っ先が、こっち向いてるけど。

「しかし、勿体《もったい》なかったかな」

突撃を繰り返し消えては現れるデュラハンは強かったが、それでも相性は悪くなかったはずだ。寧《むし》ろ49階層のダーク・パンサーの影に潜る方が危険だったけど、光魔法で影を消せばただの強い豹《ひょう》だった。やはり警戒しすぎで、スライムさんが特殊個体で、サンド・ジャイアントは『魔核の宝具』の能力だったのだろうか？

60階層までなら3パーティーいれば行けそうだ。いや、しかしLv50から強さが一段上がる。本来戦闘っていうのは楽に絶対勝てる相手としか戦っちゃいけない。万が一が有るなら戦ってはいけないんだよ。そう、万が一が有るなら逃げて、宿に戻って部屋に籠もり昨晩の続きをするのが男子高校生的正義なんだよ！　うん、そろそろ性技とかのスキルなら取れそうな気がするんだけど、分配したら怒られそうだ!?

「あっ、見っけ」（ポヨポヨ）

隠し部屋の宝箱は当たり続きで、正直ダンジョンを殺さずに常連さんになりたいくらいだ。さらに最下層に妖しいお店とか有ったら通っちゃうよ！

しかし、隠し部屋の宝箱は開けてしまうと補充されないらしく、少なくとも短期間には されていなかった。それに、50階層を超えている以上氾濫の危険がある。さっきの49階層にいたダーク・パンサーとかが外に出てしまい、夜戦うとかヤバすぎる。

「まあ、出番はないけど成果はあったし、精過《せいか》は……したら殺されそうだった!!」

怖いな！　しかし、『空間のマント　回避（中）物理魔法吸収　収納』は凄い。57階層で出たんだけど、空間魔法付与で魔法や衝撃を吸収しちゃうようで、更に空間系の回避まで付与されている。

そう、凄く欲しいけど、更に便利な『収納』が付いている。そして色は黒だけど光沢のある漆黒で、その裏地は真紅の鮮やかさを放つ高級感……リバーシブルなの？

うん、これは格好良いからきっと欲しがるだろう。似合いそうだし。そうか、最近強奪していないから怒りん坊さんなんだよ。道理で良く斬り掛かられると思ったよ？　そうだよやっぱり俺は悪くないんだよ――うん、今晩の為《ため》に献上しよう！

「はい、こっちの方がきっと似合うよ、収納付きだし。うん、なんかリバーシブルでお得感2倍みたいな？　それに、生地の質感から言って、こっちの方が断然高級品っぽいんだよ」

あれっ、生地の質感から言ったら俺が一番安っぽい？　ちょ、異世界って格差社会なの……って、まあ貴族いるから封建社会？

甲冑《かっちゅう》委員長さんはしきりに俺に装備しろと勧めて来たが、俺の『マント？』に複合しても只《ただ》の黒マントになっちゃうんだよ？　うん、せっかくの高級感が勿体ないんだよ？

ところが、まあなんということでしょう——俺が安っぽいいつもの黒マントと、高級感溢《あふ》れる漆黒のマントを着較《くら》べてみると……安っぽい黒マントしか似合わないんだよ？　うん、何でだろう？　ちょ、どういう事!?

「うん、異世界さんは何か俺に言いたい事でも有るかな？　いや、元の世界でも同じだったような……ぐはっ、異世界でマントにディスられてる!?」

そんな理由で甲冑委員長さんは嬉《うれ》しそうにおニューのマントを羽織り、剣を収納して……スライムさんに自慢している!!　大人げないな？

「うん、お古になった『収納マント　アイテム収納　回避10％アップ　魔法防御10％アップ　斬撃耐性　刺突耐性　打撃軽減』は俺が使っても良いけど……オークションで同級生にまわした方が良いかな？」

やはり30人もいると、なかなか装備が行き渡らない。良いのは全部俺が取り込んでる。俺は複合してるからか問題ないけど、直接装備だと負荷が高すぎるかも？

そして、今の所この間の『フェアリー・リング　幻惑効果（中）回避（中）ＳｐＥ20％

アップ』で回避系は充分間に合っている。そう、今日だけでも17回の斬撃は避けられたのだ！　勿論《もちろん》、魔物さんからの攻撃じゃないんだよ？
「俺が魔物さんからの攻撃を喰《く》らわないのって、きっと普段の方が危険だからだと思うんだよ？」（ポヨポヨ）
うん、異世界最強最速の照れ隠しより危険な攻撃なんて、そうは無いのだろう。うん、滅茶《めちゃ》マジなんだよ？
そうして、ようやく地下60階。未《ま》だ最下層じゃないって、深いなー？

紫電に世界が灼《や》かれる——いきなりの雷撃。

閃光《せんこう》と共に飛来する雷撃は躱《かわ》せない、心眼で未来視しても間に合わない……から叩《たた》く。

「いや、コースとタイミング分かってるし、杖《つえ》に『魔技吸収』があるから叩くと解決なんだよ？　うん、大体世の中の問題って問題が問題じゃなくなるまで叩き続けると解決するんだよ？　コツは思いっきり何度も何度も叩くと、問題な問題が問題として動かなくなるんだよ？　うん、動かなくなるまで叩き続けるのがコツなんだよ？　ほら？　『サンダーボルト・ブル　Lv60』も動かなくなってるから間違いないんだよ？　しかもモーモー言いながら食べられちゃってるよ？　ドナドナ？」（プルプル♪）

赤黒く分厚い筋肉の鎧《よろい》に覆われた強大な体軀《たいく》に、捩《ねじ》れた長大な角を持ち、雷土を纏《まと》う巨大牛さんは、雷撃を飛ばしながら突進してくるところを甲冑委員長さんに脚を斬り飛ばされ、スライムさんに捕まり、頭をポクポク叩かれながらお亡くなりになった。

そう、やはり何のかんの言いながら甲冑委員長さんはおニューのマントがお気に入りのようだ。

「うん、あれって絶対マントを翻らせてはためかせたかったんだよ？　あんな外連味《けれんみ》のある動きって普段しないよね？」（ポヨポヨ）

うん、無駄にクルクルと華麗に回りながら外連味いっぱいに斬っていた。決めポーズまで有った！　うん、多分あの牛さん相当強かったのに、モーモー言ってる内に消えていった……美味《おい》しかった？　うん、良かったよ、食費も助かるし。良いみたいだ？

そうしてスライムさんが出してくれた魔石とドロップ品。

「何で牛に装備品が有るんだろうね？」（プルプル？）

宝石は『雷獣の石玉　雷撃　雷（大）魔力吸収』……って石？　えっ、結石持ちさんだったの？　うん、病気持ちだから一瞬の出番だった？　久々に見た魔獣って感じの強そうな見た目だったけど、不健康な結石持ちさんだったみたいだ。お大事に？　いや、手遅れだったよ、食べられてたし。

（プヨプヨ♪）

「えっ、欲しいの！　ばっちくないの？　病気にならないかなー、結石ができたりとか大丈夫だろうか……ってスライムだから大丈夫だよ！　うん、詰まる所無かった!?」

（ポヨポヨ）

そう、全部流動体だから詰まる心配が欠片《かけら》もなかった！　うん、詰まる以前に流れっ放しだ。

まあ、健康みたいだし、あげるけど……でも、『雷獣の石玉』ってスライムさんは獣なの？　ケモリンなの？　夜お部屋まで送ってもらうと危ないの？　同室だけど。謎が深まるが、ぽよぽよと喜んでいるから良いのだろう。

「そう言えば、確かに出会った頃は黄色くなって雷を纏って体当たりとかしてたんだし、役に立つのかな？　魔力吸収も付いてるから食費も助かるかも知れないし？」

でも、美味しい物ばかり欲しがるから別腹の危険性も有る！　うん、身体《からだ》も巨大化させたり、ちっちゃく縮んだりと自由自在で、女子さん達《たち》から羨ましそうに見つめられてたんだよ――いや食べすぎだって。うん、勿論怖いから言わないんだよ？　絶対だよ？　まじコワだよ？

「やっぱりここって大当たり迷宮で大儲《おおもう》けなの？　これってお大尽様リターンなの？　でも、これは売れる予感。オークション開催だな？」（プルプル）

ここってドロップも良いし、隠し部屋の宝箱はあたりが多い。もう１００階層に育つまで1階層を改装して住み付いちゃおうかと思ったけど、間取りが微妙だったんだよ。

63階層の宝箱からは『魔重のモーニングスター　重量変化　ＰｏＷ30％アップ＋ＡＴＴ』。ついに新武器だ。モーニングスターさんだ。結構みんな武器持ち替えるんだけどモーニングスターは誰も持っていない。そして高額入札者常連の盾っ娘《こ》が欲しがりそうだし、これは高額商品の期待大だよ！

「あれ、俺ってばお大尽様？　もう、お大尽様決定なの？　よし、帰ったら一般庶民たちにお菓子でも施してやろう。お大尽様オブリージュだ！」（プルプル♪）

そう、これはきっとそろそろプリンさんの出番だろう。ただ問題は、卵の供給量がじわじわとしか増えていないから、大量投資が必要だろうか？　アイスクリームだって作りたいんだけど、まずはプリン！　そう、プリンは譲れないし、甲冑委員長さんにもプリンを食べさせてあげたいし、お礼に今晩プリンプリンして貰《もら》うのだ！　そう、プリンプリンだよっ！　だって二つ必要……どりゅせるうううううーっ！

「いや、ちょ、待って！って、モーニングスターは駄目なんだよ？　それは何か避けにくいんだよっ？　しかも今の一撃って重量最大だったよね？　だって地面が蜘蛛《くも》の巣みたいだよ？　当たったら俺も蜘蛛の巣さんだったよ？　マジ危ないからね？」

（以下説教）

怒られた。しかし今のは重大なヒントだった！　そう、蜘蛛の巣さんだよ。蜘蛛の巣さん柄だったんだよっ！　よしっ、蜘蛛の巣さん柄のストッキングと網タイツだ！　そして甲冑委員長さんには蜘の巣さん柄の全身網タイツでプリンプリンをって…どわあぁっ！

「だから、モーニングスターは駄目なんだよ……って、それ鎖が長すぎて何か違う武器になってるよね!?　うん、それマジ避けるタイミングが難しいんだよ?…はい、すみません」

怒られたよ、まじオコだったよ？　うん、何でバレたんだろう？　あれっ、分配されてるの、俺の妄想シーンって？　うん、それはすっごく怒られるだろう。それはヤバいよ。超危険映像で発禁間違いなしだ……なんかお顔が赤いし？

どうやら永遠の17才に18禁は怒られるようだ。止《や》めないけど。止めないよ？　うん。

謝りながらも向かう事を一部地方では逃げているというらしい。

54日目　昼過ぎ　ダンジョン　地下68階層

苦労したのに見返りが無いと虚《むな》しいものだ。心の傷が癒されないから、スライムさんでもぷよぷよしよう。本当は甲冑委員長さんもぷよぷよしたいんだけど、命が危険で危ないんだろう。うん、だって思っただけで殺気が階層を満たしているんだよ？

「ちょっと微妙？　みたいな？」（ポヨポヨ？）

いや今までが良すぎたんだよ。でも良すぎた物より下層で出たんだから期待が巨大でおっきいんだよ？

「うん、それはもうかなりの大きさで、東京ドーム何個分かは東京ドームに行った事無いから分からないけど、凄《すご》く大きかったんだよ？　そう、きっと東京ドームも大きいんだよ？　多分？　いや、行った事無いから知らないけど？　みたいな？」（プルプル）

そう、思わず愚痴るくらいの微妙さだった。だって、地下68階層の敵は強敵だった。何と言ったって強敵の定番中の鉄板の鉄人な「ドッペルゲンガー　Ｌｖ68」さんだったんだよ！　同じ姿で、同じ強さだから超強敵なんだって。絶対に強いんだよ。

「だって普通に考えて、甲冑委員長さんのドッペルゲンガーが何体もいたんだよ？　もう、それって無敵じゃない？　凄くない？　うん、ドッペルさんが一刀両断だったよ……同じ強さのはずの、超強敵達が一振りで死んでたよ……不良品だったのかな？」

そう、俺一人で超盛り上がってたんだよ？　「うおおっ！　ドッペルさんだとー!?」とか言いながら……うん、盛り上がってたんだよ？

そして、スライムさんは大丈夫かと見てみたらお食事中だった。いやドッペルさん達も頑張ってたんだよ？　マジでめちゃ頑張ってたよ。一生懸命に『擬態』してたんだよ？　でも不定形だからさー……スライムさんって。うん、頑張って擬態にご苦労されている間に食べられてたんだよ。そう、ドッペルさんにはワンチャンすら認められなかったんだよ？　美味しかった？

そして俺の周りには……「フザケンナフザケンナフザケンナフザケンナフザケンナフザンナフザケナフザンフザンフザケンナー！　はぁぁはぁぁはぁぁっ！」

俺の周りには俺にそっくりのはずなのに、超凶悪で邪悪で冥府の深淵《しんえん》の底のような眼《め》をした黒マントの人達がいた。

「それ誰、いないよそんな奴《やつ》！　そんな目をした奴が歩いてたら、通りすがりの歩行者さんがみんなで心臓麻痺《まひ》だよ！　在りえなくない、俺って絶対そんな目してないから？　それ酷《ひど》すぎるから！　だってそれ人間の目じゃないから、そんな目してないよ！　してないよね？　そんな目ってあんまりだよ？　そんな目してたらお友達できないよ？　あれっ、そう言えばいなかったよ!?　そうそう、ぼっちだったよぼっち。違うよね？　違うんだよ。本当だよ？　本当に違うんだよ？　いやマジで？」

ボコった――何故《なぜ》か後ろにポンポンの用意してる人がいるんだよ？　うん、スライムさんもいるよ？　準備してたの？　ああ、じゃあちょっとお願い。

（ポンポンポンポン。ポンポンポンポン……）

そんな辛《つら》い目にあったのに宝箱から出て来たのは『破壊のエストック　PoW　SpE　DeX30％アップ　装備武器破壊』。性能は良い。3種30％アップだ。ただ効果が装備武器破壊って微妙。

「だって、魔物って真っ裸な裸族っ娘の仲間が多いし、武器も自前の自給自足で装備してない方が多いんだよ。いや、裸族っ娘はちゃんと装備はしてるんだよ？　脱いじゃうけど？　まあ微妙なんだよ？」（ポヨポヨ）

それに輪を掛けて微妙にしてるのがエストック。突き専用に近い細身の剣で、鎧の隙間から突くための刺突剣。斬ったり受けたりに向かない対人用の剣だ。

「対人って、突く相手なんてオタ達くらいしかいないんだよ？　まあ、折角だから帰った

ら突いてみようか？」（プルプル）

　これが効果『衣服破壊』だったら俺が欲しかったんだが残念だ。でも今まで対人戦って全部おっさんだった記憶が有る。っていうか、おっさんしか出てこない!?

「衣服破壊されてたら大変な事になっていたんだよ!!」

うん、俺の精神が破壊だよ！　何が悲しくて、真っ裸のおっさんたちと斬り合わないといけないの!?　なんで異世界なのにおっさんばかりがうじゃうじゃと湧いて出て来る？　異世界転移で、登場人物全部おっさんなんて世界は、異世界転移なんてさせずに滅ぼしちゃって良いよ？　うん全然良いんだよ？　やっちゃう？

「あああぁー、まだムカつく！　何だよあの虚無の深淵を覗《のぞ》き見るような悍《おぞ》ましい目は？いないよそんな奴！　いたら両目に眼帯だよ！　でもそれって目隠しだよ！」

　異世界迷宮は人の心を壊すと聞き及んでいたけど、俺の評判とか好感度さんが壊れそうだった！

「目隠し、目隠しプレイ……有りだ……って、何でもないから突いちゃ駄目だよ？　あと右手にモーニングスターで左手にエストックって、それ回避不能だからね？　それマジ無理だからね？　駄目なんだよ？　本当に。フリじゃないからね？　これって『斬るなよ、斬るなよ』とかじゃないんだからマジ勘弁して下さい！」

　謝ってみた。大丈夫だろう、誤るのは得意だ！　うん、大体いつも誤っている！　もう誤解すらも誤って誤用されちゃうくらいに得意なんだよ？　何かかなりマジなんだよ？

突かれながら華麗に回避しながら謝りながらも、目隠しプレーに思いを馳《は》せながら地下69階層に向かう。一部地方では逃げていると言うらしいが、向かってる。向かってるったら向かってるんだ！　うん、向かわないとマジヤバいんだよ！　だってしょうがないじゃん、昨晩の全身網タイツの刺激が男子高校生には危険物だったのに、目隠しさんとかマジで混ぜるな危険なんだよ？　うん、混ぜちゃ駄目だからね？　そうだよ、目隠しプレイと全身網タイツを混ぜちゃうと危険がいっぱいで男子高校生のロマンなんだよ！って……ぐはああっ！

（以下治療中）

突かれるかと思ったら鉄球だった件？　うん、まじ痛いんだよ？

「ちょ、掠《かす》っただけで吹っ飛んじゃったんだよ？　左手の『矛盾のガントレット』で無効化しちゃったよ？　これって甲冑《かっちゅう》委員長さんの攻撃を受ける為《ため》の物だったの!?」

そうか、よく考えたら大迷宮で出た装備品って甲冑委員長さんと戦うための物で合ってるんだよ。だから間違ってないらしい？　まあ、今晩も戦うんだよ。そう、毎日してるが逆襲なんだ！　混ぜちゃうんだ!!　そしてあんな所をこんな……って何でもないよ？　さあ行くよ？　俺達の戦いはこれからだ？　みたいな？

纏《まと》い、斬る。一呼吸で纏い、一歩だけ踏み出し踏んだ時は斬る。だって『虚実』しか使えないんだよ？　だってＬｖが70近い魔物って叩《たた》いても中々死なない。うん、「また、それ？」ってディスられても、それしか無い。

実はＬｖ20を超えたからウエポンスキルの『スラッシュ』は使える、使えるんだよ？

何とかって叫びながら突くウエポンスキルも使えたはずだが名前なんだっけ？

「いや、言わないと発動しないから、名前が分からないから発動できないけど、使えるんだよ？　いや、まあ使えないんだけど？　でも、ウエポンスキルは使えるんだけどウエポンスキルが使えないんだよ？　違うってば、使えるけど名前忘れただけなんだから、使えないけど使えるんだよ？」（プルプル？）

しかし、ウエポンスキルは使えない。使用はできるが使用できない——さっきと一緒じゃん！

えーっと、ウエポンスキルを使うと自動で身体が勝手に動く。ウエポンスキルに強制的に動かされる。それは逆に言えば、それ以外の行動が全てできなくなり、そして一瞬固まる。そう、強力でも基本ウエポンスキルとはお互いガチに殴り合うための技だ、それは一撃で死んじゃうくらいに弱いと危なすぎて使えない。だから使えない、使えば死ぬ。うん、マジ使えない！

だから身を翻しながら左足を踏み出す。同時に斬り終わる。

だって、これしかできない。これで先に殺さないと殺されちゃうんだから。

だから杖《つえ》を振りながら一歩、また一歩、更に一歩進んで行く。

それしかできないからやり続ける。やらないと殺されるから先に殺し続ける。一歩、また一歩と殺し続ける。無駄な挙動を省きながら、削《そ》ぎ落とす。ただ精密に正確に精査する。これしかできないからこれを究めて行く、一歩ずつ一歩ずつ進み続けて行く――止まれば死ぬんだから。

「終わった？　Ｌｖ69にもなるとステータス７００前後あって、俺の倍速くて、倍の力が有って、倍頑丈って結構ヤバいのに、しかも魔物ってマジヤバくない？」（ポヨポヨ）

うん、ステータスが一緒でも、人間と魔物って……人間負けちゃうんだよ？

「人族さんなんて元々がひ弱で野獣にも勝てないのに、『フレイム・クーガー』って無理すぎだよ！　人間さんとクーガーさんは戦わないんだよ？　戦ってたら、それ人間さん襲《おそ》われてるんだよ？　うん、なのに燃えててステータス２倍とか打ち合えないよね？　萌《も》えてて癒し２倍なら募集中だよ？　うん、ビラを張っとこう！」（プルプル）

癒しな魔物さんは募集を見て、来てくれるのだろうか？　そう、今のところ癒し要素な魔物さんってスライムさんだけで、後はビッチ、鎌、岩山なんだよ？

「うん、鎌とか岩山に癒され出しちゃうと不味《まず》い気がするんだけど。男子高校生が大鎌撫《な》でて微笑《ほほえ》んでたら、ちょっとイっちゃった人にしか見えないと思うんだよ？」

あと、甲冑委員長さんは癒し係ではなくて、いやらしい方で頑張っているんだよ？　あれで結構……いいえ、何でもありません。さあ皆さん先へと進みましょう（棒）。

やはりと言うか当然と言うか下層は強い。「フレイム・クーガー　Ｌｖ69」は燃えてるクーガーさんで、異常な速度と敏捷性《びんしょうせい》に、柔軟にしなやかでふんわりはせずに強力な筋力で、振るわれる爪と牙……うん、肉球が良いな？

「まあ、強いんだけど、後ろでモーニングスターをくるくる回しながらジト目してる人よりは全然平気なんだよ？　うん、いつもよりブンブン回ってるんだよ……って、気に入ったの!?　いや、本当に考えてないって！　本当だよ、ちょっとだけなんだよ？」

いや、だってローションも良くない？　全身網タイツに？　そう、目隠しさんもあるんだよ――うん、作っちゃったよ、いつの間にか？

（プルプル！）

はい。すぐ行きます。はい、すみません。

怒られた……あれっ、俺の癒しは何処《どこ》にあるんだろう？　うん、岩山にあるんだろうか？　今度行ったら撫でてみよう、癒されるかな？

雑貨屋のお姉さんの少女時代はすごく前に終わ……いえ、なんでもありません！

54日目　朝　宿屋　白い変人

逃げられた。やっぱりまたお金をばら蒔《ま》いていた。アンジェリカさんがいるんだからバレるに決まってるのに……って言うか同じ宿だから、宿代がないとバレるに決まってるでしょ？

「何で払い込んである宿代まで使い込んじゃうのよ！」「「まあまあ」」

理由なんて分かってる。だって、村を見つけたら南瓜しか無かったらしい。他の農産品が病気で全滅してしまっていたそうだ。そして、また全部買い占めた、これから先の収穫分まで全て予約して買い尽くしちゃっている……異世界で先物取引を始めて、初めて行った村で知らない人と信用取引をしちゃってるの。大量の小麦と薬用の茸《きのこ》、その他食材に有り金全部使って何年分もの南瓜まで予約買いしてきちゃってる。それで宿代を持っていなかった。また無一文で帰って来てたの。

「わかるんだけどさ……ねえ？」「うん、休まないと駄目なのに」「また仕事増やしてる」「「まあ、注文しちゃったけどね？」」「ゆっくりで良いのよ。何で破産しては夜鍋しちゃうの!!」「「「だよねー」」」

もう村だけで何個目だろう。知っているだけで二桁はとっくに超えている。考えなしの無茶苦茶だけど怒れない。その村も南瓜以外食べる物が無かったそうだ。

それは、前のお芋の村と同じくらいに貧しい村で、病気の薬すら無かったらしい。白菜だらけだった村といい、流通できていないから貧しく苦しい村。そこから大量買い付けをする。その度に莫大《ばくだい》な金額が投資されている。

そして怒れない理由のもう一つは……それで莫大な収益を上げている。無茶苦茶なのに雑貨屋さんを中心に遥君《はるか》の大量買い付けで、辺境の町や村で物流ができ始めている。でも、その莫大な収益も全部使ってしまう。領主様が心配していた通りだ。

たった一人で辺境を豊かに変えている。だから本人が貧乏。だってまた宿代ツケてたの！　没収されるのが嫌でまた隠してたの。何で毎日何百万エレも入って来て、宿代の1万エレが払えないの？　3人分で特別サービス価格なんだよ？　なのに常習犯さんはまたやった。だから没収して貯金してあるけれど……あんなに働いても現金を持っていない。だから働き続ける……お金がないって。

最初は魔石の販売代金の2割をみんな生活費と予備費で集めていたのに、副委員長Bさん、Cさんと遥君が初日で破産して、3人だけ3割になり。それでも次の日には副委員長Bさんと遥君が破産して4割になったけど懲りていなかった。うん、5割になったの。

それからも毎日欠かさずに、一日たりとも休むことなく破産して帰って来る遥君。お金を持ってるのを見付けては没収するけどまたやっちゃう。

「まさか看板娘ちゃんが菓子パンで買収されて、先払いの宿代を使っちゃうとはね？」

食費は全員で等分だけど、追加は有料だし、デザートも販売してるの。それで、お洋服も売って、武器も防具も売っている。多分、女子組で稼いだお金の殆《ほとん》どは巡り巡って遥君に流れている。だって雑貨屋さんも遥君の資金源なんだから。

「「「男子もお金渡さないの！」」」「お前等《ら》も食ってたよな!?」「乙女は別腹なの！」

男子だって結構ぼったくられている。今日も縞《しま》ニーソが通常の10倍の金額で売買されていたっていう、尾行っ娘《こ》ちゃんの情報も有る。小田《おだ》君！

毎朝凄《すご》い金額を受け取ってる。ダンジョンの収入だって断トツだから、普通に毎日少なくとも数百万は稼いでいるはずで、装備売却の時はもう一桁上も充分あり得るのに……貧乏なの？

うん、毎回破産しては朝のお小遣いか没収貯金で宿代を払い、時々物々交換で払ってたりするみたいだけど……宿代を桶《おけ》払いって何なの？

「盛大に稼いでも、莫大に使い果たすもんね？」「多分他にもいっぱい収入は有るよね？」「きっと、あの武器屋さんもそうだよ、急激に大きくなってるもん」

辺境は広くて、ついこの間まで貧しかった。それがこんなに一気に豊かになる訳が無いのに……なっちゃっている。

「やっぱり、帳簿を見ても女子組の稼いだお金は全部遥君に流れているね」「お洋服と美《お》味《い》しいご飯で独占販売状態だもんね？」「「「うん、当然の結果だね？」」」

はっきり言って私達《たち》の稼ぎだって莫大な金額になってるの、だって毎日誰も辿《たど》り着けない迷宮の中層まで潜っているんだから。なのにそれでも足りていない。多分自分の為の物なんて何にも買った事が無い。

「私達が補填するのは嫌がるしねー？」「「「うん、一瞬で毟《むし》られるけどね！」」」

誰かが落ち込んでいれば美味しいご飯を用意し、その村が困ってたら有り金まではたいちゃうし、誰かが悲しんでたら新製品のお洋服が出て来る……そして補塡しようかとすれば内職品でお金を毟られるの？

「買うけど、その生地の買い付けに行った街が困ってたらまた全額投資しちゃうもんね？」

「どれだけ儲《もう》かったたって貧乏だよね？」

だから、どんなに内職しても足りる訳がない。辺境全部ってすっごく広いんだから、沢山の人達がいるんだから……凄い勢いで豊かになっていても、全部になんてすぐには届かない。でもそれは一人が背負い込むような事じゃない。そんなの背負いきれるはずがない。潰れちゃうに決まってるじゃない。

「注文しないとお金が無いし？」「すると休みなく働いちゃうし？」「でも使っちゃうんだよね～？」「「「うん！」」」

渡せば全部使い切る、宿代も全部残さずに。ただ、確かに食料は一生困らないくらい持っている気がするし、洞窟に帰れば宿代も家賃もいらない。多分そう考えてる。全くお金に執着していない。ただ欲しい物が有って、食べたい物が有るから、ばら撒《ま》いて、全部使っちゃって……いくら怒っても聞いてくれない。

「あれで、アンジェリカさんとスライムさんに、ばんばんお小遣いあげてるしね」「ずっとずっと迷宮にいたんだからって言われるとね――？」

多分またどこかで貧しい村を見つけたり、誰かが隠れて泣いていたりしたらまた同じ事をする。お金も身も削って何とかしちゃう、これからも誰も泣かなくなるまでずっと。「辺境全てが豊かになるまで寝ない気なの？」「「「絶対身体《からだ》に悪いから！」」」「良いわけが無いよね？」「でも、いくら怒っても聞いてくれないし……」

そう、最後は「俺悪くないよ？」って言って聞いてくれない。

知ってるわよっ！　みんな知ってるわよっ！　みんなに悪ぶって「ぼったくったー」とか、「大儲けだー」とか言ったって、みんな知ってるんだからね？　全然悪くなんかないよ。でも何でみんな何でもかんでも救って、助けて、幸せにするのに自分だけほったらかしなの？　何でなの？

私達は良いの。いっぱい遥君からお洋服を買っても、いっぱい美味しい物を食べて有り金はたいたって良いの。それは遥君に払えるから。そして迷宮で稼いだお金を全部使ったってレベルが上がる。それが冒険者の資産だから。それは、もっと稼げるようになっていく投資だから。だから良い……あれ、使いすぎ？

（帳簿と審議中……！　……!?）

遥君は殆どレベルなんて上がっていない、冒険者にすらなれていない。あれだけ無茶な戦いを続けて、やっとLv20になった。

だから冒険者登録だけならできる。でもパーティーが組めないから依頼が受けられない。本当は未《いま》だにダンジョンに入る許可すら持っていないの。

なのに、ダンジョンや魔の森で稼いだ膨大なお金がまったく残っていない……レベルも残らないのに。

辺境の為《ため》に魔の森の伐採も進めている。でも、それは遥君の最大の収入源である茸を減らしているのと同じことになるはず。そうなれば本当に何にも残らない。なのに何にも蓄えない。

「何で受け取らないんだろうね？」「ステータスの称号に『ひも』って付きそうで嫌なんだって？」「「「……付きそうだ!!」」」

私達女子組に目的も目標も無い。そのみんなが危険な迷宮に潜り続け一生懸命にレベルを上げ続けているのは、強くなって稼ぐ為。遥君はみんなの身を心配してレベルを上げさせようとしてるけど、そんなのはついで。

みんな強くなって稼いで、護《まも》って養う気満々なの。その目標だけは洞窟にいた時から何も変わってない、みんな称号に『ひも』って付いても良いから養う気満々なの。恩返しできるようになりたいの。

でもまだまだ時間が掛かる。Ｌｖ１００を超えて、更に遥君を守れるくらいになるにはすっごく時間が掛かる。

だけど辺境が本当に豊かになるまでだって、すごく時間が掛かる。領主様達だって必死にやっている。みんながこれ以上遥君に負担をかけまいって……でも、どんなに急いでも追い付けない。あまりにも凄《すさ》まじい遥君の速度に、そして膨大なまでの予算と爆発的な生産能力に。

「寝かせる方法って……押し潰す？」「「「それ気絶だよね？」」」

　だって領地一丸となって進めている内政と経済が、たった一人の内職とお買い物に追い付けない。辺境領地の全税収でも完全に予算負けしてて、経済規模が違いすぎて全然追い付けない。その異常な発展速度に行政が追いつけていないの。

「まあ、小田君曰《いわ》く『遥君一人で国家みたいなもんだよ？』だって？」「ですね、武力と生産と流通がとっくに個人レベルから逸脱していますから」「「「って、他人事《ひとごと》すぎない、男子って！」」」「でも、そう言いながら船を用意して何かしようとしているらしいよ？」

「柿崎《かきざき》君達だって、休みの日もLv上げしてたらしいし？」

　その柿崎君は「遥は追っかけたり目指したりしたら駄目だって。足を引っ張ってやる方が良いんだよ。転ぶから」って言いながら戦闘訓練に明け暮れている。

「やっぱりできないらしいよ？」「うん、Lvが上がると特に駄目だって？」

　女子は錬金や魔術で生産に挑戦してるけど、未だハンカチで精一杯で、量産なんて夢物語。なのに最近何処かに紡績機織りの工房と言うか、工場ができちゃっているらしい。誰、勝手に産業革命始めてるのは!?

「戦闘職縛りかー、厄介だね？」「ですが練習で、ある程度克服は可能らしいです」「「「やるしかないか！」」」「「「だね！」」」

　そして、遥君をいつかお手伝いしたいと料理や裁縫の練習……うん、でもあの大魔術お料理や、触手製家内工業ってお手伝い可能なのかな？

領主様の懸念の通り、やはり雑貨屋さんのお姉さんと遥君のコンビは危険すぎだった。

だって、似た者同士すぎだった。

——これは領主様から聞いたお話。

昔、この街に身体の弱い女の子がいた。病弱で家も貧しくて寝たきりの女の子。

でも、助けられちゃったの、茸を持った冒険者の一団に。お金も払えないのに出世払いだって高価な茸を貰《もら》って。

だから女の子は元気になり、出世払いの為にあらゆる事をした。弱かった身体を痛めつけるように鍛えぬき、取り憑《つ》かれたように知識を求めた。冒険者になって助けてくれた人の役に立ちたいって、今度は自分が誰かを助けたいって。

そして、女の子を助けてくれた人たちのパーティーに入り、みるみる頭角を現した。

そうして、危険な魔の森で茸《きのこ》を採っては貧しい人たちに分け与えていた。

そして——ある日そのパーティーは全滅した。生き残ったのはその女の子だけだった。

それも意識も無く、瀕死《ひんし》の状態で、偶然森の傍《そば》で別の冒険者に助けられた。

他は誰も帰って来なかった。

その少女を助けるために、茸を分け与えて貰った人達が集まり、残り僅かな茸を持ち寄ったそうだ。

そして、少女は一命を取り留め、ようやく意識を取り戻した。

僅かな茸を持ち寄った人達は、その時すでに皆亡くなっていた。

街中の最後の茸を掻《か》き集めて少女を助け、そして街から茸は無くなっていた。

結局、完治しなかった身体を痛めつけるように鍛え、呪われたように危険な行商を始めた。

装備も何もかもを売り払ったお金で小さな店を造り、商売を始めた。

そして貧しい人たちに食糧や薬を分け与えた。

そして不自由になった体を鍛え続けていた、満足に動かない身体でまた魔の森に行く為に。みんなが止めるのも聞かずに装備を集め、準備をし続けた。

その頃にはもう少女では無くなっていた。

自分だけが何度も救われ、自分は誰も救えなかった事が許せなかったから。自分自身を許せなかったから。

そんなある日、お店に黒髪の少年がやって来た。

茸を持った少年が現れてしまった、出会ってしまった。

見た事も無いほど膨大な数の茸を持って現れた黒髪の少年に、全財産を差し出し茸を売って貰った、街中の人を、辺境の人を救える大量の茸を求めて。

そして……その少年は言ったそうだ。「あげれば終わりだよ、ちゃんと利益を出せるんならこの何百倍でも茸をあげるよ」と――

その言葉に嘘《うそ》は無かった。毎日利益をあげれば、次はもっと沢山の茸を渡される。いくら稼いでも払い切れないほどの茸を。

そして、今はお姉さんになった少女は装備も売ってしまった。やっと必要がなくなったから。

やっと誰かを救えたから、やっと受けた恩に報いられたから。ようやく必要がなくなった。そして、今もお姉さんは馬車馬のように働いて稼ぎ、貧しい人たちには無償で分け与え続けている。出世払いでいいわよって笑って――そのお姉さんが、雑貨屋のお姉さんだった。


だから雑貨屋さんのお姉さんと遥君《はるか》のコンビは危険すぎる。似た者同士すぎる。きっと全ての人が救われないと許せない人と、誰もが笑っていないと気が済まない人が出会ってしまった。

だって、きっとあのお姉さんも一文無しだ。聞かなくたって分かる。この街で、下手をすればこの国で最大の商会の経営者になっているけど、きっと貧乏だろう。だって毎日ツケで遥君にご飯を注文しているから？　うん、似た者同士すぎるの？

そして……その話をしてくださって、心から心配していた領主様がまた怪しい……辺境伯様なのに煌《きら》びやかさが欠片《かけら》も無い。質実剛健どころか質素倹約っていう感じがする。やたらに出て来る「我が身を捨てても」とか「この命で報いられるなら」とか問題発言がオンパレードなのが凄まじく気になる。しかも歴代の伯爵家の当主が代々魔物の森で魔物に殺されてるという家柄……こっちも似た者同士すぎる危険がいっぱいだ！

だから、伯爵家の人達《たち》はオムイ様を守る為に片時も傍を離れない。

雑貨屋のお姉さんは街中の人達みんなから止められていた。

だから、今日も私達は強くなりに行く。遥君を守って止められるように。傍にいられるくらいに強くなる。きっとまた甘やかされちゃうけど絶対追い付く、そして追い抜く。

うん、強くなって追い越しちゃえば遥君を守って、養えるんだから。

アンジェリカさんとも約束した。そしてアンジェリカさんもそれまで絶対に守るって約束してくれた。

だから今日も迷宮に行く。いっぱい稼いで遥君にお洋服を作って貰って、美味《おい》しい物を作って貰う。そしていつか安全な専業主夫に専念してくれる未来を願いながら。

きっと、私達が守って、幸せにできる力を持つことができれば、遥君の戦う意味はなくなるから。

そう、問題は私達が養えるようになるのが先か、借金で遥君に身売りされちゃうのが先か……一番危ないのは使役されちゃいそうな事。わりと本気で毎朝みんなチェックしてたりするの。

だってアンジェリカさんも、スライムさんもとっても幸せそうで、みんなちょっぴり羨ましいから。

遥君が甘やかす夢見るような日々から目を覚まし、ちゃんと現実と向き合えるように私達は強くなりたいの。だって、それこそが夢だから。

誰かは分からないが常識的な魔法職関係者の方のようだ。

54日目　夕方　宿屋　白い変人

迷宮の最下層は死の危険すらあった。この危険と恐怖は晩ご飯会議で説明せねばならないだろう——怖かったから！

「いや、マジで甲冑《かっちゅう》委員長さんがヤバいんだよ、モーニングスターさんもヤバかったんだよ！　もう、必死に逃げて必死に避けて必死に転移してたら、通りすがりのたまたま最下層にいた何か不幸そうな顔してた気がする迷宮王さんが不幸にも巻き込まれて被害に遭われて憐《あわ》れだったんだよ！　うん、甲冑委員長さんとモーニングスターの組み合わせは被害甚大なんだよ!?」

何故《なぜ》だろう、ジト目がまるで弾幕のようだ。

「えーと、つまり迷宮の最下層で痴話喧嘩《げんか》をしてたら、通りすがりのたまたま最下層にいらっしゃった迷宮王さんが巻き込まれちゃったと？」

「えっと……迷宮王さんは普通通りすがらないし、その迷宮王さんはちゃんとずっと最下層にいたんだよね！　全然なにもたまたまじゃないよ！」

「違うんだって、明けない夜はないって言うけど、明けの明星に巻き込まれちゃったんだよ？　うん、お亡くなりだったよ？　鑑定しようかと思ったら魔石だった？　みたいな？」

　明けない夜はないけど、明けの明星事故とか、開かない半目《ジト》はあるらしい！

「どっちかと言うと、通りすがりのバカップルの痴話喧嘩が、迷宮王さんを瞬殺するほど危ない事自体が危ないんじゃないかな？」「うん、それに『お亡くなりだったよ？』って犯人だよね！」「うん、お亡くなりじゃなくて、もともと倒しに行ったんだよね？　もしかして痴話喧嘩してじゃれあいに行ったの？」

　何故だろう、もしかしてジト目流星群が襲来中なのだろうか？

「あれっ、俺は命懸けで戦ってたんだよ？　うん、唸《うな》りを上げて迫り来る鉄球と、瞬間移動と分身で逃げ回って大変な御苦労をされたと聞いてるんだよ？　うん、言ってた言ってた。俺が言うんだから間違いないよ？　マジで」

　だから転移の致命的弱点も分かった。一回だけの一瞬で後がない……そう、2発目でボコられる！

「つまり70階層に迷宮王さんがいたけど、不幸な事故でお亡くなりになられていて、何だったかは分からないと？」「「「うん、また分からないと！」」」「って言うか、一日で50階層から70階層まで行って迷宮王殺しちゃったの!?　もしかしてバカップルが鉄球振り回してると迷宮って死んじゃうの!?」「ああー、また殺《や》っちゃたんだ……」「しかも、迷宮殺しに行ってたはずなのに、迷宮王さんってとばっちりで死んじゃってるし？」「う～ん、きっと、迷宮王さんも『リア充爆発しろ～！』って言おうと思ったら爆散しちゃったんだろ～ね～？」」「「うん、言う暇もなかったんだね（涙）」」

結局迷宮は70階層まで有った。迷宮王1体に階層主が2体、そして70階層分の魔物達。あれが氾濫したら滅亡ものだ。追いかけて殺しきる前に辺境が滅んじゃうよ？

魔の森の大発生《スタンピード》は稀《まれ》に起こっても大体は小規模らしい。

そう、オーク・キングで大災害なんだそうだ。うん、奥の方にゴブリン・エンペラーがいたのは内緒にしておこう。

そして迷宮の氾濫は極めて稀なんだけど、起こった時にはその一帯が滅亡するらしい。つまり、それが大迷宮だったなら大陸が滅びる。うん、元主犯予定者が二人ほど他人事《ひとごと》のようにウンウンポヨポヨしてるが、内密にしておこう。

「名もなき迷宮王さんが何だったかは分からないけど、ドロップ品は『レア・トレントの杖《つえ》　魔法力30％アップ　属性増加（中）　魔力制御上昇』だったから、魔法職関係の人だと思うんだよ？　うん、きっと杖で魔法を使うんだよ。だって魔物さんって案外常識的で、何処《どこ》かの巨大な何かを振り回している人よりも常識が有ったりするんだよ？」

そのドロップだった『レア・トレントの杖』は、俺の持ってる『エルダー・トレントの杖　魔法力50％アップ　属性増加（大）　魔力制御上昇』の下位互換だった。Ｌｖ70クラスのドロップとしては充分に良い物だけど、比べるとやはり見劣りする。

「「「ああ……Ｌｖ70クラスの迷宮王でも、魔法職だとモーニングスターの直撃は耐えられなかったんだ？」」」「しかも、あっち向いてますがその一撃って迷宮皇さんのですし？」

「「「うん、アンジェリカさん口笛吹けないんだ!?」」」「ひゅー、ひゅー♪」

うん、これでも大当たり。あまりにも『エルダー・トレントの杖』がずば抜けているだけで、それだけ大迷宮が特殊だったかという事だ——その迷宮皇さんは口笛が吹けないみたいだけど？　うん、それ喋《しゃべ》ってるよね？

そう、そのずば抜けた所の迷宮皇をされていた人が振り回す鉄球って、たとえ盾職の迷宮王さんでも無理だと思うんだよ。因《ちな》みにスタイルもずば抜けてて大変なんだよ？　うん、毎晩抜けすぎなんだよ！

「さて……貧しき名も無い一般庶民の、有象無象の高校生諸君！　お大尽様が施しを与えるんだよみたいなー？って言うかプリンだよ？　お大尽様オブリージュだけどお一人様１個限りの限定施しで、２個目からは１０００エレなんだけど2個目食べちゃった時点で実はお大尽様の大儲《おおもう》けなのは、お大尽様だけの秘密なんだよ？　みたいな？」

一応１８０個作っておいた。内10個は特大のスライムさん用で、プリンと並んでスライムさんがぷるぷるしているんだよ？　可愛《かわい》いな！

「「「ぷりんだー！」」」「って、みんな名前あるから！」「「「そうだそうだ、良い加減覚えてよっ！」」」（プルプル！）

しかし、プリンさんと意気投合したのか、他人とは思えなくて親交を深めている？　「あれ、スライムさんが黄色くなっていくけど、頭は黒い？　こ、これってドッペルゲンガーの『擬態』を吸収しちゃったの？」（ポヨポヨ）

巨大なプリンが二つ並んでぷるぷるしている。

「うん、でもプリンの擬態を覚えても使い道無いと思うよ？　だって女子に齧《かじ》られちゃうよ？　うん、ビッチ達なら齧り付きそうだ！」（プルプル!?）

大好評で、謎卵各種と謎ミルク各種の混ぜ込まれた深い味わいの虜《とりこ》さんになったようだ。うん、もう、3個目に突入している！

「元の世界で食べてたのより美味しいよね？」「うん、濃厚。これって異世界素材の味わいのハーモニーなの？」「なんだか味が濃厚なのに、さっぱりって言うかしつこさが無いね？」「「「美味しい、すっごく美味しい!!」」」「あうう〜、もう、ぷりんぷりんしてる〜♥」（ポヨポヨ♥）

そう、お大尽様オブリージュが大儲けのようだ。実はお菓子って滅茶《めちゃ》利益率が高いのは内緒だけど、滅茶滅茶カロリーも高い。うん、みんな知ってるんだよ。でも絶対全部全力で食べてから騒ぎ出すんだよ？

「「「ごちそうさま、美味しかった」」」「「「ごち！」」」「って言うか言語が理解できるなら喋

れ、あと空気になって消えんな！」「あそこに踏み入ったら死ぬ！」「「「プリン、ヤバい！」」」（プルプル）

そしてプリンで有り金を巻き上げきったところで、オークションでヘソクリを巻き上げる。御大尽様《おだいじん》は、1ぼったくりでならず！

「「「くうっ、ここで新製品!?」」」「だけど性能いいよ！」「「「だね!!」」」

みんなで行列を作り、委員長さんの前で前借の申込受付中なので、俺も並んだら怒られた？　うん、差別なの？

やはりと言うか、実は武器集めが趣味なのって言うか、その役割からか、『魔重のモーニングスター』は盾っ娘《こ》が高額落札者様だった。その流れで女子さん達も出物をゲットしていたみたいで出品しては落札し、落札したらお古を出品し、交換会まで始まって盛り上がってる。毎日30人が迷宮アイテムを拾っているのに、何故たったの一度も『フェロモンの指輪』とかの好感度シリーズが出て来ないのだろう？

勿論《もちろん》、俺の出品は完売した。どれも大人気商品で、エストックも結構なお値段で売れ、何よりモーニングスターが手放せた！　うん、モーニングスターは危険だ。甲冑委員長さんは天剣なのにモーニングスターの扱い上手《うま》すぎだよ？　うん、持たせるとヤバい！

確かに迷宮の中でエロい事考えてるのは危険なのかも知れない。だが男子高校生からエロい所を取るときっと生徒手帳くらいしか残らないだろう。そしてエロい事考えてる危険は、きっと鉄球よりも安全な気がするんだよ？　うん、あれは甲冑委員長さんに持たせてはならない最終兵器《おせっきょう》なのだ！

さて、スライムさんとお風呂から上がり、内職のお時間。そう、アンクレットの試作だが、まずは超最優先で甲冑委員長さん用の製作だ！　うん、急がなければならない、今夜の決戦用最終兵器《エロス》なんだよ！

「でも、見た目優先でも効果も付けたいし。そうなると魔石製アンクレットが無難？」

そう、あの細く引き締まった艶っぽい足首に、輝くアンクレットが装備され装飾するんだからデザインも大事だ！　うん、まずは試作だ。

「うーん、鎖細工か輪形状が無難なんだけど、効果を考えればバネ性のリング型？　うん、どれも、あの綺麗《きれい》な御御足《おみあし》にそれはもう素敵に似合いそうだから、普段用と装備用と深夜用と深々夜用を分けるべきなのか!?　はっ、深々々夜用も有りだな!!」

だが、種類を増やすと追加注文の嵐が吹き荒れる。最早《もはや》、俺の内職活動が嵐の中の小舟よりも危うすぎて、もう沈んで潜水艦になってるんじゃないってくらいに危険だろう。

だって——「雑貨屋の注文が百科事典特大号みたいになってるよ？　何ページあるの？　寧《むし》ろこれを一日で書いたのが凄《すご》いよ！　読むのにも一日かかるよ！　読んでるうちに内職の時間無くなっちゃうよ！　しかもやっぱり茸《きのこ》の串焼きが1ページ目！　また大至急マークだよ！　スタンプ作ったの？　お弁当の為《ため》だけに！　うん、その時間で働けよ!!」と、深夜のお部屋の中心で叫んで見る。

　さくさくと試作品を並べてみては再調整して手を入れる。チャーム付きも良いが、３連も捨てがたい。そう、これは良い物だ！

　既に１００個は軽く超えたが、未《ま》だ見ぬ美脚を彩る素敵アンクレットさんが有るかも知れない、チェーンのＴストラップも良いな！

「くっ、作る度にイメージ映像が美脚とオーバーラップで、魅惑な曲線美の誘惑がヤバいんだよ！」

　そう、一度甲冑委員長さんに着けて貰《もら》えばイメージしやすいが、着けたら内職どころじゃなくなるだろう。うん、大変な事が起こるんだよ？　それはもう激しくきっと凄い事になっちゃうんだよ！　うん、だって、これは素晴らしい物なんだよ――っ!!

（ポヨポヨー！）

　ごめんなさい。うん、五月蠅《うるさ》かったようだ。

「あれっ？　声に出てた？　どこら辺から喋ってたんだろう、『嘗《な》め回して～』の辺からだろうか？　『良いでは無いか～』のところ辺からだろうか？　まさか『ほらここが＄％＆＃！』なの!?」

　うん、発禁だな！

女子さん達のお風呂女子会の情景を毎日切々と事細かに描写されるのも男子高校生的に大変なんだよ？

54日目　夕方　宿屋　白い変人　裏庭

闇夜に佇《たたず》む白銀の鎧《よろい》が、夜明けの薄明かりを受けて仄《ほの》かに輝いている。身動《みじろ》ぎする事も無くただ静かに睥睨《へいげい》する。完全に囲みきり、死角も取った。だけど足りない、連携が切れれば……あっけないほど一瞬で崩れ去る。

「6連撃ーって、えっ！　キャアアッ（ポテッ）」

「くううっ六刀流がっ！　だああぁ（ドサッ）」

「隙ありーー！って無かったよぉーっっ（バタッ）」

「フレイム・ジェイルーって、あれっ？（ガンッ）」

「と～りゃ～あー？　ああああれええぇ～っ（ポヨヨン？）」

崩された——でもポヨンってなに!?　うん、ポヨンって。どこかにスライムさんが隠れてたりするの？　2匹くらい！

「うらららららららっって、あらららららら？（グシャッ）」

「受けてみよ我がスキルの……って受けちゃった!?　どへぇ！（ボクッ！）」

「加速っ！って追い付けないぃぃぃぃ！　ちょっ、ぐぁあぁ（ベキッ！）」

男子も頑張ってるんだけど……連携してね？　うん、絶え間ない連続攻撃に持ち込んでるのに必殺技とか出さないでね？

よしっ、ここだっ！　『縮地』って？　きゃあああぁぁぁっ。（ドテン）

今日も壊滅、５戦全滅。日に日に戦える時間は延びているけれど、ただそれだけ。強くなればなるほどに、とっても遠いの。

「ふ――……終わりにしてお風呂にしちゃう？」「「「賛成ー！　もう無理」」」

後衛も魔力切れで、もう殲滅《せんめつ》されてるよね……これって。集団戦闘《レギオン》ですら持ち堪《こた》えられない、まだ連携以前に個人の能力が全然足りていない。

そして連続する連携すら崩されて維持できていない。防御だけで止められないから、後手に回ってしまうのは仕方ないけど、全く思い通りに進まないの。

「余裕で誘導されてるね？」「はい、わかってても追い込まれました」「今日の戦術は自信あったのに」「いや、引き込まれてたって」「「「だよね？」」」

勝てないのは良くはないけど、良い。でも盾職の防御陣が動きを一瞬遅らせても、攻撃力で押しきれないのは失策。連携が途切れるのが早すぎる、力が速度に負けている。

「アンジェリカさん、何か駄目な所あったかな？　崩れた原因が分からないの」

「飛び込む……後、邪魔になる。退くの遅い……から？　島崎《しまざき》、みんな良かった、ですよ」

手振りでフォーメーションを説明してくれている。あっ、前後衛の入れ替わりが狙われたんだ。連携を繋《つな》いでいる島崎さん達《たち》以外が重なる瞬間を崩されて途切れるんだ。

「攻撃。強さ……より、沢山？　いります」「「「手数なんだ！」」」

連撃の切れ目が多い、だから一人ずつ倒される。そうして数が不足すれば終わりだ。人数か手数が足りていないから、速さに圧倒され持ち堪えられない。技か武器か、何かで補える方法が必要ということ。そう、狙われたのは2ヶ所、小田《おだ》君達と図書委員さん達文化部の2ヶ所だった。

どちらも中衛からの繋《つな》ぎ役。特に文化部組は妨害《ジャマー》を一任されているから前に出すとアンジェリカさんがフリーになってしまう。だから躊躇《ちゅうちょ》してしまう。

小田君達は大技まで繋ぐ連携は完璧に近い。そして狙われたのは大技。一瞬押し切って、次手に繋ぐためのフィニッシュこそが隙だったんだ！

「「「あれでも未だ隙があるの!?」」」「完璧に見えたのに！」「一瞬、タイミングずらされると不発になるんです」「それで自滅させられました」「「「うん、もう無理」」」「「「キュウウウウウッ！」」」

目がばってんの娘達を担いで帰る。柿崎《かきざき》君達だけはボコられて大喜びだ？　そういう属性なの？

「くっ、でかい武器じゃ追いつけねえ」「だけど、威力がないと技が凌《しの》げねえ」「「「強えええええええ――!!」」」

って言うのは冗談で、ずっと自分達より強いものに飢えてた。だからいま満たされているんだろう。ずっと飢えていた全く届かない高みを見付けて、全身全霊で悔しがっているんだろう――嬉《うれ》しそうな顔で。うん、冗談だよね？

「決まらないのはともかく、何で逸らされちゃうの？」「逸らされて弾《はじ》かれました」「止められるより怖いよね」「「「うん、あれで誘導されてたよね！」」」

副委員長Cさんは、斧《おの》2刀流の回転切りで飛び込んでからの投げ斧、更にそこから短剣の二刀流で飛び込んだのに……待ち構えていたかのように叩《たた》き落とされちゃったのが不服みたいで不満そうだ。

「進む、斬る、退くは駄目、です……一緒、みんな」

スキルではない技術、アンジェリカさんや遥《はるか》君が持つ技。

柿崎君達だけが何とか形になっているけど、私達はスキルでしか技が繋げない。

小田君達はスキル自体を繋ごうとしている、完全に技術を捨てている。うん、見事な諦めなの？

そして、女子体育会は攻防一体で崩れないけど……だからこそ退くのが遅い。多分ここで連携を止められている。だから、後衛を前に出さないなら、あそこで私達委員会がもう一つ前に飛び込むか、島崎さん達と交代《スイッチ》するかで繋がないと間に合わなかったんだ。

かといって、それだと飛び込む移動盾が盾っ娘ちゃん一人だと危ないし……盾買っちゃおうかな。スキル取れるかな？

「ほら四面結界じゃ持たないんだよ。あと2枚追加できないかな」「無理、集めたら突破される」「「「そうそう、速度で勝負したら死ぬよね？」」」

小田君達は守護者を前に出して結界で守り、そこから反撃に繋ぎたいのに、小技だと守りきれず、その切り替えの大技こそが狙われたのが悔しいみたいだ。それでもスキルを重ねてコンボを狙う、隙のないスキル連携のプランを立てている。


「「「お疲れ様でしたー！」」」

解散してお風呂に向かう。女子会で反省会が必要だ。私達はいつも一緒のことが多いんだし、まして男子は戦闘が特化型なんだから女子が繋ぐべきだった。そして、まだオールラウンダーで動けるのは私達委員会と島崎さん達使役組だけ。

だとすると——島崎さん達は合格点を貰っていた。だったら、私達が戦闘スタイルを変えるか増やす必要がある。

「私前に出ようか？」「「「えー、指揮どうするの？」」」「「「うん、学級委員長だよね」」」「普通、何処《どこ》の学校でも学級委員長に戦闘指揮って求められてないから!?　あと、もう学級っていうか、学校がないよね!!」「まあ、指揮系統一つだと追いつけていませんでしたね」「でも、分けると混乱しないかな？」「「「だよね？」」」

お風呂でゆったりと話し合う。もっと強くなるために改善点や改革案を出し合い、戦術と連携をすべて見直す。強くなる為に、そして自分達の存在意義を作り出す為に。

次回の編成も決まり、各パートの擦り合わせも終わる。一つずつ積み重ね、一つずつ身に付けるしかないから。そして、その後はお話は真の女子会に変わって行く。

「ちょっ！　それって、えええぇぇぇー（ブクブク）」

「5回目！　5回戦!!　って、そこから更にぃ！（ブクブクブク）」

「「「そっ、そんな所を甘噛《あまが》みってぇ！（ゴボゴボ）」」」

駄目だ！　このままでは全滅する、既に3割は湯船に沈んでるの！　これはお部屋まで緊急で戦略的撤退だ！

寝る前の魔力操作練習分をするだけの魔力回復はまだできていない、このままでは魔力講習会まで持たずに全滅してしまう！　いや、聞く方も聞く方なんだけどね？　うん、身振り手振りを添えて臨場感たっぷりに事細かく、拙い言葉で真摯に執拗《しつよう》に微細に、それはもう凄かった怖かった狂っちゃいそうだったたって涙目で語る割に……なんだか、すっごく嬉しそうなの？

そして恐るべきは、途中から目が蕩《とろ》けて切々と事細かな描写が入りだすと、その思い出すような表情はなんか女の子から見ても妖しげで。そして、とっても嬉しそうに語り終えると、いそいそとお洋服を整えてお部屋に向かい、みんなは——倒れてるの？　うん、実は絶対エロっ娘《こ》さんだよね！

そう、そのエロっ娘さんに遥君は何て恐ろしい物を作ってしまったのだろう……全身網タイツって!?　いや、買わないからね？　ホントウダヨ？

?日　オムイの街　領館

王国はどうなっているのだ……この地を離れられないまま状況は悪化し続け、今では文書もまともに通じ合っているか怪しい状況。ようやく堰《せき》となったナローギが消えてみれば王国の様相は様変わりしている。

「王家の情報は」

「いえ、全く」

「公式の使者を立てても襲われて戻るばかりです」

「うむ、王国師団の旗を掲げていれば、ちょっと斬り結んで突破するわけにもいかぬか」

「こちらから戦争ふっかけてどうします……それすら狙いかもしれないのです」

この辺境は孤立した地勢故に、隣領《ナローギ》を通さねば情報が得られなかったが……一体、何が起こっているのだ、何故《なぜ》王家からの連絡すら滞っている。少なくともこちらからの使者を彼奴《あいつ》が確認すらしないはずはないというのに。

「我らは幸運に救われただけで不穏な情勢は何ら変わってはおりません、おそらくは王国はもう……」

「ありえん、少なくとも何も言わずこんな事があるはずがない！」

せめて東部公爵家と繋ぎが取れれば状況が摑《つか》めるのだが。戦傷が悪化し動けぬとも聞き及ぶが、さりとて辺境から離れるのも危険。だが、彼奴《あいつ》が許す訳がないのだ――まさか。

「だからこそ、情報が遮断されている可能性もお考えになるべき時かと」

王国はそこまで……遠い辺境の地で魔物と戦う日々に追われていたが、王都の魑魅魍魎《貴族》共はそこまで。この国がそこまで墜《お》ち果てたならば、辺境伯として民を護《まも》るのが責務。そして恩人に徒為《あだな》すことはできぬ。

「シノ一族のおかげでようやく状況が見えてくれば、この有様……何が起こっておるのだ」

「最悪を考えねばならぬほど事態は悪化しているやも……残念ですが、軍の動きはよもや無視できないかと」

主力の第一師団を国境防衛から動かせるとは思えぬが、王都防衛に特化した第二師団は攻めには向かぬ。

「あの、第三師団くらいならば放置でいいのだがな」

「過小評価は禁物かと。されど未《いま》だ貴族の子弟達が屯《たむろ》うままならば容易《たやす》いかと」

国内の治安維持部隊という名目で貴族達の子弟に禄《ろく》を与えただけの第三《あれ》が危険を犯すとは思えんが……だが、よもや最強の近衛《このえ》師団を当てるとなれば、おそらく王国はもう……。

「何をしておるのだ、王よ……」

55日目　朝　宿屋　白い変人

呼びつけられた――まあ、今日はどこか適当なパーティーに付いて行くだけで、これといった出番は無かったんだけど。

全員30階層辺りだから危険も無いし、出番も無いだろう。だから、確かにいなくて良いんだけど、きっと自分達だけで魔石を集めて大儲《おおもう》けして、逆お大尽様な下剋上《げこくじょう》男子高校生虐待内職大注文を狙っているに違いないんだよ！　そう、遂《つい》にお大尽様下克上の戦乱の幕開けだった。わかりやすく言うとボッタクリ価格がバレたんだよ！

大貧民女子高生革命が勃発なんだけど、まあ稼いできても有り金は巻き上げる。

「ふっ、昨晩のうちにアンクレットの大量生産に成功したのだ。逆お大尽様下克上革命でレヴォリューションだ――！」（ポヨポヨ！）

さて、そんな訳で偽迷宮まで高速移動。

「うん、一昨日行ったばかりなのに二度手間だし、もう隣領の街には買い占める物も無いんだよ？」

そう、もう物資は欠乏しているはずだ。現地ではメリ父さんが待っているらしい。

念の為《ため》に迷宮皇王コンビは委員長さん達に付いて行かせようかとも思ったが、イヤイヤされてしまったので連れて来た。
一応、世間的には使役したスケルトンとスライムっていう事になっているから問題ないと言えば問題ないが、どう見てもそう見えないのは何故なんだろう？　うん、今も早くしろって怒られてるんだよ？（ポヨポヨ！）
甲冑《かっちゅう》委員長さんは時々のお休みの日に私服で出かけているから、見られている可能性はある。うん、スケルトンさんから種族不明の人族になった場合って、届け出とか必要なのだろうか？
「よく考えたら俺だけ何処にも登録してなかったから、届け出ようにも身分がなかったんだよ？　うん、つまり俺は悪くないな！」（プルプル）
まあ大丈夫だろう。何故だか結構優遇されてるみたいで、冒険者は魔石の売買で税金を引かれるから税とか無いらしいんだけど、俺は冒険者でもないのに無税の許可証を貰《もら》っている。だから冒険者ギルドでは1割は取られるが、雑貨屋さんや武器屋の配当でも税金免除なんだよ。だから甲冑委員長さんが人でも何とかなるだろう。使役してるのは本当だし？
「あれ、ビッチ達《たち》も免税対象なの？　ビッチだよ？　齧《かじ》られるよ？」（プルプル）
個人的には甲冑委員長さんが登録上だけであっても、魔物扱いされるのが嫌だったりする。あと、さすがに「こっちが迷宮王さんで、こっちは迷宮皇さんなんだよ」とか言うと怒られそうだ。うん、元なんだし黙っていよう。

　そう、だって門番さんも何も言わなかったし、普通にスライムさん撫《な》でてたし、問題は無い。つまり俺は悪くない。よし、何か言われたら門番のせいにしよう！

「遥君態々《わざわざ》すまないね。先に言っとくけどオムイの領主メロトーサム・シム・オムイだから。メリ父さんじゃないからね？　もう、メロトーサムと呼び捨てで良いから、ちゃんと覚えて欲しいんだけど。あと君が今住んでいる所はオムイの街だからね？　看板出てるよね、大きくしたんだけど見てないかい？」

　メリ父さんのお出迎えだ。つまりまたおっさんだ。凄《すご》くない、この異世界の脅威のおっさん率って？　多分異世界の人口を調べたら8割はおっさんなんだと思う。だって会う人の8割以上がおっさんなんだよ？　うん、謎の出生率と中齢化問題なのか、何処からかおっさんが湧いているのだろうか？

　よし、潰しに行こう。きっと最下層におっさん王がいるんだよ。ドロップ品は期待できそうにない。だって、『加齢臭の指輪』とか出て来そうで、もう好感度さんがダッシュで逃げ出しても文句は言えないだろう――うん、俺も逃げるよ！

「お――い、話を聞いてるかい？　メロトーサム・シム・オムイだからね」

「えっと、呼ばれて来たんだけど隣街を滅ぼすの、王国を滅ぼすの？　うん、おっさんを殲滅《せんめつ》するなら、俺も丁度おっさんは滅亡させた方が良いかなと思っていたんだよ？　焼き払う？　磨《す》り潰す？　衣服破壊は嫌だよ？　凄く嫌なんだよ!!」

まさか大迷宮より恐ろしい、おっさんの巣窟が有ったとは。うん、大迷宮はどれほど危険であろうとも美人迷宮皇さんでチャラどころか有益だったが、おっさんの巣窟なんて滅ぼす以外にない！　そう、昔の偉い人は言った、「おっさんは消毒だ！」と。

「お願いだからあまりおっさんを苛《いじ》めないでくれるかい、兵達もドン引きで脅《おび》えてるからね？　あと、おっさん焼き払うとか言う時に、チラチラ私の方見ながら言うの止《や》めて欲しいし、あと磨り潰さなくても良いから!?　それから隣街を滅ぼさないし、序《つい》でみたいに気軽に王国を滅ぼさないで欲しいんだけどね？」

違うらしい？　あれ、何故呼ばれたんだろう？　そう言えば委員長さん達の話では、この辺境の領主って、「我が街の恩人に礼をさせて欲しい、お初にお目にかかる～」とか物々しいけど立派な人だったらしく、礼儀正しく挨拶されたらしい？

うん、「お～い、遥君《はるかくん》」とか手を振ってたけど、メリ父さんは領主を首になっちゃってて、リストラされちゃってたんだろうか？

——という事は、無職仲間なの？　いや、おっさんの仲間は必要ない。うん、なんか今から滅ぼすらしいし？

「ようこそ、お呼び立てして申し訳ございません。どうぞこちらへ」

側近の人だ、多分この側近の人はリストラされていないはずなんだよ。だって他に働いている人見た事無いし？

「あれ、私は出迎えに来たんだが呼ばれないのかな？　領主なんだけど置いていかれるのかな？ってこら、家臣が見たら泣くから止めてーって、お前家臣だよね!?」

やはりリストラされたのか。側近さんも見捨てたようだ。まったく渡る異世界は魔物ばかりだけど、なんかドロドロの嫁姑《よめしゅうとめ》問題より平和そうだ？

うん、魔物を叩《たた》いている方が健全そうだよ？

「まったく健全が好きなら漫画やゲームの殺人シーンなんて禁止する前に、公共放送のサスペンスドラマから殺人を禁止すれば良いんだよ。うん、家政婦が見る前に殺人止めるサスペンスとか素敵そうだ！　家政婦無双？」（プルプル）

「どうぞ、こちらへお掛け下さい」

「――私には無いのか、席は無いの？　マジで家臣だよね!?」

やはりリストラされたから席が無くなってしまったのだろう。うん、どうやら窓際にすら席はなかったらしい。うん、帰ったらメリメリさんに内職を紹介してあげよう。

そして呼ばれた理由は隣領の街に王国からの使者が来ているが、多数の冒険者を集めているらしい。つまり、話し合いの前に偽迷宮の踏破を仕掛ける気だ。

「こちらが、今現在届いている情報です」

偽迷宮がある限り交渉は圧倒的に辺境側に有利。このまま交渉に入れば王国側からは条件を付ける事すら叶《かな》わない。だが、偽迷宮さえなければ武力を交渉に持ち込める、だからこそ王国軍が侵攻するために偽迷宮は絶対に潰す必要がある。

「王国側の冒険者ギルドの上位陣勢揃《せいぞろ》いでね……本気のようだ」

でも軍は迷宮戦に向かない。数が多く陣で構え、指揮官の命令で動く軍隊は、狭い迷宮では的になるだけだ。だから、臨機応変に動ける冒険者の方が迷宮戦では強い。

そもそも軍は対人特化、冒険者は魔物特化だし、ダンジョンの知識と経験が無ければ迷宮で戦うのはきついだろう。

うん、そうなんだよ？　なんで俺だけ知識も経験も無いのに、いきなり迷宮初体験の初戦が迷宮皇だったのだろう？　あれって知識とか経験とか積む暇も無く、即最終決戦だったよ？

「うん、兵隊甘やかしすぎだよ。穴から落とせば良いんだよ！　大体、穴から地下100階層まで落とすと上がって来ない気もするけど、俺だけとかズルいよ？　うん、どうせおっさんだから良いし、じゃんじゃん落とせば、きっと最下層のおっさん王も潰れるはず！」

いや、まあ偽迷宮だから下層も無いし、おっさん王もいないけど？　だっておっさん王とか使役したくないんだよ？　うん、嫌だよ？

「おーい、聞いてるかなー？　話聞いてくれないのは知っているけど、名前だけでも聞いて覚えて欲しいけど、せめて座らせてくれない？　うむ、何で領主だけ立たされてるんだい？　もう勝手に出て行かないから席を用意してくれないか？　一人で立ってるのは結構悲しいものが有るのだよ？」

どうも隣領の街に高ランク冒険者と傭兵団《ようへい》が集められているらしい。

「いや、防衛するより焼いた方が早いんだよ？　だって全員おっさんだと思うよ？」

「交渉って言ったよね！　攻焼じゃないからね!?」

浄火戦浄した方が良いと思ったりするんだけど、いけないらしい？　いや、おっさんたちのジト目とかいらないよ。うん、お目々焼いちゃうよ？　まじ需要無いから！

「っていうか待ってても出て来ないと思うよ？　うん、あの偽迷宮は迷宮じゃないから殺せないし、冒険者だけ通り抜けても意味無いし、兵隊って言うか軍隊が通るのは無理だと思うんだよ？」

そう、危ない、主に映像的に！　うん、装備破壊された真っ裸のおっさん軍団とか需要無いんだよ？　やっぱり焼いちゃう？

「そうは言っても手練《てだれ》だし、その軍も最精鋭なのだよ」

もうあの隣領の街に民間人は只一人《ただ》もいないはずだ、尾行っ娘《こ》一族が報告に来るまで分からないが、もうあの街は生活物資が無くなっている。商店が無くなり、廃墟《はいきょ》化が進んでいるところに、徹底して買い占めを仕掛けたのだから暮らせるはずが無い。もうとっくに墜《お》ちている。

更に尾行っ娘一族が人を辺境に移住させ、街やその近隣の町や村の物資を根こそぎ買い占めているし、更に遠方からの仕入れは妨害して遅延させている。役人や兵隊ですら逃げだしているのだから、最早《もはや》街では無くなっている。

「いや、来ないと思うよ？」

だから持久戦が不可能な速攻。つまり初見で偽迷宮に挑む。うん、攻略法も知らずに落とせるほど甘くはないんだよ……うん、つい楽しくて罠《わな》仕掛けすぎてたんだよ？


だって隣領の街を焼いたり、領主に手を出したり、兵隊を殺したりすると王国の法に引っ掛かる。それで、辺境側が俺を庇《かば》うと辺境側に不利な条件ができてしまう。

だからしてないんだよ――でも、経済活動とか物流を殺してはいけないなんて言われなかったし、王国の法律にも書いていなかった。街の人は勿論《もちろん》だけれど領主も兵も殺せないから街を殺した。うん、あの街はもう死んでいる。

「有利な条件のまま交渉に臨みたいというのは虫の良い話だと理解しているが、それでも王家に思うところがあるんだけど……生きて出られそうかい？」

遅いか早いかだけの問題だから問題ない。どうせ隣の領は、辺境の魔石売買か高額の通行税をせしめる以外に収入が無い。そして、じわじわと死んでいけば負担は下の者へ、弱く貧しい者に掛かる。そう、だからさっくり殺して、弱く貧しい者さんはみんな辺境に貰った。うん、人手不足なんだよ？

「いや、生きて何度もチャレンジして貰う設計なのに、俺の設計思想も知らずに全然攻略が進んでないんだよ！　俺がどれだけ苦心して、あの最後の罠に夢を託したかがさっぱり理解されていないんだよ!!」（プルプル!?）

そう、どうせあの偽迷宮は高ランク冒険者でも通り抜けられない。あれは、あんまりだ
……誰だよ考えた奴《やつ》！

出口だと思って出ようとすると滑り台で入り口に戻ってるって、心折れる前に冒険心折れちゃうよ！　冒険者の冒険心折れちゃうと、冒険しないで無職になっちゃうんだよ？

「うん、ステータスが無職って結構心が折れちゃうんだよ？　心折りすぎてるオーバーハートブレイクさんなんだよ？　思わず俺の悲しみを知るがいいって、しっかりワックスを塗り込んでおいたから、あれはツルツルッと滑るんだよ！」

そう、甲冑委員長さんとスライムさんも楽しそうに16回も滑るもんだから、帰るのが遅くなっちゃったんだよ。まあ、楽しそうだったから良いけど。

「「駄目だ、全然聞いていない!?」」

異世界はもっと振りを理解して行動する努力をするべきだ。

55日目　朝　偽迷宮

私が命じられた指令は、この辺境への道を塞ぐ迷宮を殺す事。そして、その奥に隠れている辺境伯に最終通告をする事だ。急がねば最早、王国には時間が無い。

だが王国は辺境と辺境伯を甘く見すぎている。それでも交渉に持ち込めなければ王国が破綻する。だから、辺境伯にお会いする。そのためには、まずはこの迷宮を殺す。

「いけるか」「はっ！」

Aランク冒険者を中心とした迷宮のエキスパート達を率いて、謎の迷宮へと踏み込む。

そのバックアップとして、Bランク冒険者達がサポートに回る豪華な陣容だ。

だが、それは激闘でも死闘でもない何かだった。正直、笑ってはいけない迷宮踏破だった。王国からの要請ですぐに連絡が付き、手の空いていた高ランク冒険者全てを招集させた。高額の報酬を提示されても即応した。

それほどまでに、この迷宮を落とす事は急務。王国の存亡に関わる大事だ。人員も戦力も出し惜しみはしない。

それが……その選《よ》りすぐりの精鋭達が……駄目だ、笑ってはならない！　そう、彼らは必死で、王国からの依頼に応えようとしているのだ……ぶふううぅ――っ！

「うわああああああああ――………」

深い底も見えない大穴に架かる、一本の細い通路。複雑に曲がりくねりながら続く、切り立った岩の道は大軍では渡れない。両側の壁から打ち出される岩に叩き落とされて行くだけだろう。だから、迷宮を殺して仕掛けを止めるのが任務。

華麗な身のこなしで岩弾を躱《かわ》し俊敏に進む冒険者が……足を滑らせて落ちて行く。

その、滑る道を避けて飛び上がり、迷宮の天井の岩に摑《つか》まった冒険者が……摑んだ岩ごと墜ちる。
そして、仲間を救おうと手を伸ばして止まれば、岩弾に叩き落とされ、油断していると
ごく稀《まれ》に上からも岩が降って来る。
そこには、剣の腕も、魔法の能力も、冒険者としての技術すら関係なく。滑り、転び、
ただ転がり落ちて行く冒険者達《たち》。そして、あと少しと身体強化して向こう岸まで跳躍する
と……見えない糸に弾《はじ》かれ落下していく。
そして穴の底では絶え間なく水音が聞こえるので、命に別状はない。だが、聞こえてく
るのは「装備が溶ける」、「服が溶ける」と阿鼻《あび》叫喚《きょうかん》の絶叫。

その細い通路を越えて、岩の射出を止めるのにどれだけの冒険者を失ったか。そして、
その先の広間では天井を覆い尽くす蜘蛛《くも》の魔物達。魔法を使える者を集め、一斉に攻撃し
たら天井が崩落して前衛にいた傭兵団が脱落した。怪我《けが》は大した事はなかったが装備が破
壊され、戦闘の継続は不可能。そして——蜘蛛の魔物は天井に描かれた、只の絵だった。
その後の通路も、落とし穴を避けて通路の向こう側に一斉に飛び込むと……壁だった、
それは壁に描かれた通路だった。そして、真下の落とし穴に全員が消えて行った。
「なんなのだ、これは」「わかりません、我等《ら》の知る迷宮とは違いすぎます」
何故《なぜ》か集団で軍事行動をとるゴーレムとの戦闘を避け、細い道へと進み突破して来たと
いうのに——その只の通路が通れない。その只の通路こそが恐ろしい。

そして何が恐ろしいかと言えば、もう軍すら残った者の半数以上が武器や装備を破壊され、服も溶け半裸に近い事だ。もはや到底戦力としては数えられない。

これで迷宮王に挑むなど不可能だ。当然服を溶かされた女性冒険者たちは全員が逃げ帰った。ちょっと残……んんんっ！　無事に帰還した。

「撤退は許されていないが、これでは全滅しに行くだけだ。迷宮王戦は冒険者たちを逃がし、我等だけでやるしかないな。年若い兵から武器と装備を取り払い撤退させろ。無駄死には許すな」

「「「……了解しました」」」

武器と装備を持たなければ戦力たり得ない、撤退させても責任は追及されまい。

「宜《よろ》しいのですか。それでは……」

「私が残れば問題ない。私が帰らねば全滅と見做《みな》される」

これは王国が滅びるしかないな。この王国が、王国の貴族達が今まで辺境にしてきた行いを鑑みれば、辺境伯は許しなどしないだろう。そう、それは当然の事だ。

「詫《わ》びにすら辿《たど》り着けぬか」

王族貴族全員の首を差し出せと言われても驚くことも無い。我ら王国は辺境に死ねと命じて来たのだから。辺境へ助けを出すはずの王国が搾取し、苦しめて来たのだから、許しを乞う事すら認められる事はないのであろう。

ただし、たとえ王国の滅亡が懸かろうとも、あの中央の下種《げす》貴族達が財や生命を差し出す訳が無い。ならば、もう王国は滅びるしか道がなくなった。

「かかろうか」「「「「はっ！」」」」

そうして僅かな兵たちと進むが、罠ばかりで魔物がいない。下層への階段すら無いから通路型の特殊な迷宮なのだろうか。ならば、奥に迷宮王がいる。残りは8名。

この手勢で倒せるなんて露ほども思ってはいない、しかし戦う事無く罠に掛かり迷宮王すら見ぬままに朽ち果てれば、私を庇い消えて行った兵に合わせる顔が無い。だが残りは5名。

充分に注意したにも拘《かかわ》らず扉を開いた兵は、絶叫とともに消え去った。扉の取っ手自体が罠だったのだ。手が離せないままに扉に引き摺《ず》られるように地下へと消えて行った。


これで残りは私一人だ。

だが、とっくに命運は尽きている。既に両手と両足が床に接着され、惨めに四《よ》つん這《ば》いのまま動けない。まるで囚《とら》われた獣のように無様に地面に這《は》い蹲《つくば》り、進む事も、戦う事も、退く事は疎《おろ》か、もう立ち上がる事もできずに――無様に運命が潰《つい》えた。

もう剣は手に取る事すら叶《かな》わず、甲冑《かっちゅう》も腐食され朽ち果てている。

そして岩壁が蠢《うごめ》き動き出す。次々と壁から剝がれ出る岩の人形達、「ストーン・ゴーレム」！

こんな惨めな姿で、戦う事すら許されずに屍《しかばね》を晒《さら》すのは屈辱。だが此処《ここ》で果てるなら少なくとも王国の滅亡を見ずに済むだけ幸せなのかも知れない。

そんな悲観を他所《よそ》にストーン・ゴーレム達は、私が張り付いている床を……私ごと頭上高く持ち上げた？

「くっ！」

一瞬の浮遊感に、床に叩《たた》き付けられるかと思ったが、上下させているだけで叩き付けられることも無く、攻撃のそぶりも無く。ただ私の張り付いた床ごと上下に揺らしながら行進する……まさか迷宮王への生贄《いけにえ》？　無様に戦う事もできぬまま、魔物の餌として生きたまま喰《く》われるのか。

だが、もう考えても抗《あらが》う術《すべ》すら無い。

暗い通路を延々と上下に揺らされながら、ゆっくりと運ばれて行く。これが何かの儀式なのか。未《いま》だ迷宮王と見《まみ》えた事も無ければ、魔物に捕まり喰われた事も無いのだから分かる訳もない。

明かりが見える。あそこが目的地……屈強なストーン・ゴーレム達の厳かなる行進、そしてひけらかすかのように惨めに四つん這いのまま蹲《うずくま》る私の姿が、高く担ぎ上げられて晒される。

その陽射《ひざ》しの明るさに一瞬目が眩《くら》むが、たとえ生きたまま一太刀も浴びせる事無く、無残に貪り食われるのだとしても、せめてもと睨《にら》み付けると——外だった。

そして遠くには城壁が包囲するように囲み、その前に展開するのは王国で最強と恐れられる辺境軍。そして、それを率いるのは英雄の一族と呼ばれ、幾多の伝説を残すオムイ家の現辺境伯。王国の民が辺境王と呼び、他国の軍が挙《こぞ》って軍神と恐れ、王都では無敗の剣士と知られる英雄メロトーサム・シム・オムイ。

皆の視線が注がれる……今の格好って半裸……我が身は僅かに溶け残りし襤褸《ぼろ》布が辛うじて纏《まと》わり付いているだけの姿で、四つん這いのまま蹲った格好で高く担ぎ上げられてる――

「くっ、こ……きゃあああああああああああぁぁ――――――っ！」

お菓子を食べさせながら何回も大丈夫だよ、大丈夫だよって言い続けると事案にしか聞こえない。

55日目　夕方　偽迷宮前

このジト目は違う。だって眼球が虚無のように空洞のように深い闇なんだよ？　わかっているのは世界の真理、そう、俺は悪くないこと。だが、やはり半裸が不味《まず》かったんだよ……でも、オタ達の案では全部溶かす気満々だった。しかも、触手付きだった。それでも万が一発動する事が有ったら不味いし、どうせ十中八九と言うか、まず間違いなくおっさんだからと、半裸に設定を変えておいたんだよ？　うん、だから大事な所は大丈夫だった。かなりギリだけど深夜枠ならきっと辛うじてセーフだ！

でも目が死んでる。やっぱりストーン・ゴーレム達のワッショイが駄目だったんだよ。ほら、目が逝っちゃってるもん……何処《どこ》かに？

「えっと……大丈夫？って、状況的に全然一片たりとも全く大丈夫さがさっぱり感じ取れないくらいに大丈夫ではなさそうなんだけど、それでもきっと何かの間違いで大丈夫なんだよ？　多分？　うん、見えてなかったし？　みたいな？」

何故だか服を着せてくれた甲冑委員長さんの後ろに隠れるようにしてこっち見てる？　あっ、見てるけど目が駄目だ。

「ううぅ……許して下さい、ごめんなさい、酷《ひど》い事しないで下さい、御寛恕《ごかんじょ》下さい、ごめんなさい、酷い事しないで下さい、許して下さい、ごめんなさい、だからエロい事もしないで下さい、許して下さい、ごめんなさい、ごめんなさい……」

うん、壊れてるみたいだ？

「うーーん？」

状況を整理すると、俺は悪くないのに、これはきっとお説教が初の20人による48時間耐久で開催され、下手すると交代制のお説教リレーが開幕されるくらいに怒られそうな気がする。まあ、でもそのうちの46時間と52分くらいはオタ達のせいだから任せよう。きっと俺の分は7分くらいなんだよ。うん、あとの計算が合わないところはワッショイトラップに大賛成してた莫迦《ばか》達が怒られるんだよ。うん、俺は悪くないよ？

（ジトーーーーーーーッ！）

それとジトりながら隠れてるけど、その人こそが迷宮最強最悪最下層ご出身の迷宮皇さんで、俺は普通の良い人族の男子高校生だからね？　うん、普通怖いのはそっちなんだよ？　なんだか慣れた手付きで背中をポンポンしてくれてても、その人が一番怖いんだからね？　うん、俺は普通の良い人族の怖くない男子高校生だからね？　多分？

「いや、何にもしないから？　まあ、大丈夫って言うか、ある種の罠《わな》の誤作動だから、ちゃんと正確にきっちりばっちり作動してたけど、きっと誤解だから誤作動だったんだよ？」

だって、誤解だ。そう、この世界って12割くらいの確率でおっさんの筈《はず》で、今までだって世間の25割くらいっておっさんだったじゃん!?

「うん、だからきっと誤作動で誤解が作動して誤認逮捕の危機だけど、俺は悪くないんだよ？　そうそう、俺は悪くないのに、いつも有罪判決が下されるんだけど、無罪の罪の無い男子高校生だから大丈夫なんだよ？　おそらく？」

「……苛《いじ》めない？」

そう、きっと悪いのはおっさんだ、きっとおっさん王のせいだ。うん、なんかそんな気がしてきたから、そうに違いない！

「いや、苛めるどころか日々絶え間なく苛められてるから苛めたりした事もないんだよ！　うん、今までも可哀想《かわいそう》な俺に数々の心理トラップを掛けて、俺を苛めるオタ達の頭を日々焼き続けているくらいに全然苛めないんだから大丈夫なんだよ――。うん、取り敢《とあ》えずお菓子食べる？」

食べている。よし解決だ！

そう、世の中お菓子をあげると大体の問題は解決で、コツはお菓子を食べさせながら何回も大丈夫だよ、大丈夫だよって言い続けるのがコツなんだよ！　うん、なんだか事案にしか聞こえないんだけど、きっと大丈夫なんだよ。未だになにが丈夫で大きいのかも分からないけど、きっと大丈夫だ。だって、美味《おい》しそうだし？

（ポヨポヨ）

見た感じ甲冑委員長さんと同じくらいか、ちょっと上なのか。異世界で金髪はよく見るけれど、なんかこれがプラチナブロンドだーって感じの豪華さだ。うん、とても美人さんなのだが、非常に残念な事に未だ目が死んだままお菓子を美味しそうに頬張っている？　うん、もう一個あげたら目に光が戻るのだろうか？　あげてみよう。

（プルプル）

だが、おっさんが現れた。うん、犯人？

「大変失礼を致しました、使者を送って頂ければお迎えに参りましたのに。このような辺境にまで御身を運んで頂き光栄です。このメロトーサム・シム・オムイ、また御目《おめ》にかかれた事を嬉《うれ》しく思います、シャリセレス王女殿下」

メリ父さんが深々と大仰な挨拶をしているから、どうやら王女様だったらしい。うん、王女様の半裸ワッショイ事件だったようだ……オタ達《たち》は縛り首決定だな。よし、帰ったら捕まえて引き渡そう。もう首も絞めておこう。そうしよう。

「今は軍務で近衛《このえ》師団としてまいりました。そして捕らわれた敗残の将です。どうか、斯《か》様《よう》な礼は必要ありません。そして、最早《もはや》使者としての役目も果たせぬ身なれば、王女などとこの辺境で頭を下げて貰《もら》えるような身分ではありません。どうか、お顔をあげて下さい、オムイ様。お久しぶりです」

知り合いみたいだが、お互いの立場が微妙で話が進んで行かないんだよ。うん、帰っても良いのだろうか？

きっと偽迷宮も武器とかいっぱい拾ってくれて儲《もう》かっているはずだし、街の冒険者ギルドで叩き売れば喜ばれるだろう。

まあ、武器屋は在庫でいっぱいだし、同級生用にはショボい。そして殆《ほとん》どは破壊されたか、溶けちゃっただろうが、あれだけ大量にお客さんが入ったのだから期待できる……うん、入場料とか取れないかな？　そうだよ、あの偽迷宮ってクリアーしたら景品が出るんだから、貰っても良いんじゃないだろうか？　あ、思い出した！

「えっと、王女っ娘《こ》は迷宮初脱出者さんだから、記念の豪華景品が出るんだけど、タワシ一年分いる？　それとも、お菓子好きみたいだからお菓子にする？」

うん、でも一年分のお菓子は無理なんだよ。

「お菓子は消費量が無限に近いから需要過多で供給者さんが内職で残業でいつも泣いてて可哀想なんだよ？　大儲けだけど可哀想なんだよ？　大儲けはすぐ無くなるのに内職は無くならない謎のお菓子作りなんだよ。あと一年食べ続けたら太るんだよ？　太ったって俺に怒ったら駄目なんだよ？　だったらタワシが良い？」

お菓子が良いみたいだ。でも、街ではタワシが大人気なんだよ？　タワシ持ってないと流行に乗れないよ？　俺もいらないけど。

「え～と遥《はるか》君。私は良いけど此方《こちら》の方はこの国の王女様だから……できたらその～できるだけでも良いんだけれど、こう礼儀的なあれでお願いしたいんだよ？　いや無理にとかじゃないしできればだけどね？　ちょっとだけでも敬意な感じの言葉だったりして貰えると……無理だよねー？」

失礼な。礼節を重んじる事において俺を上回る者等《など》いないだろうに？　あまりの礼節さに礼を超大切に大事に節約して、なんと一度も使った事が無いんだよ？　うん、きっと俺の礼儀って滅茶《めちゃ》貯まってて、既に利息だけでも超礼節状態なんだよ。ばっちりだよ。

「これはこれは大変に失礼致しました、王女様とは露知らず。お菓子をあげたから悪戯《いたずら》して良いのかな？　いや、トリック・オア・トライだったから、ずっと悪戯しちゃうんだっけ？　えー、ほら、私は遠方から参りました遠方の者です？　お目にかかれて恐悦至極に良きに計らえ苦しゅうない的な感じでございます、王女っ娘様、って言うかシャリシャリさん？　みたいでございます？」

「悪戯駄目です。ずっと悪戯はもっと駄目です。許して下さい、ごめんなさい、酷い事しないで下さい、エロい事も酷い事しないで下さい、許して下さい、ごめんなさい、超エロい事もしないで下さい、エロい悪戯も許してください、トリック・オア・トライも駄目です、許して下さい、ごめんなさい、ごめんなさい……」

あれっ、またお目々から光沢が消えて空洞になって、坩堝《るつぼ》な虚無さんに直通してるよううだ。うん、深淵《しんえん》が覗《のぞ》けそうだよ？

（ポルポル！）

叱られた？

「遥君……いや、みたいでございますって……ごめんよ無理を言って。なんだか普通に意味不明な方が普通だったよ。みたいなだけが敬語になってたんだけど、それってそんなに重要じゃないところだよね？」

おや、まさか俺の丁寧すぎて安寧が損なわれるとまで言われた丁寧語と、謙《へりくだ》りすぎて足元をすくわれ奈落に落とされると称された謙譲語にご不満なのだろうか？

うん、側近の人から隔離された？　いや、その普通にヤレヤレってしている二人は迷宮皇と迷宮王なのに、なんで普通の人族さんの俺が隔離されているの？　うん、寧《むし》ろ俺がご不満でいじけちゃうよ？


そして長い説明は、王女っ娘のシャリシャリさんは王女だけど将軍さんで、メリ父さんから指導も受けた事が有るお弟子さんらしい？　うん、でもメリ父さんって盗賊に襲撃されてるのに側近さん達から取り押さえられてたんだよ……盗賊襲おうとして？　うん、その人って指揮しないで盗賊の群れに突っ込もうとしてたんだから、絶対倣ったら駄目な人だよね？　うん、多分突撃しかしないと思うよ？

そして王女様半裸ワッショイ事件は防衛の為《ため》の事故として不問にされた、つまりきっと全裸触手付きワッショイだったら不問では済まなかっただろう。やはりオタ達の首を絞めて軽く焼いてから出頭させせよう。あいつ等《ら》こそが犯人だったんだよ？

「いや、まあ立ち話もなんだから、せっかくだからお城の中で話そうよ。全く王女っ娘様をお外でお話しさせるとか失礼極まりないくらいに失われた礼節の節約が節制中なんだよ。うん、だから必然的に入り口はこっちなんだよ？　あっちは罠だから」

みんなどうしてお城が有るのにお外で話し合ってるんだろう？

「え～っと……入って良いのかい、遥君？」

「何故《なぜ》オムイ様が。この見事な城塞はオムイ様のお城ですよね？　どうしてお伺いを立てているのですか？」

いや、早く入ろうよ。だってお城通らないと帰れないんだよ。そろそろ晩ご飯の時間になるんだよ？

「うん、謁見の間はこっちで、そっちは通行用の通路に出るからまたお外だよ？　地図を書くのは面倒だから探検して調べてくれると助かるんだけど罠には気を付けてね？　こっちのは全裸だから」

「全……ごめんなさい。酷い事しないで下さい、許して下さい、ごめんなさい、全裸駄目です、許して下さい、ごめんなさい、ごめんなさい……」

（ポムポム！）

うん、道案内しただけなのに怒られた。何故だろう？　みたいな？

美人女暗殺者さんなら全部溶かして触手さんでも許されるかもしれない。

55日目　夕方　偽迷宮前の城

謁見室用の部屋まで案内して帰ろうとしたら側近の人に止められる。

「あれ？　撃退したらお仕事終わりじゃないの？　うん、もう誰も出て来ないよ、期待しても全裸のおっさんも出て来ないんだよ？って、期待してるの!?」

側近の人だけは俺と同じまともな人だと思っていたら、一番ヤバい人だったの!?　逃げよう、危険が危ない！

「シャリセレス王女殿下。こちらが謁見の間になるそうです。むさ苦しい所……って違うからね！　全く何の文句も無い、大変に立派な謁見室です。ありがとうございます、最高です！　うん、遥君の作った謁見の間に文句なんて一欠片《ひとかけら》も無いからね？　ね？」

「いや怒ってないから。不満があるんなら手直ししようかと思っただけなんだよ？　何で伯爵と王女が脅《おび》えるの？　リクエストとか有ったら直すよ？　罠とか付けてみる？」

確かに不用心だったかもしれない。敵の間者が通されるとしたら、ここになるはず。つまり、暗殺者対策が必要だ。きっと美人女暗殺者さん用の罠もいっぱい必要に違いない！　そして、きっと美人女暗殺者さんだったら、全部溶かしても怒られないだろう……そう、触手さんも許されるかもしれない！

　おっさん用は落とし穴で充分だよ、永遠に出て来なくて良いし。

「罠を付けるんですか、また溶かされちゃうんですか!?　許して下さい、ごめんなさい、酷《ひど》い事しないで下さい、溶かさないで下さい、溶かしてエロいこともしないで下さい、ごめんなさい、エロ酷い事もしないで下さい、許して下さい、ごめんなさい、エロい事駄目です、許して下さい、ごめんなさい、ごめんなさい……」

（ジロリ！）

　甲冑《かっちゅう》委員長さんから視線で怒られた？

（ポヨポヨ！）

　そして、叱られた！

「あれ？　お城の手直しのリクエストを聞くと、王女っ娘が脅えて怒られるって……リフォームが嫌いなのだろうか。はっ、まさかここにも新築派の手の者が！」

　いや、でもここ新築なんだよ？　うん、さっき建ったばっかりなんだから、建ちたてほやほやの新築物件さんなのに何がいけなかったか分からないが、俺は悪くないだろう。うん、悪かった事が無いんだし？

「先ほどもお伺いしましたが、この見事な城塞はオムイ様のお城ですよね、どうして其処《そこ》の……遠方の方にお伺いを立てているのですか？　そして、オムイ様まで話し方が砕けすぎて砕け散ってしまっていますが、こちらの遥様と言われるお方は偉い方なのでしょうか？　エロい方だったらごめんなさい、エロい事しないで下さい、許して下さい、ごめんなさい、許して下さい、ごめんなさい……」

「ちょ、謝られているように見せかけているけれど、なんかエロい方とかディスられてるんだよ？　うん、羅神眼で見つけて、即座に甲冑委員長さんに服を届けさせて、スライムさんに壁になって貰ったから誰にも見られなくて済んだんだよ？　うん、即座に行かせたからドレスがエロいのは気にしたら駄目なんだよ？　まあ、確かに今晩そのドレスでエロい夜を一晩中オールナイトだったりする予定だったのは秘密なんだよ。フィーブァーーみたいな？」

「やっぱり私がこのエロいドレスを着せられたのって、今晩このドレスでエロい事を一晩中オールナイトでされちゃったりする予定だったのですね。誰に秘密なんでしょう？　ごめんなさい、エロい事しないで下さい、エロいドレスでエロい事を一晩中は許して下さい、ごめんなさい、エロい事は駄目なんです許して下さい、ってフィーブァーーされちゃうの？　ごめんなさい、ごめんなさい、ごめんなさい……」

　甲冑委員長さんが王女っ娘をポンポンしてあげながらジト目でこっちを見てる。いや俺何にも間違ったこと言ってないよね？　ちゃんとフォローしきっていたよね!?

　あと、メリ父さんも溜息《ためいき》ついていないで、俺の深刻な冤罪《えんざい》を何とかしてくれないかな？

　うん、これを見られたら滅茶怒られそうなんだよ？　冤罪で有罪で罪人扱いなんだよ。

「いや、だってこの名も無き土地にできた名も無きお城は、名前も知らないけど気にもならないから俺はいらないよ。うん、名も無きメリ父さんにあげるって言うか、押し付けるって言うか、あると便利だよ？　まあ、多分きっと名前も有るともっと便利なんだけど、メリメリさんに任せてメリメリ城とかにしちゃう？　でもメリメリ城だとメリメリと壊されそうで縁起が悪くてグレちゃいそうだし、メリお母さんに任せてムリムリ城――おおっ、強そうだよ！　攻め落とすのも無理無理っぽいよ。もう夫婦げんかでも難攻不落だよ！」

偽迷宮と城塞の二段構え、ここを抜けられれば後背の辺境領は無防備なんだから。

「ちょ、やめてくれるかな!?　夫婦喧嘩《げんか》はいつも負けておるのに、城まで渡さないでくれないか！　うむ、このお城に立て籠もられたら謝りに来た辺境軍ごと滅びちゃうから、やめてね？　あと、名前あるから気にして覚えて欲しいのだけど、あれだけ言ってるのに実はメリとムリの2語しか覚えてないよね？　それに私の名前は入ってないんだよ？　名前有るんだからね？」

王女っ娘からメリ父さんって無敗の騎士とか呼ばれてたと聞いたけど、夫婦喧嘩でいつも負けてる無敗の騎士は騎士に向いてないんではないだろうか……はっ、もしかすると夫婦喧嘩で怒られるから、八つ当たりで無敗の騎士！　うん、気持ちは良く分かる。

「あ、よく考えたら謁見の間って、メリ父さんは良いけど俺達《たち》の座る所が無いんだよ？　そうそう、隣に会議室があるからそこで座って話せば良いよ。っていうか、どうして俺が帰れないのかは分からないけど、帰れないなら晩ご飯でも作ってるからお話ししててよ。うん、きっとご飯を作らないからスライムさんに叱られてるんだよ。こっちこっち？」

ようやくみんなで椅子に腰掛け、お話し合いが始まるようだ。どうも異世界では話がこんがらかって先に進まないんだけど、異世界言語の文法がおかしいのかも知れない。だって誰もが俺の言っている事を委員長に通訳させようとするんだよ?

「……えっ?」

「こ……これは」

やはり謁見の間を友好的且つ開放的にして、その隣接した会議室でこそ威圧をかけるべきだ。

交渉の場で言葉は武器。だから雰囲気で威圧し、黙らせて一気に気圧《けお》す。高い天井に精密に並び立つ柱と、その中央に並ぶ円卓。これだけで視覚的に取り囲まれるような錯覚に陥る、デザインによる圧迫面接だ。うん、良い出来なんだよ? 誰も褒めてくれないから自分で描写してみてるんだよ? だって誰も褒めてくれないんだよ?

「まあまあ遠い所をようこそ的な、お掛けになってお寛《くつろ》ぎ下さいませみたいな? だから、立ってないで座ってね? ちゃんと一生懸命作ったんだよ? 多分? いや、俺も初めて見るんだけど?」

うん、設計はしたけど一体形成な錬成作成で、魔力バッテリーの膨大な魔力で強引に形にして強化した岩の構造体。うん、細部がまだ微妙だな?

そうして、ようやく会議というか話し合いというか、情報を聞き出すというか、謝られて怒られるというか……なんだかわからないが始まった。

結局、未《いま》だに王国というか、中央貴族というか、王国の中枢が辺境を脅しつけようと息巻いているらしい。そして王女っ娘《こ》すら王への謁見も叶《かな》わず、軍部は無駄と知りつつ命令に従い最善を尽くして……壊滅する気だったようだ。

お馬鹿さんだ、莫迦《ばか》より馬鹿がいた。もう異世界には馬鹿とおっさんしかいないのだろう——何で勝てないと理解して命令を聞くの？

守る為に戦いが避けられないというならば分かる。だが負ける為に攻めるなんて意味が無い。少なくとも命を懸けるだけの価値が無い。

莫迦より馬鹿がいた。あの莫迦達だってそんな馬鹿な事はしない。死ぬ事に意義すら見いだせずに死ぬような馬鹿はいない。あの莫迦たちなら死んでも戦うし、死んでも……うん、莫迦だから気付かないかも？

「遥君《はるか》。シャリセレス王女が泣きそうだから……っていうか、実は泣いているから睨《にら》まないであげてくれないかね。うん、私も怖いから睨まないで欲しいのだが。王女は……シャリセレス王女殿下は最精鋭の軍で壊滅する事によって、王国を止めて辺境を守ろうとして下さったのだ。御自身の身と命を以《もっ》てして戦争を止めようとされたのだよ。だから頼む、許してあげてくれないか。頼む、遥君」

「オムイ様！」

メリ父さんは跪《ひざまず》き頭を下げる。怒っている俺と泣いている王女様に。

王国の王女が率いる最精鋭の軍が壊滅してみせて、馬鹿貴族達に勝てない事を思い知らせようとした。どっちも馬鹿だ。

どうせ戦って壊滅するなら相手は馬鹿貴族だ。辺境で自滅したところで王国の損失しかない。莫迦達ならそうする。そしてそれが正しい。莫迦だけど。

「いや、頼まなくて良いし、謝らなくても良いし、何にもしないよ？　ただ馬鹿にして呆《あき》れて蔑んでて怒ってるだけだから気にしないでね？　うん、何にもする気無いから。だって、する価値が無いんだよ？　うん、死ぬ人間に何かする価値なんて無いんだよ。生きようとしてるから助けたり手伝ったりお菓子あげたりできるけど、死ぬ人はどうしようもないから良いんだよ。だからどうでも良いからもう帰っても良い？」

「愚かであってもこれしか無いんです！　これしか……これしか無かったんです！　貴族と争えば国が割れ、王族すら割れてしまいます。もう、王国にはこれしか無かったのです。他にどうしろと仰《おつしや》るのですか。どうにもならないではないですか……何処《どこ》に自ら死にたい者がいるというのですか！」

剣に生き、剣に誇りを持った揺るがない生き様……うん、折ろう？って言うか、甲冑委員長さんは護衛って言いながらなんで裸わっしょいっ娘さんに剣を渡しちゃうかはともかくとして、スライムさんまでぽよぽよと応援って泣いてる男子高校生さんも「折るまで泣くんじゃないと」強いられそうな鋭い斬撃。

「まあ、脳筋さんは剣じゃないと納得できないっていう理屈はわからないでもないけど、それならメリ父さん刺せば命令も守れて、おっさんも減って一挙両得で……うん、手伝うんだよ！」

「手伝わないでくれるかな!?　って、そのマジな目は止めてくれるかい!!」

強く鋭く、剣尖に迷いのない修練された斬撃。高い身体能力《ステータス》と能力《スキル》が何故《なぜ》だかメリ父さんではなく俺に来る？　うん、羽交い締めにして盾にしようかな？

「戦うことも叶わず、願いも叶わずに……裸わっしょい。斬られても当然、です？」

（ポヨポヨ）

剣士の意地と騎士の誇りと王族の義務感、そしてエロいドレスならば男子高校生的に受け止めねばならないのだろう……うん、これは良い美脚《ふみこみ》。うん、もちろんだが太ももさんも素晴らしい！

「貴族に勝てないって誰が決めたの？　王国が割れても圧勝すれば全部解決で、強くなればそれで解決なんだよ。うん、死ぬのに意味なんて無意味すぎで、死んだらなんにもできないんだよ？　いや、ゴースト化ならワンチャンあるかも？」

手加減――怒りに狂って泣き叫んでても、余裕を見せているけど当たらないよ？　そんな死んでもいい剣なんて届くわけがないんだから。うん、誘導してもメリ父さんも躱《かわ》してるんだよ？

「なんでこっちに！って、盾にしないでくれるかい!?　あと――済まないが、相手してもらえないだろうか。あの本気の思いに見せてあげて欲しんだよ、諦めないその先を」

「いや、諦めて犠牲《たて》になれば万事解決な万々歳かなと？」

徐々に鋭さが増し、気迫が籠もる斬撃が躍る。うん、メリ父さんも回避に踊る？

「頼む――私では納得してくれないだろう。だから……先《ま》ず、盾にしないでくれるかい！　報酬も出すから!!」

有料報酬《ボーナス》だ！

「ふっ、臨時収入《メリ父さん》は殺らせない！」「誰ひとり遥君以外殺ろうとしていなかったよね!?あと、今呼び方おかしくなかったかい!?」「巫山戯《ふざけ》ないで！　なんで……なんで、こんな子供に！」

魔物にも勝てず、貴族たちを圧倒する武力もない……うん、強くなれば良いじゃん。Lvなんてものが有って必ず強くなれる剣と魔法の世界で悲劇って莫迦なの？　ま、まさか脳筋って莫迦仲間!?

「なんで、どうして!?」

連撃に威力が加わり、その濡《ぬ》れた瞳に炎が宿る。うん、トラウマは脱したんだろうか
……やっぱ脳筋？

「殿下、我等《ら》とて心の中に諦めは有りました、いつか滅びる未来に意地で抗《あらが》っていたので

すよ……ですが、それを許されぬことを知ってしまっただけなんです。殿下なら、その少年のLvはお見えになるのでしょう？」

迷宮の罠《わな》の心的外傷後ストレス障害なトラウマは、馬に蹴られず犬も食わないで粘体《スライム》さんが応援な複雑な事情らしいけど——ドレスがエロいな！

「ついて来てくれた近衛の皆が死を覚悟して挑んだのです。その想《おも》いは、その心を指揮官が無になどできないのです！　なのに、どうして!!」

「いや、Lv低いと殺されないといけないとか言われると俺も困るんだけど、法律にもないよね？　うん、有っても嫌なんだよ？」

打ち合えば勝てないほどの強さなら躱し、圧倒的な防御力なら弱い部位を早く正確にボコる。それが当たり前の戦い、Lvなんて殺し合いに意味なんて無いんだよ。だって悩殺ドレスなんだよ!?

・・・

強くなられた。一体どれほどの研鑽《けんさん》を積み、戦い続けられたのか。終わらない連撃に涙は涸《か》れて、その瞳は驚愕《きょうがく》に変わる。

「何故に、なんで……！」

それは昔、いつか辺境で戦うと約束された時の姫様の想いのまま、純粋で強い心のままの剣。

　だから届かない。

　だから追えない。

　其処《そこ》にいるのは大森林の深奥でも、大迷宮の最下層でも諦めることなく殺し尽くした者。我らが諦め折れるような絶望などで揺らぐことのない唯我独尊。

「いや、でもここでボコると俺って裸わっしょいでエロドレスに着替えさせたお姉さんを棒で叩《たた》く男子高校生な扱いで、それって好感度さんが強姦奴《こうかんど》さんと勘違いされて交換されちゃいそうな気が!?」

　圧倒的《レベル》――普通なら一合で終わる、絶望的な力の差。それを信じていた者は心を折られ、それを信じない傲岸不遜だけが絶望すら圧倒して見せる。

「巫山戯ないで、我らがどんな思いで、如何《いか》なる気持ちでここへ来たか……！」

「此処《ここ》へ来たって……オモイに？」

「オムイだから！　惜しいけど話がズレてるからね!!」

　王家も外敵と王国内の敵に蝕《むしば》まれ、いつか不可能だと絶望してしまっていたのあろう。来たるべき滅びに未来を信じられずに。辺境がそうだったように、戦っているつもりが、いつしか諦めながら抗っていただけだったのであろう。

　そして本気の剣が軽く受け流され、追撃は軽やかな歩法の影にすら届かず、目を見張る

……その意味を理解し、その恐ろしさを思い知ったのだろう。

その戦えないから殺すという不条理な意味を、Ｌｖで届かないなら殺せばいいという決して諦めない思いの恐ろしさを。

「くっ、どうして！　なんで!!」

その少年だけが誰も届かなかった絶望に届いた、届かないなどと決して思わないものだけが届くのだろう。諦めながら見る夢など、そんなものはどれだけ願おうとも叶うはずもなかった。それは死を以てしても言い訳にしかならない。これは死線、命懸けで叶えたいなら殺せば良いと誘う一線の向こう側。

「聞きしに勝るか。あのメリエールすら触れられないと聞いてはおったのだが、ここまでとは」

圧倒的なＬｖ差であっても当たらない。その能力《スキル》すらも流されて通じない。殺し合うために勝てない部分は捨てて、その隙間を縫って殺しに来るという怖さ。絶対的な差などで諦めることなく、ただ殺す方法だけを突き詰めた果ての異形なる強さ。

「鍛えられてます、強いです。ただ、それだけです」

（プルプル）

強さを信じ、願い求めてきた。それが弱さを言い訳にして、縋《すが》っていただけだったと知る時の絶望感は計り知れない。そう、強いなど、ただそれだけのものだった。

剣士だからこそ理解《わか》る、その刹那的な死と共にあるような儚《はかな》くも恐ろしさ。それは高度な技術や技法とは別に、そんな死地に身を置きながら戦うことの恐《こわ》さを思い怯《おび》え、そして思い知らされ見せつけられる——我らが恐れていたものなど、そんなものは殺し合いには何の意味もないのだと。

甲高い音と共に大剣は折られ、首元に杖《つえ》の先を突きつけられて、ただ静かに尋ねられる——「死にたいの？」と。

残酷な質問だ。何故なら今はもう言えぬであろう……死など逃げるのと変わらないと、たった今目の前で死線の先を見せつけられたのだから。

・・・

危なかった。うん、このエロドレスはエロ度プライスレス危険さだった！　うん、視線が吸い寄せれらちゃって、回避がぎりぎりになっちゃうのに離れられないエロスの罠だったんだよ！　うん、新作も考えねば!!

「生きたい……です。戦いたいです……王国を、民を守るために……」

そんなにも死にたいのかと思ったら、違ったらしい？　違うんならお菓子をあげよう。うん、生きていれば、生きているから美味《おい》しいお菓子が食べられるのだから。

「どうにもならない事はどうしようもないんだよ？　うん、どうしろと仰るも何も、どうしようもないんだよ？　うっちゃるくらいしか？　まあ、どうしようもない王国が割れたって、どうしようもない王族が割れてしまったって、どうでもいいよね……だって纏《まと》まってないから。纏まれないからどうしようもないのに、それが今更割れてどうだっていうの？　割れてるのに割られて砕け散るのが嫌だったら、最初から割れなきゃ良いし、砕かれるような事をしなければいいんだよ。

そんなものを後生大事に割れないように守ってどうするの？　だから無駄死になんだよ？　うん、死ぬくらいなら常に殺す方が絶対に正しいんだよ？　だって死んだら死んじゃうんだよ、もうお菓子だってもう食べられないよ？　はい、お菓子」

うん、美味しいのは生きているからなんだよ。死んで後世に名を残そうと、歴史に名を刻まれようと、それは結果で死ぬ言い訳にはならないんだよ？

「うん、これはスイートポテトさんで、尾行っ娘曰《いわ》く甘美味しいんだよ？　この前は尾行っ娘も死にに行ってたけど、死ななかったから毎日お菓子を食べて笑ってるんだよ。死んじゃってたら食べられなかったんだよ——だから死なんだよ。身を捨てるとか、命を懸けるとか、王国の為《ため》とかどうでも良いんだよ。死んだら終わっちゃうんだから——まあ、偶《たま》に生き返るみたいだけど？」

そう、普通死ぬと終わりで、どうしようもないんだけどさ……横でウンウンしてる人は死んじゃったからスケルトンさんだったけど、元気に生き返って今でも毎日お菓子を食べていたりするんだよ。死んでも死ななかったのだから見習って欲しいものだ。

全くみんな誰だって死にたくなんてなかったっていうのに。この辺境の地の底には、死しても諦めずに、ずっとずっと戦い続けてた人がいたっていうのに、簡単に死なないで欲しいものだよ。

遠い将来に近代化し異世界にも男子高校生が現れたなら授業に集中できないだろう。

55日目　夕方　偽迷宮前の城

泣き続ける王女様とポンポンしている元迷宮皇とポヨポヨと励ます元迷宮王と、晩ご飯を作っている俺。混沌《カオス》だな？

まあ、後は関係ないみたいだし、用が有ったら呼ばれるだろう。だって王国人じゃないし、未だ誰からもこの王国の名前すら聞いた事が無いから知らないんだよ？

それにメリ父さんに言われてしまった――「ここから先は任せて貰《もら》えないだろうか。私や辺境軍など頼りにならないかも知れないが、それでもこの地の領主であり王国の貴族なのだ。けじめは王女ではなく私が、オムイの領主がつけるべき責任なんだよ。それが領地を担うという事なのだから。辺境を助ける事も富ませる事もできなかった無能な領主だが、王国とのけじめを他に任せる訳にはいかないのだ。頼むよ」と……うん、それならば出しゃばる事でもないって言うか――俺って呼ばれたから来ただけで、元々全然関係無いんだけど？　うん、話も長いんだよ？

そう、偽迷宮のメンテに来ただけで、ここから先も何も、ここから先が何王国かも知らないし、そもそもその此処は何処？　みたいな？

それに下手に戦争に関わっちゃうと女子さん達《たち》が出て来る。あれは絶対に集団対人戦闘用の準備だった――そう、戦争用の訓練だ。

その理由はきっと、魔物と違い人族のスキルは多彩で知恵で以《もっ》てそれを操る。それは俺と一番相性が悪いだろう集団対人戦闘、つまり戦争だ。だからずっとそれを見越して訓練していたのだろう。

それと……ずっと俺に同級生の何とか君を殺させた負い目を感じている、だから自らの手を汚そうとしている。きっと、同じ人殺しになろうとしている。

オタ達は水上戦の準備をし、莫迦達は森林戦の訓練をしていた。

だとすれば俺も知らない先の準備をしている人間がいる――ならば図書委員だ！

「ちょっ、内緒で鞄《かばん》を10個も作ってあげたのに裏切られてるよ！　うん、一番上質な革まで使わせといて暗躍していたんだよ!!」

だから、これで俺は戦争に参加できない。すれば巻き込む。つまり詰まされた。完全に先手で潰された。よし、鞄は絶対値上げだ！

そして、言われてしまった。

「私は遥君が強いのも知っている。それでも戦争には巻き込みたくはない。

向いていない、絶望的なまでに遥君は戦争に向いていない。どれほど強くても私は軍に

遥君を誘う事は無い。君には向いていないんだよ。

君は何もかもを助けようとする、見知らぬ誰にでも助けを差し伸べる。だから見知らぬ誰かを殺す事に残酷なまでに向いていない。

君は殺しただけ自分を傷つける、強ければ強いほどに自らを傷だらけにする。そして君の仲間もそうだ。あまりに浮世離れした優しさなのだよ。君達はどれだけの強さを持ったとしても殺し合いに向いていないんだ。この残酷な世界で生きて行くには優しすぎるんだ。

そして、だからこそ君たちの中には我々が無くしてしまった夢みたいな希望がある。そしてそれが辺境を救ってくれた事には感謝してもしきれない。

だが同時に君たちの中にある夢のような希望は、人と人との殺し合いに向いていないんだ。それは君達には惨《むご》すぎるんだ。

だから任せて欲しい、そして我々が無くしてしまった夢みたいな希望を無くさないで欲しい。その希望に我等《ら》辺境は救われ、希望を見る事ができるようになったのだから」

——と。うん、考えすぎなんだよ。そして話長いんだよ？　だが、女子さん達は向いて

いない。

まあ、男子は大丈夫だ。特に莫迦達は対人戦になれば化け物で、集団であろうとただの獲物。あれと森で戦うなんて地獄に行った方がよっぽど安全快適で平和に過ごせるだろうし、悪夢だってあそこまで酷《ひど》くはないだろう。そして……彼奴等《あいつ》は敵ならばいくら殺しても気にも留めないだろう。

そしてオタ達は端《はな》っから戦いなんて嫌いだ。それでも自分たちで決め、決めたなら泣きながらでも戦い、そして折れないんだろう。

伊達《だて》に人生ずっと一生涯をかけて苛《いじ》められていない、あいつ等より人を信用せず、あいつ等より人を信頼する奴《やつ》はいない。あれは自分たちで見定めた者の為ならば絶対に折れない。あれは死なない限り止まらない。


でも女子さん達は普通の娘達だ。必死に強がっては家族を思い、泣き顔を隠しては友達を思いやり、心配を掛けまいと強がっている。必死で強がっているっていう事は弱いんだよ、心が弱っているんだよ。

だって男子は誰一人家族の事や、残してきた友達の事なんて気に留めていない。だって、まともじゃないんだから。もう元の世界の事なんて過去で、終わって完結している。

覚悟を決めるなんて、そんなに簡単なものじゃない。

覚悟なんて最初から必要のない、俺達のような元の世界の落伍者《らくごしゃ》とは違う。

だが、最悪は女子達を巻き込まないように俺が辺境にひきこもっている間に、オタ莫迦達が戦争に巻き込まれる事だ。戦争なら良い。だけど……あいつ等ではまだ化け物には勝てないし殺せない。

（ポヨポヨ）

うん、ご飯作りに集中しよう。

「できたよー、ってまあ、カツバーガーさんだから兵隊さん達にも配ってあげてね？って言うか大食堂に置いておくから、群がって争って食べ合って、おっさん同士で？」

まずは兵隊さん達を大食堂に案内させよう。誰も地図スキル持ってないから、一々案内が必要で不便なんだよ。

「王女っ娘《こ》やメリ父さんは何処で食べる？　ここでも食べられるし、立食用の食べ物だからメリ父さんだけお城のてっぺんで立ったままでも食べられるんだけど、景色は良いけど墜《お》ちると痛いよ？　うん、墜ちるとマジ痛いんだけど、何かとぶつかっても凄《すご》く痛いんだよ？　うん、俺ってめっちゃ詳しいよ？」

苦笑している。そうやって苦笑いでも何でも笑っていれば良いんだよ。真面目に残酷な世界でマジな顔で取り組んだって疲れるだけなんだから。こんな世界なんて御巫山戯《おふざけ》半分でも勿体《もったい》ない。だって巫山戯てるんだから。

しかし辺境だけなら防衛戦で充分だ。偽迷宮を抜けてこの城を落とすなんて無謀極まりない。何より採算が合わない。

辺境を王国全軍を以て潰し合い落とせたとしても、その目的の魔石は魔物を狩らないと手に入らない、軍が壊滅すれば不可能だ。大体、それなら最初から辺境に魔物狩りに来ればよかったのだ。そう、それだけだ。

辺境に魔物狩りに来ないのに、辺境を落とせば自分たちが辺境で戦わなければならなくなる。何もしないでお金が欲しいのに、何かすると採算が合わなくなり破綻する。

もう、とっくに詰んでいるのに認めない。そして王女っ娘が動くとメリ父さんが動いてしまう可能性が出て来た。まったくの計算外だった。

まさか半裸ワッショイのせいでこんな事になろうとは思いもしなかったよ！

これで王国の戦争に、内乱になったら原因は半裸ワッショイだから、「半裸ワッショイ戦争」とか名前が付いちゃうんだよ？　うん、半裸ワッショイ戦争の被害者とか半裸ワッショイ戦争の戦死者とか可哀想《かわいそう》すぎるけど、半裸ワッショイ戦争の勝利者も半裸ワッショイ戦争の覇者も嫌だろう。うん、不毛そうな戦争だ！

だからこそ戦争を止めないと歴史にとんでもない史実ができてしまう。そして遠い将来に近代化し、異世界にも男子高校生が現れたならば、きっと高校の授業で半裸ワッショイ戦争を教えられてしまうのだ！

ちょ、きっと異世界の男子高校生たちは授業に集中できないよ。だって男子高校生だし？　うん、だって教科書の半裸ワッショイが気になってそれどころじゃないんだよ、きっと？　挿絵キボンヌ!?

何とか王国の何ちゃら王の首は180度までで360度は国際問題だ。

55日目　夜　宿屋　白い変人

時として情報は正確さよりも、情報量よりも、速さが優先される。そう、先に情報を制した者が勝つ。そして先に情報を流した者の方が圧倒的なまでに有利だ。

そう、やりやがったよ尾行っ娘!?　うん、半裸ワッショイ事件が速報で持ち帰られている！　しかも情報の正確さと量が適当すぎるんだよ!!

「「「一体全体、お姫様を半裸にしてワッショイして回ったって何！」」」「「「何をして来たの！　自首して、差し入れ行くから！」」」「ちょ、あれは俺じゃないんだよ！　あれはゴーレムさんのワッショイだから、違うんだって……ほら、スライムさんもぷるぷるしてるから俺は無罪なんだよ？　ねっ？」

尾行っ娘は情報料のお菓子を美味《おい》しそうに頬張っている。作ったのは俺なんだよ？

「「「スライムさんはいつもぷるぷるしてるから！」」」「「「って、王女様を四つん這《ば》いにさせて、半裸にして何をしたの！　動けなくして何をしちゃったの！　しちゃったの!?」」」

「違うってば、したんじゃなくて、なってたからワッショイだよ。って言うか甲冑《かっちゅう》委員長さんも言ってあげてよ、俺は悪くないって？」

あ、目を逸《そ》らした！　ちょ、目撃者が証言を拒否してるんだよ、それじゃまるで俺が悪いみたいじゃん!?

「「「お姫様が『エロい事しないで下さい』って言いながら泣いてたって聞いたよ！　で、エロい事を一晩中ふぃーぶぁーって何！」」」

「違うん……って、言ってたよ！って言ってたし、何か連呼してたけど違うんだよ？　うん、だってエロい事してないから違って、お菓子をあげたから無罪で大丈夫なんだよ？　うん、経験上大体お菓子あげて泣き止《や》んだら正義《ジャスティス》さんなんだよ？　まじで！」

そうだ、落ち着くんだよ俺！

「いや、ほら俺は助けた側だから無罪で、ちゃんと罠《わな》に掛かった王女っ娘を羅神眼で見つけて、即座に甲冑委員長さんに服を届けさせて、スライムさんに壁になって貰ったから、誰にも半裸を見られなくて済んだんだよ。うん、即座に行かせたからドレスがエロいのは気にしたら駄目なんだよ？　だから誰にも見られていないから大丈夫だったんだよ」

「「「羅神眼で見つけたん——見ちゃったんだ！」」」

バレた!?

「「「しかも、他人事《ひとごと》みたいに言ってるけど、その罠を作ったのは誰！」」」

怒られた!?

「でも設計とアイデアはオタ達で、賛成で可決させたのは莫迦《ばか》達なんだよ？　しかも、あいつ等の案のままだったら……全裸さんで触手魔物さんに襲われてたんだよ？」

「小田《おだ》君達……って逃げた！　追って!!」「「「了解！」」」

逃げられた——だが追っ手も出た。ふっ、狩られるが良い。

うん、俺も狩りたいけどまだ正座なの？　いや、俺は悪くなくて、悪い真犯人たちは逃亡中なんだよ？

しかし、あの罠は複雑な条件が重ならないと発動しない。発動自体させることが困難なほどの特殊な手順と条件だった。

「いや、だって女子さん達が服が溶けた女の子を男と一緒にするなって言うから、出口送りできなくなったんだよ？　うん、だって他は全員男で罠に掛かってるから出口も満員で、なのに最後の一人が王女っ娘だったから……普段絶対発動しないオタトラップが発動しちゃって裸ワッショイで搬出だったんだよ。うん、不可抗力だよ？」

そう、確率的に言って宝くじ一等より圧倒的に低い、もはや運命で奇跡を引き当てた究極の半裸ワッショイだったんだ！　つまり俺のせいじゃないんだよ？

「「「この状況下の一体何処《どこ》に無罪の可能性があるのよ!?」」」「うん、重罪オンリー!!」

まして、あの複雑な配列と、有りえない手順で扉を開き。更に他の全ての罠に男が掛かった状態で女性が最後の扉を開かないと発動すらできない計算。更に指揮官だけがワッショイされる、その全てが奇跡的に揃《そろ》うなんて有りえない確率なんだよ？

うん、王女っ娘は引きが強いのだろうか？　エロフラグの？　うん、近付かないように遠くから見守っていよう。だって絶対巻き込まれて怒られるんだよ？

そうして王国の近況を報告して対応を協議する？　いや、俺に言われてもその王国さん知らない王国なんだよ？

「いや、何もしないんだよ。だって、関係なくない？　うん、宿に長期滞在しているだけの通りすがりなんだから、辺境の何とか領と何とか王国の何ちゃら王のチャラ王が『アゲポヨ、ウェーイ♪』とか言っても関係ないけど、ちょっとチャラ王を捻《ひね》って来るよ。いや、首だけだから？　うん、大丈夫だよ、バレないように360度捻っておけば元通りと変わらないんだよ？　うん、国王が『今夜《レッツ》はパーリー！』とか言ってるから、国とか風紀が乱れるんだよ、よし捩《ねじ》って捻ろう。解決だよ！」

よし、なんだか急に元凶がわかったよ！　そう、チャラ王だ!!

「駄目だから!?　別に国王がどんな人かは分からないけど、勝手にチャラ王にして捩って捻って解決しないで！」「そうだよ！　でも……『あげぽよ』って言ったら、捻るくらいは良いかも？」「でも180度までだからね、360度は国際問題だからね！」「何で戦争の危機に、国王さんの首を捩っちゃうの？　どの辺が解決してるの？」「何ちゃら王だからって、チャラ男じゃないかも知れないじゃない。ちゃんと確かめてから殺《や》らないと駄目だよ」「でも実は良いチャラ王で、お話ししてみたら『戦争なんてアリエンティー』とか

言ってるかも知れないよ？　うん、やっぱり捩っちゃおか？」（プルプル）

　やはり元凶はチャラ王か！　これは、きっと異世界召喚の理由はあげぽよたちを滅ぼす為《ため》だったのだろう。

「つまり、そのチャラ王を殺ればチャラ男達も湧かなくなるんなら、王宮を踏破して最下層のチャラ王を殺ったら王宮が死んで、もうチャラ男も湧かなくなるから殲滅《せんめつ》したら解決みたいな感じ？」「「「何か語呂が合ってるけど間違ってるよ！」」」「どうして遥《はるか》君には王宮と迷宮の違いが分からないの？」「だって、ダンジョンとマンションの違いも理解してないからじゃないかな？」「はい、隣街でもオークみたいな領主と、オークが領主の違いが分からなかったようでした」「まずは話し合いと殺し合いの違いを教えるべきなんです。どうしてあんなに本を読んでいたのに言葉がここまで不自由なんでしょう？　情報が何も無いのにできる事なんて有る訳が無いんです。王女様からの情報収集を優先して、敵と味方と中立の貴族を篩《ふるい》にかけ、敵だけを洗い出してから話し合う事でしょう。今、話し合っても無駄ですよ」

　正しい、そして良い事を言っているが、言っているのが女子さん達に戦争の訓練をさせた裏切りの図書委員なんだよ！　うん、鞄《かばん》10個で買収していたのに裏切られたんだよ！

　ただし言っている事は間違っていない。問題は図書委員が一体何を考えているかなんだよ……何故《なぜ》って、俺が有り得ないと踏んでいた戦争を、ずっと有り得ると読んで用意し対策していた――そして訓練し準備まで進めていた。

まあ、メリ父さんにも動かないように言われてはいるんだし、だからいつも通りで良い。どう転んでも50階層級の迷宮は全部殺しておかないといけないし、経済活動だって自立できるレベルまで上げないと、戦争がどうなっても経済戦争で喰《く》われてしまう。うん、未《ま》だ互角にはなっていないんだよ。

ハッタリでも独立できると思わせられるだけの経済力と自給率、そして軍事。それで迷宮の氾濫のリスクを無くしてしまって、初めて互角以上の有利な交渉に持ち込める。だからいつも通りに今日の迷宮探索の話を聞き、明日の予定を立てる。

遠くから捕まったオタ莫迦達《たち》の悲鳴《遠吠え》が聞こえる――煩《うるさ》いな？

あとがき

4巻までもお付き合い頂き誠にありがとうございます。はい、きっと4巻ともなれば「なんじゃこりゃー！」という、まとめ買い&大爆死な方は……いらっしゃったらマジですいません（汗）。

そして今巻では「ついに王国が！」——とか言いながら、未《いま》だずっと辺境にいます。それはもう「ひきこもり」の称号に恥じないひきこもりっぷりで、1巻で森から街へ、そして前巻でやっと隣領まで行って……また街からですw

そして今巻でようやくなろうのお約束というか、オーバーラップの鉄板というか、今頃かよという話もありますが、ようやく愛眼魔物さんが登場となります。（はい、あまりに出すぎてて名前で逆に悩みが深まるとも噂《うわさ》されてる鉄板《アレ》です）

さぞや4巻まで続いて驚かれている方も多いと思いますが、WEBで日間ランキング1位に入り書籍化という時点から延々と驚き続けて、続巻にコミカライズと驚愕《きょうがく》のまま現在に至り、思わず某ポルナレフ状態なAA《GKBR》ってあとがきに貼っても怒られないんだろうかとか悩むくらいに驚き恐れ慄《おのの》きながら感恩戴徳させて頂いております。

そして3巻のあとがきを読まれた方は、きっと何が起こっているのかがわかっちゃってるのかもしれませんが——1頁《ページ》とかそんなちゃちなもんじゃねえ、5頁もあとがきに頂きました！　はい、犯人は編集Y田さんです、AA貼っても余裕の広さです。

そんなわけで、このお話はWEBサイトの「小説家になろう」に、全く小説家になる気が欠片《かけら》もないまま投稿され、「エロいんじゃボゲぇ！」と運営様から追放されて、現在は同サイトのR18版にあたる「ノクターン」にて投稿させて頂いておりまして、コミカライズが公開されているニコニコ静画様でも「いつになったらエロ！」と多々書き込まれておりましたが、今話もちょいエロ（編集Y田さんは「裸わっしょいだー！」と喜んでましたが）のみです。はい、榎丸《えのまる》さくさんの筆加減で全てが決まるかと！　と、重圧を（笑）。

そんな重圧を掛けておいてから、4巻でも素敵な絵をありがとうございますと榎丸さく様へお礼を。本当に毎回々々どっちがいいでしょうと何種類ものラフを頂いて、それがまたどれも良いので延々と打ち合わせが延びに延びておりますが、今回も素敵な絵を沢山ありがとうございます。

もう、ぶーたさんから始まり、コミカライズでびびさん、そして榎丸さくさんという豪華な顔ぶれで、某掲示板でも「あれって敏腕編集者が付いてるのか!?」と酷《ひど》く誤った情報が錯綜《さくそう》しているほどの恵まれっぷりです。ちなみに実は本文なしでも売れるんではないかとも言われておりますが、おそらく本文がなかったら……もっと売れてるかと（笑）。

そしてOVL文庫とコミックガルドの編集部の方々にもありがとうございます。というか……毎回すいませんというか（汗）。

餅は餅屋——江戸時代は各家庭や近所同士の寄り合いで餅を搗《つ》くのが普通でしたが、やはり餅屋さんの搗いた餅が美味《おい》しかったことから諺《ことわざ》になるほど有名な言葉で、海の事は漁師に問え、山の事は樵《きこり》に聞け、馬は馬方、酒は酒屋に茶は茶屋にと……まあ、蛇の道は蛇ということで丸投げ……ゲフンゲフン！　ええ、お任せしてしまい、すみませんとありがとうございます。

そして、そんなプロの編集者さんが見たことないと驚きの声が大合唱な大量の校正校閲をして頂く鷗来堂《おうらいどう》様にもお詫《わ》びと感謝を。原稿に朱入れしてたら余白が真紅だったと言う怪文書が……いつもご迷惑おかけします（汗）。

そんな、「原稿を送れと言ったら怪文書が届いた！」と言われるお話ですが、実はWEBではもっと凄《すさ》まじく、読者様から膨大な誤字修正を送って頂き、修正させて頂き、そのノリと勢いで書き足し書き換えてまた誤字脱字衍字《えんじ》に誤記まで加わる混沌《こんとん》な状態ですが、本当に沢山の誤字修正や御感想をありがとうございます。

もう、ここまでチェックされても直らないということは、誤字が本文なんだという啓示なのかもしれないと現実逃避で日々書き遊ばせて頂いております。

そして最近のことなのですが、なんとsakuga999様になろう系小説メモ（seesaawiki）

にて、「ひとりぼっちの異世界攻略 wiki」を作って頂いておりました。感謝感激です。あと大変助かってます。はい、小説より詳しいです（笑）。（※文庫より凄《すご》く先の、ほぼWEB最新話まで載っているので若干ネタバレの可能性があります）

そんなこんなで、ついに身の回りでも本を書いてるという噂が広まり始め、先日友人が「本屋に本が売ってた!?」とやって来て、「一体お前は何を言ってるんだ!?」と謎の会話をしていました。どうやら本屋さんに置かれるような本だとは思っていなかったらしく、それはそれで逆に何処《どこ》に置く本なんだと謎が謎を呼んで混迷を極めていますが……はい、読むと理解《わか》ると思いますが小説書くようなキャラじゃないんですよ。そして友人が遥《はるか》くんのモデルの一人なんで……もう会話が（笑）。

はやあとがきも4回目で毎回謝辞というのもどうかと思いながらも、やはり謝辞とお詫びが尽きませんが、きっと「頁数ぴったりです！」と4回聞いた編集Y田さんの言葉がいつか真実になる日まで、ずっとお読み頂きありがとうございますと書き続けているのかなと。

はい、今回も全く信じていませんでした！

さて、次巻は出るのか!?　そして頁数ピッタリで終われるのか!!　そんなスリルとサスペンスが本文の外にある謎のお話ですが、今巻もお付き合い頂きありがとうございます、そしてまたお付き合い頂けましたら幸いです。

五示《ごじ》正司《しょうじ》

マンガでも貫く俺のぼっち道。
ひとりぼっちの異世界攻略
LONELY ATTACK ON THE DIFFERENT WORLD
漫画 びび 原作 五示正司
コミックス①～以下続刊 好評発売中!!
COMIC GARDO
コミックガルド
オーバーラップ発
WEBコミック誌
連載はこちら